돌멩이

돌멩이

— 김혜진 장편소설 —

세상의 축에는 엄마가 있다.

엄마는 강해야 한다.

초인적인 엄마이야기들은 널려 있다. 아이는 신神이 바빠서 엄마에게 위탁한 신의 자식이다. 엄마의 희생은 신의 명령을 수행하는 과정이므로 당연한 것이다. 자식들은 의당 그렇게 생각한다.

엄마가 되자 입장이 변한다.

끝없이 최면 걸린 세상을 발견한다.

막상 세상은 엄마가 강하지도, 유능하지도 않다는 것을 알고 있다. 아니라면 그렇게 많은 예를 들어가며 지속적인 세뇌를 해야 할 이유가 없다. 세상도 살아남아야 하기에 여러 가지 방법을 쓰고 있다. 이해한다.

엄마도 사람이다.

실수투성이고, 고집불통이고, 세상물정도 모르면서 나서서 가르치려 들고, 자신의 부족한 부분을 자식으로 메워 내세우고……, 도망치고 싶어 한다. 내 엄마의 실수를 답습하며 아연해지기도 한다.

엄마는 강하지 않다.

세상의 모든 엄마가 철저하게 모성으로 무장되어 있지 않다는 것을 보여주고 싶었다. 모두 제 각각의 위치에서 자신의 방법으로 최선을 다할 뿐이다. 처한 입장이 다르고 삶의 가치가 다르고 능력이 다르고 자라온 토양이 다른 사람들이 우리들의 엄마다.

돌아보면 자식으로 부족했고 부모로도 어설펐다. 승자만 살아남는 세상을 확인한 모성이 자식에게 이기라고 명령하는 게 죄가 될 수 있을까? 살아남는 법을 가르치는 건 모성의 본능에 가까운 직무다.

자식 입장은 다르다.

이기는 것처럼 힘든 일이 어디 있냐고 고개를 쳐든다.

내 한계를 벗어나 앞서 달리는 자는 언제든 나타난다. 숨은 턱에 차고 발은 꼬이고, 이기려면 발을 걸거나 옷자락을 낚아채 끌어내려야 한다. 발밑의 것들은 미리미리 추락시켜 놓아야 한다. 신경 곤두서고 예민해지는 일이다. 미치지 않으면 다행이다.

바닥으로 떨어진 자에게까지 관심을 보일 여유가 없다. 엄마는 모두 위에 우뚝 선 나를 기다리니까. 이제 우리에게 함께 사는 방법이 있기나 했는지 기억도 희미하다.

대부분 여자들은 인생의 가장 긴 시간을 엄마로 산다.

세상의 가치는 정신없이 변하고,

무엇을 버리고 잡아야 하는지 혼란스럽다.

어른들이 이럴진대 아이들이야 오죽할까.

소설을 쓰는 내내 미안했다.

구르는 돌은 그저 풍경이다.

바쁜 행인의 걸음에 차이는 돌멩이는 조금 귀찮은 쓰레기다. 그러나 그것에 걸려 넘어지는 순간, 돌부리는 내게 현실이 된다.

돌멩이는 돌멩이일 뿐인데 말이다.

《돌멩이》는 내 이야기다.

그리고 내 아들의 이야기다.

공유하는 가족의 기억을, 스스로 치유하기 위해 뭉텅 잘라 내 버린 자식의 고통스러운 시간을 살려냈다. 그리고 그것을 만천하에 공개하려 한다. 이게 엄마라는 사람이 할 짓인가, 하는 자괴감에 시달렸다.

하지만
세상에 일어날 수 있는 일이라면 언제든 내게도 가능하다.
입장은 한순간에 바뀐다.
내가 처하지 못할 입장은 없다.
역지사지만 되어도 우리는 조금 더 따뜻한 세상에서 살아갈 수 있지 않겠나.

한결같은 믿음과 사랑으로 지켜주시며 함께 해주신 분들께 감사드린다. 그리고 전 과정을 꼼꼼히 살펴주신 푸른영토 식구들에게 감사드린다.

그리고
내 삶의 의미인 정진아, 동진아,
엄마가 사랑해.

김혜진

시시한 폭력은 영혼을 잠식했고
비굴한 방관은 일상을 짓뭉갰다

1

칡넝쿨이 무성한 숲을 지난다. 날이 밝는다. 내리는 빗속으로 주변이 분명해지며 차체가 불편한 진동을 전달한다. 뒤쪽 트렁크에 처박았던 놈이 정신을 차렸나 보다. 심장 뛰는 소리가 요란하게 다시 전신을 두드린다. 놈의 사지부터 묶으라고 소리친다. 이렇게 빨리 올 줄은 몰랐다. 언젠가는 해야 할 일이지만 나는 피하고 싶었다. 하지만 뒷걸음치는 내 발목을 걸며 게임을 시작한 것은 놈이다.

비가 그치자 숲은 안개로 어수선하다. '내가 살아가는 동안에 할 일이 하나 있지' 소리는 막 피어나기 시작한 숲의 햇살처럼 선명하다. 언제부터인지 모르겠다. 이 구절을 주문처럼 외우며 다니는 나를 발견한다. 〈사랑으로〉일 거다. 오늘은 까맣게 잊었던 제목까지 살아난다. 우리가 가장 행복했던 시절에 불렀던 노래, 아빠 엄마 형 그리고 엄마 친구들 …….

정말 피하고 싶었다. 결코 잊을 수는 없지만 다시 떠올리고 싶지 않았다. 우리는 짓무른 야채처럼 쓰레기통으로 던져졌다. 벌레의 똥딱지가 전부일 바닥에다 나와 형은 실뿌리를 내렸다. 그리고는 살랑바람에도 몸을 떨며 안간힘으로 버텼다. 나는 놈이 비적거리며 내 작업실로 들어오는 순간에도 몸을 떨었다.

"야! 난 누군가 했네. 건이, 너잖아. 나 기억해? 나 상철이."

내 목에 걸린 사원증과 내 얼굴을 연신 살피더니 놈은 한쪽 입꼬리가 비틀린 얄궂게 웃음을 날렸다. 며칠 전 회사 복도에서다. 놈이 나를 먼저 알아보았다는 것을 직감할 수 있었지만, 누구든 나는 그저 지나쳐 주기를 바랐다. 그런데 놈이 내 작업실로 찾아들어와 내 사원증을 다시 훑는다.

"어······. 그래, 상철이?"

"그래 얌마, 짜슥, 많이 컸네. 존만한 놈이?"

연신 건들거리며 내 주변을 도는 놈은 나를 형 건이로 불렀다. 나는 내 존재가 형 친구에게 형으로 인식되었다는 사실에 놀랐다. 깊은 곳에서 새어나오는 한숨을 눌렀다. 언제나 내 상상은 그들을 찾아가는 내 모습이었다. 그들이 나를 찾아오는 장면은 없었다. 그랬기에 나는 지금의 놈 모습은 그려내지 못했다. 그것도 그토록 염원하던 첫 사원증을 걸게 된 회사에서 말이다. 형의 적이기에 내 적이 된 놈이 나를 흘긴 거린다. 나는 형보다 얼굴이 더 갸름하고 쌍꺼풀이 없는 긴 눈을 가졌다. 형제라 비슷한 분위기는 있지만 놈이 나를 형으로 볼 정도로 닮지는 않았다. 미심쩍었다. 사원증의 이름에 기대어 알아볼 양이면 형과는 별로 친분이 없는 것 아닌가. 짜증스럽지만 나는 신경 쓰지 않았다. 어차피 며칠 후면 사라질 놈이다. 나는 SNS로 들어온 주문지를 확인해서 배송처리 하는 일을 하고 있다. 놈은 포장파트에서 단기 알바를 하니까, 어차피 명절과 함께 끝나는 일이다. 나는 웃음으로 놈과 작별할 작정을 했다. 그런데 놈은 물품실 낮은 조명 아래서 급기야 자신의 정체를 드러냈다.

"이건 대리님, 너무 열심이십니다."

"네? 뭐⋯⋯."

놈이 검은 키보드 위에서 업무 처리를 하느라 바쁘게 움직이는 내 손목을 잡았다. 모니터의 숫자를 응시한 내 눈에 핏발이 섰지만 그저 웃었다.

"... 급해서, 빨리 끝내고 커피 한잔 하자."

"손목이 괜찮으신가 봐요?"

"이 정도 일로 무슨 손목까지⋯⋯."

습한 손아귀에서 내 오른쪽 손목을 빼냈다. 기분 나쁜 전율이 벼락처럼 머리를 타고 내렸다. 놈은 형의 오른쪽 손목에 대해 알았다. 손끝이 부들부들 떨리기 시작했다.

"그까짓 게 뭐 오래가겠어. 덕분에 빨리 마우스 났지, 뭐."

"아! 그랬구나. 소문에는 쫓쳤다고 그러더만?"

"소문, 누가 날 만난다고 해?"

"아니면 말고, 예민하네."

나는 그를 비켜 포장된 박스가 쌓인 곳으로 갔다. 더 이상 말을 잇다가는 번거로운 일을 만날 것만 같다. 피곤한 숨을 내쉬는데, 놈이 뒤를 따라오며 내 어깨에 팔뚝을 걸쳤다. 흠칫, 놀라는 내가 불쾌했다. 형이 말했던 것처럼 무릎이 꺾일 만큼의 힘은 아니었다.

"남자끼리 무슨 어깨동무에요?"

여자 알바가 낄낄거리자 놈이 팔뚝에 힘을 주며 내 목을 조였다.

"학교 다닐 때는 이히히히, 많이 컸어, 이히!"

나는 소리 없이 이빨만 드러내는 놈의 웃음에 미소로 답했다.

"설마! 이건 씨가 저 덩치에 당했을까? 상철 씨가 당했겠지."

"무슨! 후후 오줌을 줄줄 쌌다니까. 아니냐?"

빈정거리며 놈이 내 눈을 찾았다. 팔을 걷어내자 놈은 뒤도 돌아보지 않고 문을 나갔다. 가슴에 강한 충격이 남았다. 슬금슬금 그를 따라가는 내 모습은 떨고 있었다. 내 정체를 알고 있다면? 놈은 이제 내 적이다. 아무리 형이라지만 타인의 명의를 도용한 것은 범죄였다. 게다가 내가 바지에 오줌을 지렸다는 사실을 아는 놈이다. 놈은 나와 술자리를 만들려고 몇 번이나 저녁을 같이 하자며 다가왔다. 나는 핑계를 대며 놈을 피했다.

어제는 먼저 퇴근한 놈이 회사 정문에서 기다리고 있었다. 근처 맥줏집으로 갔다. 놈은 자신이 발송팀의 정식사원이 되고 싶다고 말했다.

"어렵지 않잖아, 네가 추천하면. 어차피 한 명 필요하다면서…"

"다 위에서 하는 일이야."

"위에서야 누가 누군지 어떻게 아냐? 같이 일할 사람, 내가 뽑겠다는데……."

"정 그러면 서류나 한번 올려보지, 뭐."

"되게 해야지. 너처럼. 넌 라인이 있을 거 아냐?"

"라인이라니?"

"알면서 뭘 그래? 건아, 너 참 동생 하나 있지? 현이던가? 그 녀석은 덩치가 좋았는데, 지금 너처럼……. 걔는 지금 뭐하냐? 보고 싶다야!"

"어? 어, 뭐…… 네가 내 동생도 알아?"

"그럼, 짜슥아. 내가 네 동생을 왜 몰라? 히히히!"

놈이 웃자 덧니 한 개가 빠져나왔다. 내가 오줌을 싼 현장에서의 유일한 기억이라면 왼쪽 앞니를 덮었던 큰 덧니였다.

"그랬나……."

눈앞이 흐릿해졌다. 저 입을 막지 못하면 내 인생도 우습게 끝장이 날 수 있었다. 그때 놈을 처리해줄 것으로 상상했던 8톤 트럭이 우정식품의 업무용 승용차가 될지도 모른다는 생각이 들었다.

"내일 하청공장 가야 하는데 같이 가자. 얘기는 가면서 천천히 하지 뭐."

이른 새벽, 약속 시간에 놈은 주차장 입구로 들어섰다. 바람을 탄 빗줄기가 젖은 등을 후려친다. 우산으로 막으며 놈은 어둑한 주차장 안을 실눈으로 살핀다.

"여기야!"

"어, 그래!"

양복바지에 젖은 손을 쑤셔 넣으며 놈이 내게로 몸을 돌렸다. 우산의 빗물을 털며 놈은 큰 걸음을 내딛고 나는 천천히 운전석으로 향한다. 어제 세차한 그랜저 승용차는 주차장 조명에 깊은 광택을 발했다. 코팅을 한 지 얼마 되지 않아서인지 빗방울도 그대로 흘러내린다. 시동을 걸었다. 차체가 깨어난다. 창을 열어 방향제로 탁해진 실내공기를 내보낸다. 독한 장미 향은 불편하다. 어느새 그가 다가와 있다. 과장되게 치켜뜬 눈으로 연신 차와 내 얼굴을 훑는다.

"어쭈, 이걸 어떻게 네가 몰아?"

희멀겋게 웃는다. 누렇고 긴 덧니가 드러난다. 왼쪽 앞니 하나를 덮고 내린 긴 덧니를 피하며 나는 후진기어를 넣었다. 정면에서 버티고 섰던 그가 조수석 문으로 다가온다. 차창을 내리며 아마 나는 약간 비굴하게 웃었을 거다. 제멋대로 일그러지는 얼굴 근육은 통제가 되지 않는다.

"우산, 트, 트렁크에다 넣어. 물이 흐르잖아."

"어어. 그러지 뭐."

뒤쪽으로 걸어가는 그를 보며 나는 차체를 앞으로 주춤 끌어내 준다. 잿빛 벽에 붙어 트렁크 문을 잡는 놈의 구부정하고 두툼한 목덜미가 한눈에 들어온다. 시야가 뿌옇게 흐려지며 힘이 풀린다.

숲길을 걷던 웅크린 소년들이 떠오른다. 땀으로 미끈거려 힘들었지만 우리는 잡은 손을 놓지 못했다. 형 눈은 불안한 물기로 가득했고 나는 애써 앞만 보며 걸음을 옮겼다. 무릎 성장판을 도려내야 했던 수술 탓인지 형 키는 초등학교 육 학년인 나와 별 차이가 나지 않았다.

아려오는 눈자위에 힘을 보냈다. 다시 아랫배 깊숙이 숨을 채운다. 배가 든든해지자 머리를 비우기가 훨씬 쉬워졌다. 놈이 눈을 치켜뜨며 트렁크 문짝을 두드린다. 탈칵, 고리 풀리는 소리가 아주 먼 곳에서 나는 것처럼 아득하다. 후진기어를 넣는다. 우산을 넣으려면 고개를 숙여야 한다. 페달을 밟자, 쿵! 충격과 함께 뒤 범퍼의 뭉클한 느낌이 차체를 통해 전신으로 스며든다. 주차장 벽이 조금 울렸다. 고꾸라진 물체가 나타났다. 잠시 후 사방은 다시 빗소리에 잠긴다. 트렁크가 닿은 벽 바로 위쪽에는 작은 CCTV 카메라가 주차장을 살핀다. 나는 어제 경비실에 있는 여섯 대의 모니터를 확인했다. 여긴 사각지대다. 어떤 카메라도 이곳을 비춰내지는 못 했다. 야구방망이를 들고 신음 소리를 내는 그에게로 다가갔다.

"야! 차 빼. 뭐해! 빨리 차부터 빼라고, 새끼야!"

벽과 차체 사이에 끼인 놈이 눈만 부라리며 비명을 지른다. 얼른 늘어졌던 두 손으로 놈은 머리를 감싼다.

"······."

뼈가 부서지는지 주변 공기가 흔들린다. 짜증났던 놈의 눈이 감긴다. 중립기어에 놓인 차체를 조금 밀어내고는 나는 놈을 들어 상체부터 트렁크에다 구겨 넣었다.

비가 부서져 날린다. 회사 주차장을 빠져나왔다. 선거철이라 거리는 국회의원 출마자들의 포스터로 너저분하다. 나는 경부고속도로 진입로를 통해 곧장 도시외곽도로를 탄다. 적은 숲이 깊은 어둠에 잠겼다. 계기판의 붉은 바늘이 순식간에 열두 시 방향을 넘긴다. 오른쪽으로 달아나는 바늘을 보자 피식 웃음이 터진다.

매일 밤 치를 떨며 소년이 상상했던 그림은 놈을 단번에 깔아뭉개 주는 8톤 트럭이었다. 누군가 우리를 대신해 놈을 잔인하게 처리해줄 날을 나는 기다렸다. 너무나도 거대한 상대였기에 영화에서처럼 우연찮게 떨어지는 고드름이라도 좋았다. 무엇이라도 놈을 처단해주길 바랐지만 그런 일은 쉽게 일어나지 않았다.

10년 동안이나 내 형을 방구석에다 처박은 놈을, 그놈을 찾아 끝장내 주자는 생각에, 하루에도 몇 번씩 나는 어금니를 물었다. 기회가 이렇게 빨리 올 줄은 몰랐다. 결국 나는 형을 돕기 위해 태어난 놈이 맞았다.

"건이를 도울 아이가 필요했어. 몸이 약한 애라 누가 돌봐줘야 살 것 아니니. 내가 언제까지 돌봐줄 수 있는 것도 아니고……."

"현이는 건이 선물이네."

고모가 내 존재를 한마디로 정리했지만 엄마의 예감은 기가 막혔다. 엄마의 주문대로 나는 형을 돌보는 자가 되었다. 먹이고 씻기고 보살피고, 그것도 모자라 나는 형의 이름으로 세상을 살아주고 있다. 놈들을 응징하기 위한 수단은 아니다. 내 생활은 입에 풀칠을 하기도 벅차다. 복수니 응징이니 하는 그런 복잡하고 막연한 일은 사치에 가깝다. 하루하루 먹을 것을 마련하는 데만도 숨이 턱에 걸려 있는 내게는 모든 게 미래였다. 모든 게 다 나중에 해야 할 막연한 일들이었다. 그랬기에 굳이 놈을 찾아 나설 필요는 없었다. 우선은 그런 것들이 번거롭게 느껴졌다. 그래서 누군가가 내가 해야 할 일들을 대신해주기만 바랐다.

"참아. 다 이유가 있을 거야. 세상에 이유 없는 건 하나도 없어. 그때는 몰라도 시간이 지나면 보인단다. 굳이 내 손에 피를 묻힐 필요는 없어. 그건 또 다른 인연의 고리를 만들거든. 그냥 우리가 참자. 그래야 여기서 끝나. 그게 이치야."

엄마의 말이었지만, 우리에게 일어난 일들의 이유는 발견되지 않았다. 내 손을 대신해 놈들에게 일격을 가해주는 힘도 나타나지 않았다. 내가 복수의 대리자를 기다리는 동안에도 놈은 여전히 거리를 활보했고 나는 형 이름으로 이 거리에 돌아올 수밖에 없었다.

어느 날이다. 기타를 치는 아빠를 마주보며 형과 나는 붙어 앉았다. 그날도 우리는 노래를 불렀다. '아아 영원히 변치 않을 우리들의 사랑으로' 노래가 끝나고 현란하던 아빠의 손이 천천히 기타 선을 고르며 다음 노래를 찾을 때였다. 촉촉한 목소리로 형이 물었다.

"아빠! 바람이 불어서 솔잎이 떨어지는데 왜 눈물이 나와요? 바람이 슬픈 거예요?"

"……, 그런 게 있어 살다 보면, 도저히 내 힘으로 어째볼 수 없는 세상이 있어."

"그러면 솔잎이 떨어져도 눈물이 나오나요?"

"……, 내가 솔잎처럼 느껴지니까……. 그러면……."

공교롭게도 나는 내가 떠났던 시가지에 있는 회사에 입사했다. 다시 돌아왔다고는 했지만 사실 난 이 시가지를 떠난 적이 없었다. 낮은 능선을 사이에 두고 내가 살았던 곳과는 반대 방향으로 오르내렸을 뿐이다. 때문인지 우리를 기억하는 사람은 없었다.

저녁 시간이면 나는 거리를 두리번거렸다. 전철역 주변은 늘어난 음식점으로 번잡했고 아파트 단지는 세월을 입었다. 지지대를 받쳤던 묘목은 울창해졌고 나무가 뿌리내린 깊이처럼 도시는 안정감을 더해갔다. 푹 눌러쓴 야구모자가 불안한 눈빛을 가려주지만 나는 연신 주변을 흘끔거린다. 뒷목을 잡아 올릴 것 같은 손아귀를 경계했고 어깨를 감싸는 거대한 팔뚝을 만날까 오금이 저렸다.

나는 놈의 패거리들이 아직도 동네 요소요소에 박혀 있다고 생각했다. 컴컴한 생맥줏집에서 맥주를 나르고, 피자가게에서 오토바이 배달을 하고, 편의점에서 알바를, 땡볕이 내리쬐는 거리에서 행사용 비닐인형과 함께 소리를 지르고, 나는 핸드폰 판매 호객소리만 듣고도 놈들을 알아볼 수 있을 것 같았다. 그렇게 놈들을 관찰하며 마음을 놓는다. 적의 위치를 파악해 둔다는 것은 언제 일어날지 모르지만, 전쟁에서는 필수조건이었다.

아직 형의 신분과 하나가 된 내 의식을 꾸리지 못했다. 과연 나를 알아보는 눈이 있을까, 그들에게 이 몸은 누구의 모습으로 비칠까. 그런데 우연찮게 놈이 내 허점을 치며 들어왔다. 놀랐지만, 어쨌든 나는 내게 일어날 수 있는 경우들에 대해 미처 대비를 못한 상태였다.

거리에 있어야 할 놈이 회사차량 트렁크에 갇혔다. 우선 놈부터 제압해두고, 그리고 생각해볼 일이다. 산등성이가 겹쳐지는 곳에 숲으로 들어가는 바큇자국이 보인다. 잡풀을 누른 두 줄기 자국을 따라 핸들을 돌렸다. 푹신하게 풀을 디딘 바퀴가 웅덩이에 빠지며 고인 빗물을 밀어냈다. 웃자란 풀들을 누르며 더 깊이 들어간다. 연신 바퀴가 덜컹이며 차창이 나뭇가지에 쓸린다. 내가 지나온 흔적이 몇 포기 꺾인 풀들로 남는다. 흙바닥이 나타난다. 빗물에 잠긴 바닥에 날카로운 돌들이 솟아 있다. 들썩이던 차를 멈춘다. 주말농장을 할 정도의 너른 평지가 보인다. 지나가는 거센 빗소리가 다가온다. 금세 차창이 뿌옇게 덮인다. 오늘 나는 놈에게 영혼의 단말마, 희망의 비명을 듣게 해줄 참이다. 놈은 알았어야 했다. 희망에도 생명이 있다는 것을. 그래서 꺾이면 아프고, 때로는 깨어나지 못해 끝내 사멸할 수도 있다는 것을. 내가 대리자를 기다리며 외면했던 시간이 결국은 이렇게 다가오고야 말았다.

이제는 네가 견딜 차례다. 그래 '간당간당한 희망을 부여잡고 한번 견뎌보라지.' 힘을 얻지 못한 자의 분노는 결국 비굴함으로밖에 유지될 수 없었다. 놈도 곧 알게 될 것이다.

나는 눈을 감았다. 방울토마토가 열린 초록 농원이 나타난다. 엄마는 식물밖에는 다루지 못했다.

"얼마나 귀여운지 몰라. 꼬물꼬물 자라나는 걸 보면 세상 근심은 내 것이 아닌 것 같아."

세상에서 사람만큼 힘든 게 없다며 엄마는 농원에만 머물렀다. 머리가 어수선해진다.

"내가 떠나면 건이 혼자 어떻게 세상을 사나, 걱정이 되었어. 그래서 동생이 필요하다는 생각을 했지. 그렇지 않으면 턱이나 있겠어? 건이 하나도 키우기 어려운 형편인데."

엄마는 마치 오늘을 예견한 것 같았다.

"동생에게 형을 돌보라고? 뭔가 이상하다."

이마에 잔뜩 주름을 잡으며 고모가 내 얼굴을 살폈다. 엄마 계획은 곧바로 내 운명이 되었다. 그녀는 지금 내 모습도 예견했어야 했다.

가방에서 청테이프와 가위를 집어낸다. 조심스럽게 차문을 밀친다. 나뭇잎에 고였던 빗물이 쏟아진다. 발 디딜 땅을 고르다 순간 나는 고개를 들었다. 앞쪽 풀숲에 나타난 허연 물체에 긴장한다. 성인 남자의 등 같은 형체를 향해 나는 벌써 가위를 세워 들고 있다. 그것에게로 조용히 다가간다. 물체는 접힌 모양을 드러낸다. 꽤 큰 마대자루 하나를 풀숲에서 건진다. 엄마가 들고 다니던 모양이다. 연신 물방울이 흐르는 마대를 옆구리에 낀다. 놈의 상태가 궁금해 나는 트렁크에 귀를 기울인다. 떨어지는 빗방울이 따갑다. 키를 꽂고 묵직한 뚜껑을 들어올린다. 실신한 채 누워 있는 놈이 젖는다. 베이지색 바지에 얼룩이 생긴다. 어디에도 피의 흔적은 보이지 않는다. 나는 놈 발목을 모아 급히 테이프를 돌린다. 그제야 놈 무릎이 들썩인다. 얼굴 쪽에다 젖은 부대를 던진다. 놈이 손으로 부대를 밀친다.

"쉿! 조용해라~"

버들쩍 거리는 놈 턱에다 온 힘을 다해 주먹을 먹였다. 다급해져 테이프를 감는다. 먼저 테이프를 두른 손목을 끌어다 다른 손목에 합해 묶는다. 늘어졌지만 두 팔목을 함께 감는 건 벅찼다. 놈의 체온이 전해진다. 밀려난 부대를 펼쳐 다시 놈 얼굴에 덮는다. 나는 차라리 놈을 고속도로에다 그냥 던져버리는 게 낫지 않을까 고민한다. 하지만 그것도 이미 늦은 것 같다는 생각이다. 청테이프로 둘둘 감은 인간을 고속도로에 던지는 건 위험한 짓이다. 더구나 트렁크에 넣어둔 물체를 운행 중에 던질 재간이 내게는 없다. 천천히 생각해봐야 할 일이다. 이미 나는 돌아가지 못할 강을 건넜다.

2

"그냥 서!"

"여기다가 세워!"

엄마는 다급하게 소리쳤다.

그해 봄날, 황사에 벚꽃이 빛을 잃던 며칠 동안 우리 가족은 예측 가능했던 미래를 날려버렸다. 그동안 엄마가 해오던 농원은 더 이상 가업이 될 수 없었고, 우리 가족은 단박에 비정상적인 가정이 되었다. 가나초등학교 5학년인 나와 오성중학교 2학년인 형과 엄마는 아빠를 다른 세상으로 보내드리는 그 며칠 동안 지루하게 견뎌냈던 답답한 그림자의 실체를 깨닫기 시작했다.

장례식의 모든 절차는 피곤했다. 우리는 고모 승용차에 실려 아무렇게나 머리를 기댄 채 너부러져 있었다. 멍해지는 정신을 수습하기도 쉽지 않았지만 도무지 실제 같지 않은 상황을 받아들이려니 고역이었다. 고모 차는 봄꽃으로 화사하게 부푼, 며칠 전보다는 한결 밝아진 마을을 바라보며 달렸다. 뒷산에 핀 부드러운 꽃들과 울안의 과실 꽃들이 어우러진 마을은 밝고 깨끗했다. 한 해에 며칠 밖에 만나기 어려운 날들이 이어지고 있었다. 꿈속 같은 마을로 들어서는데 내 고개가 떨어졌다.

차가 마을 입구에 있는 구멍가게 앞을 지날 때였다. 두드러진 광대뼈에 커다란 입술이 차창으로 고개를 주억거렸다. 떠벌리기 좋아하는 마트사장이었다. 형이 급히 고개를 숙여 아무렇지도 않은 운동화끈을 만졌다.

"그냥 여기다가 세워주라고, 빨리!"

고모가 주차 장소를 찾기도 전에 엄마는 차 문부터 밀치며 서둘렀다. 그리고는 현관을 향해 질주했다. 나와 형도 다투어 엄마를 앞질렀다. 마당을 감싼 담장이 밖을 가렸다. 엄마는 신발을 신은 채 거실 바닥에 주저앉았다. 낯설어 보였다. 집 안은 서늘하고 후미진 곳에서나 날 법한 냄새로 채워져 있었다. 나는 얼른 컴퓨터가 있는 방으로 들어갔다. 벗어던진 옷가지들이 생소했다. 조심스럽게 주변을 살피는데 구석 벽에 검고 단단한 기타케이스가 눈에 들어왔다. 아빠 물건은 얼른 지나쳤다. 그런데도 방 안 가득했던 기타 소리가 살아났다.

빈방에 누웠는데 벌레처럼 작고 슬펐다. 방 안 공기가 가슴을 눌렀다. 땀으로 이불이 젖었다. 나는 거실에서 주고받는 이야기를 들으며 깊은 잠에 떨어졌다.

눈을 뜨자 사방은 조용했다. 희미하게 바람 소리가 들려왔다. 나는 그 소리를 들으며 잠시 더 누워 있었다. 모두 잠들었는지 집 안에는 불빛이 보이지 않았다. 거실로 나왔다. 엄마는 우리를 위해 붕어 두 마리를 길렀다. 형 붕어와 내 붕어를 구별했지만 우리는 모두 크고 강해 보이는 빨강 붕어를 더 좋아했다. 빨강 붕어보다 작은 하양 붕어는 유별나게 눈이 튀어나와 귀여웠지만 좀 그랬다. 까만 돌멩이와 가짜 수초, 물방울이 보글대는 어항에서 붕어들은 종일 헤엄을 쳤다.

나는 한때 붕어도 학교에 가고 싶을 거란 생각을 했었다. 또래의 무리에 들어간다는 것이 어떤 기쁨인지 알고 난 후였다. 그런데 그 기쁨의 구조가 고통으로 돌변할 수 있다는 사실을 알기까지는 그리 많은 시간이 필요하지 않았다.

"너 아빠 없어?"

등교 시간부터 아이들은 내 주변을 맴돌았다.

"정말 돌아가셨어? 맞아?"

"하지 마!"

나는 간신히 입을 열어 나를 둘러싼 소리들을 막았다.

"너! 그럼, 이제부터 아빠 없는 거야? 말해봐. 말해보라고!"

한 놈이 내 턱 밑에 얼굴을 넣자 아이들은 사탕에 달라붙는 개미 떼처럼 몰려들었다. 아이들은 종일 무너진 내 세상을 향

해 책상을 뛰어넘었다. 나는 당황했지만 정직하게 응대하려
했었다.

"어! 이제 됐어?"

"정말이야?"

아이들은 그치지 않았다. 경쟁이라도 하듯 내 눈빛으로 달
려들었다.

"선생님! 현이 이제 아빠 없대요. 맞아요?"

"그래. 돌아가셨어. 그러니까 너희들도 아빠 엄마께 잘해드
려, 알았지? 나중에 후회하지 말고. 현이 봐. 이제는 아빠 말씀
잘 들으려 해도 그럴 수가 없게 됐잖아."

양팔 안에다 얼굴을 묻었다. 그들에게 내 초라한 모습을 확
인시킬 수는 없었다.

내가 결석을 한 며칠 사이, 나는 완전히 다른 아이가 되어 있
었다. 다시는 돌아갈 수 없는, 아주 먼 길로 들어선 기분이었
다. 더는 그들의 눈빛을 이겨낼 자신이 없었다. 도망칠 수도 없
는 공간이었다. 나는 아이들이 속히 그 사실을 잊어주기만을
바랐다. 그래서 행동을 자제했다. 먼저 손을 들어 발표하지 않
았다. 친구들과 공을 차지도, 아이들이 몰려 있는 곳을 궁금해
하지도 않기로 했다. 종일 책상에서 꼼짝하지 않았고, 단 한마
디도 내가 먼저 거는 일은 없었다. 친구들은 그런 내 행동을 당

연하게 여기는 것 같았다. 아빠를 잃은 죄인은 찌그러져 있는
게 옳았다.

엄마도 움직이지 않았다. 멍하니 창밖의 구름만 살폈다. 농
원은 풀들로 가득 찼고 개수대에는 설거지거리가 쌓여갔다.
해수 고모가 찾아오는 날이 늘었다. 해수 고모와 숙자 이모는
엄마의 어릴 적 친구들이다. 그들은 첫 대면에서부터 "까꿍! 이
모야!", "까꿍! 고모야!" 하며 자신들을 소개했던 것 같다. 우리
는 의심 없이 그렇게 부르고 있었다.
고모는 지나치게 솔직한 게 탈인 여자다.
"미안하지만, 미경아! 나는 네가 혼자된 게 참 좋다. 너만 남
편 있었잖아, 숙자도 없고 나도 없는데…….."
이모는 커다랗게 눈을 뜨고 고모를 쳐다봤다.
"너 미쳤구나."
고모는 그때 이혼을 한 지 얼마 되지 않았다.
이모는 한 번도 결혼을 하지 않았다. 이모는 또랑또랑한 목
소리에 윤곽이 선명한 얼굴, 긴 다리에 무척 세련된 분위기를
지녔다.
"키 큰 여자는 데이트할 때만 필요하지, 데리고 살 여자는 아
니야."

고모는 툭하면 이모에게 시비를 걸었다. 키가 작고 동글동글한 고모는 술과 담배를 좋아했다. 세상에 나온 노래는 다 알아야 직성이 풀리는지 아이돌 노래까지 따라 하느라 기를 썼다.

　"현아! 이 노래 알아?"

　이어폰을 끼고 부르는 노래처럼 고모의 음정은 늘 불안했다. 고모는 담배 잡는 손가락의 우아함을 위해 몇 달이나 거울 앞에서 애를 썼고 무슨 일이 있어도 구두 굽은 낮추지 않았다. 그런 고모가 가장 싫어한 것은 이모가 집착하는 여성운동이었다. 이모는 그 운동에 인생을 건 듯 했는데, 고모는 그런 이모를 영 달가워하지 않았다.

　"이제부터는 모성성의 세계야! 더 이상 폭력이 힘이 될 수 없는 세상이지. 따뜻한 품으로 모든 것을 감싸 안는 모성애. 바로 그게 힘이 되는 세상이야. 그러기 위해선 여성이 먼저 깨어나야 해! 알아듣겠니?"

　"너나 깨어나세요, 노처녀님!"

　"건이 엄마, 쟤 좀 만나지 마!"

　고모는 이모가 부려대는 짜증쯤에는 끄떡하지 않았다.

　"미경아, 저런 답답이를 왜 만나고 그래."

　어린 시절 이 세 여자들의 이야기는 내 세계였다. 그랬기에 나는 남자들의 세계보다 여자들의 세계에 더 익숙했다. 그리고 남자들이란 참 별 볼일 없는 짓거리나 하는 인간이라고 생각했다. 깔깔거리는 고모를 따라 엄마는 그저 소리 없이 웃다가 한마디 툭 뱉어냈다.

"니들은 도무지 달라지질 않니? 하기야 어른이 뭐 별 건가, 애 큰 게 어른인걸."

그녀들 관심은 줄기차게 남자였다. 엄마는 자식으로 그들에게 응대했다. 나는 세 여자 이야기를 엿들으며 자랐다. 그녀들 관심이 변해가는 대로 내 세상도 따라 변했다. 물론 놈들이 우리 생활에 끼어들기 전까지다. 우리는 한 번도 경험해볼 수 없었던 놈들의 세상으로 이동을 해야 했다. 그곳은 늪보다 더 빠져나오기 힘든 세상이었다. 그걸 경험하지 않았다면 나도 그녀들처럼 인생은 연애의 연속이라고 믿었을 것이다.

그해 여름, 고모는 페인트공을 만났다. 아홉 살이나 어린 애인이 고모는 무척 사랑스러웠나 보았다.

"멜빵바지를 입은 게 어찌나 귀여운지, 아직 어린 티가 남아 있다구. 페인트통이 잔뜩 들어 있는 하얀 트럭에다 접이식 사다리랑 붓이랑 온갖 잡동사니를 다 싣고 다녀. 내가 트럭을 타고 데이트를 할 줄이야, 낸들 알았겠냐구. 으히히히…… 그런데 아무리 봐주려고 해도 안 되는 게 있더라고. 손톱 밑에 까맣게 긴 때. 으히히히…… 페인트가 들어가서 때처럼 보이는 거라는데, 닦이지도 않는다더만……. 어린것이, 그래도 사내라고 또. 그건 그래도 안 보면 되니까, 뭐! 참을 만해. 그런데 말이야. 삼겹살 싼 상추를 내 입에 넣어주는데, 으히히히……."

뒹굴뒹굴 놀며 나는 그녀들 이야기를 들었다. 동화책보다 훨씬 재미있는 이야기가 쏟아져 나왔다. 나는 늘 고모가 오는 시간을 기다렸다. 그녀에게는 금방 사람을 유쾌하게 만드는 기술이 있었다. 아빠가 돌아가시고 나자 고모는 더 남자 이야기로 부산을 떨었다. 엄마가 웃기라도 할라치면 고모는 옳거니, 하는 표정으로 그 이야기를 몇 번이고 되풀었다. 고모 웃음소리 덕분인지 엄마는 곧 농원으로 발길을 옮겼다. 그러고는 밤늦도록 돌아오지 않았다. 시기를 놓친 작물 처리는 시간이 많이 걸린다고 했다.

"흙을 만지면 마음이 편해져. 모든 걱정이 헛되 보이고, 자라나는 것들을 보면 행복한 마음이 들어……. 작고 연약한 싹들이 곰실거리며 흙을 뚫고 나오잖니. 그게 말이 된다고 생각하니? 그 싹으로 사람이 흙을 팔 수 있다고 생각하니? 어림도 없어. 다 제가 해야 되는 거야. 제 안에서 나오는 힘보다 더 센 건 없어."

이 말이 고모 방문을 뜸해지게 만들었다. 엄마는 다시 작물에 마음을 빼앗겼다.

3

엄마의 세계는 불안했다. 엄마는 말뚝처럼 그 자리를 지켜야 했다. 당연히 그 자리에서 우리를 기다려 주어야 했고 내 발밑을 받쳐주어야 했다. 그러면 다른 일들은 참을 수 있었다. 설혹 내가 한 뿌리 작물로 키워진다 해도 상관없었다. 나는 나를 책임져 줄 힘이 필요했다.

내가 두려운 눈으로 엄마를 지켜보는 동안 형은 공만 차댔다. 운동장 귀퉁이에 보안등이 켜지는 시간에도 형은 공을 향해 달렸다. 운동화가 너덜너덜해져도 물러서지 않던 형이 오랜만에 엄마를 조르는 일이 생겼다. 좋아하던 여학생 생일이라 했다. 커다란 곰 인형을 끌어안고 나갔던 형이 힘없이 돌아왔다.

"불쌍하대……."

그 말이 무얼 의미하는지 우리는 몰랐다. 아빠의 부재로 인한 동정이 다분히 그런 식으로 표현되었을 거라고만 생각했다. 작은 얼굴에 분명한 이목구비를 가진 여학생은 당찼지만 조용했다. 그리고 항상 명품 가방을 메고 다녔다.

"예쁘잖아."

형이 그 여학생을 좋아하는 이유는 간단명료했다. 예쁜 여학생을 싫어할 남학생은 없었기에 나는 형의 행동을 너무도 당연하게 받아들였다. 그런데 어느 날부터 형은 걸음을 방해하는 힘과 마주쳤다. 교실 복도를 지나는데 힘껏 부딪치는 어깨가 나타났고 무심한 듯 걷어차는 발길에 힘없이 무릎이 꺾였다. 형은 있을 수 있는 일이라 지나쳤다. 하지만 불길한 예감마저 떨쳐내지는 못 했다.

"너 창수 알지?"

하굣길에 3층 계단을 내려오며 곰 인형 여학생이 형 곁으로 붙었다. 커다란 키에 단단한 몸매를 가진 창수는 초등학교 때부터 싸움질로 소문을 뿌린 아이였다. 반은 달랐지만 1학년 때는 학교 대항 싸움에서 초전 멤버로 세워졌다. 형은 고개를 끄덕거렸다.

창수를 기억하게 된 날은 생생했다. 학원에서 나오다 갇힌 골목길이었다. 형은 인근에서 학원비가 가장 싼 보습학원을 다녔다. 그 학원은 아직 상가가 제대로 형성되지 않은 골목 안 3층 건물에 있었다. 어디로 나가든 큰길을 만나려면 공사현장이 나타나는 컴컴한 골목을 지나야 했다. 학원 선생님이 당번을 선다기에 형도 등록을 했지만 그런 약속은 지켜지지 않았다. 그 때문인지 골목은 수시로 벌어지는 패싸움에 시달렸다.

그날도 귀갓길에 형은 멀찌감치 갈라져 서성대는 두 패의 중학생들과 만났다. 형은 얼떨결에 자기 학교 패거리들 뒤로 들어섰다. 두 패거리는 머쓱한 분위기를 지우려 욕지거리들을 뱉어내고 있었다. 두 팀의 '선빵'이 가운데로 걸어 나갔다. 창수는 더부룩한 앞머리를 칼처럼 자른 상대에게 먼저 치라며 호기롭게 턱을 내밀었다. 날렵한 몸매의 창수보다 덩치가 훨씬 우람한 칼머리는 잠시 망설이더니 창수의 턱을 올려붙였다. 순간 창수 몸이 옆으로 몇 발짝 밀려났다. 꼬꾸라진 몸을 일으킨 창수는 흙을 천천히 털어냈다. 바지에 비빈 손을 날렵하게 감아쥔 창수가 칼머리를 향해 순식간에 펀치를 먹였다. 따악! 주변 건물에 반사된 소리가 밤공기를 울렸다. 짧은 비명들이 터졌다. 뒤로 고꾸라진 칼머리는 선뜻 일어나질 못 했다. 반대편 쪽이 웅성거렸다. 허리에 사시미칼을 꽂고는 가슴까지 윗도리를 말아 올린 대장이 소리쳤다.

"야 이 씨댕이들아, 덤벼!"

순간 창수는 뒤에 서 있던 아이의 야구방망이를 낚아챘다. 날듯이 달려오는 사시미칼을 향해 먼저 내달았다. 치켜든 방망이가 사시미칼이 들린 팔을 후려쳤다. 칼이 어둠 속으로 날아갔다. 미처 싸움이 시작되지 않은 때라 아이들은 날아가는 칼을 피해 사방으로 흩어졌다. 뒤에서 들뜬 목소리들이 튀어나왔다.

"저 세수대야들 것도 아니네."

이웃학교 아이들이 손에 든 것들을 질질 끌고는 골목 한쪽으로 사라졌다.

형은 창수를 기억했다. 곰 인형이 그 창수를 들먹일 줄은 몰랐다. 그때만 해도 형은 여학생들의 일진 계보에 의미를 두지 않았다. 그런 계보는 들개처럼 거친 여학생들의 전유물이어야 했다. 그런데 곰 인형처럼 귀엽고 상큼하게 생긴 여자아이가 창수를 들먹이자 의아해졌다. 무언가 어슴푸레하지만 잡히는 것도 같았다. 어깨를 부딪쳐 오는 아이들, 괜히 엉덩이를 걷어차던 아이들……

"창수가 조만간에 널 부를 거야. 알고 있으라구."

긴 머리를 나풀거리며 곰 인형이 가볍게 계단을 뛰어 내려갔다. 별로 좋은 소식은 아니었다. 형은 불안했지만 그렇다고 어째볼 것도 없었다. 같은 반이 아닌 창수가 자신을 부른다면 그건 곰 인형밖에는 이유가 없었다. 형은 왜소했고 소심했지만 전교권 성적을 유지했다. 그랬기에 패거리들에게는 별 관심의 대상이 아니었다. 그러나 형은 자신의 조건이 이미 변해 있었다는 것을 미처 깨닫지 못했다. 형은 아빠가 없는 아이에다 일진 애인을 넘본 놈이었다.

엄마는 자식들 주변에도 풀이 자라고 벌레가 꼬인다는 사실을 알려 들지 않았다. 장례식장에서 돌아와 농원을 포기했을 때처럼 자식들도 엄마 작물만큼이나 힘겨운 상황에 처했다는 것을 이해하지 못했다.

학교에서 돌아오는 시간이 늦어지며 형 몰골은 점점 초췌해졌다. 기운이 없는 탓인지 교복은 쉬 더러워 보였고 운동화는 바닥에 쓸린 것처럼 깊이 먼지가 박혔다. 뭔가 이상했지만 나는 형을 믿었다. 그동안 형은 무슨 일이든지 잘해내고 있었다. 마을 앞, 연꽃이 가득한 연못에서 쉽게 개구리를 잡았고, 포장된 길에서라면 종일이라도 팽이를 살릴 수 있었다. 매일 작대기를 들고 동네를 들쑤시고 다녀도 시험성적은 우수했다. 엄마가 동네사람에게 기죽지 않는 것도 바로 형 성적 때문이었다.

걸어서 다니던 초등학교와는 달리 중학교는 신도시 아파트 단지 안에 있었다. 버스로 세 정거장 되는 거리를 그래도 형은 걸어서 다녔다. 그 길에 슬슬 방해꾼들이 나타나기 시작한 것과 그 길을 지나 도착한 학교에 방해꾼들이 등장한 것은 거의 같은 시기에 이루어졌다.

4

우리가 살던 여주동은 신시가지와 구시가지의 접경이었다. 마주 보고 길 하나를 건너면 아파트가 끝도 없이 펼쳐지는 신시가지지만 돌아서면 산이 보이고, 그 산 너머에는 오래되고 낡은 판잣집들이 들어차 있었다. 다닥다닥 붙은 작은 건물들로 연결된 구시가지는 등산로를 따라 능선을 넘으면 나타났다.

구시가지와 신시가지 중심에는 꼭 배꼽만 한 땅이 있었다. 아직 논과 밭과 연못과 굴뚝과 늙은 나무들이 우거진 마을이었다. 그 마을의 산 밑, 구시가지로 넘어가는 길 왼쪽에는 멀리서도 분명한 회색 건물이 있었다. 원시인 손의 전화기처럼 꽤나 어색한 건물이지만 어떻게 이 동네에 현대식 건물이 들어섰는지는 알지 못했다. 그래도 고모는 찾아오기는 쉬워서 좋다고 말했다.

"멀리서 보면 근사한 별장이야. 여기서 나오는 너는 완전 사모님이고……. 아니, 가정분가? 암튼 보기는 좋다고. 그러니까 힘내서 살라고!"

그러다 주변 야생 꽃들에 잡히면 마냥 주저앉았다. 늦은 봄날 피어나는 코스모스를 보며 고모는 소리를 질렀다.

"얘네들은 어쩌자고 벌써부터 펴! 다른 애들이 피니까 저도 따라 폈나 봐. 암튼 사람 곁에 있으면 다 버려요. 봐, 얘네들 지 맘대로잖아."

마을은 녹지지구로 묶여 있어 기와 한 장도 허가를 받아야 손질이 가능했다. 그래서 엄마의 어린 시절 고향 모습을 그대로 간직하고 있었다. 귀퉁이지만 우리가 살던 건물은 아무튼 특별했다. 다가가면 갈수록 자신의 눈을 믿는 게 얼마나 어리석은지도 경험시켜 줬다. 주인은 아마 권력을 쥔 사람 같았다. 미래를 준비하며 택지를 확보하기 위한 수단으로 지은 집은 허술했다. 사방에 방을 넣어 세입자를 늘렸고 뒤쪽으로 난 출입구로 나가면 아무렇게나 버려둔 공터가 나왔다. 그 곁에 엄마의 비닐하우스가 있었다. 엄마는 시장으로 출하하는 오이나 호박, 방울토마토, 참외, 깻잎, 시금치, 상추, 쑥갓 등을 철철이 길렀다. 형과 나는 거들떠보지도 않는 채소로 입술을 시퍼렇게 물들이며 밥을 먹었다. 흙이 묻은 목 긴 장화를 신고 터덜거리며 걸었다. 가끔 퇴근 시간에 마주친 고모는 늘 배꼽을 잡고 웃었다.

"야, 너 그 꼴이 뭐야!"

들은 척도 않는 엄마였지만 고모는 수시로 잔소리를 늘어놓았다.

마을 사람들은 모내기를 하고 배추를 가꾸고 굴뚝이 있는 뒤란에다 노란 키다리 꽃을 심었다. 동네 경조사는 이장이 동네 방송으로 알렸다.

"정말순 할머니 칠순을 내일 자식들이 사는 서울 뷔페에서 합니다. 다들 가십시다. 내일 아침 열 시꺼정 슈퍼 앞으로 나오세요. 거기에다 실어 갈 버스를 대기시킨다고 했습니다."

아파트로 입주한 사람들은 동네로 산책을 나왔다. 그들은 낡은 담장과 연탄재가 쌓인 마당과 돌을 얹은 지붕과 개량되지 않은 못난 맨드라미를 구경하며 마을길을 돌았다. 구시가지에서 신시가지로 학교를 다니는 학생들도 그들과 함께 마을길로 들어섰다. 삼삼오오 떼를 지은 남녀 학생들은 마을 중심로인 논길을 따라 산 아래 둔덕의 나무숲으로 몰려들었고, 그곳에서 다시 길을 따라 구시가지로 넘어갔다.

논두렁길에서 주변을 감상하던 고모는 몇 번이고 그들과 부딪쳤다.

"이마에 피도 안 마른 것들이, 여기가 어디라고 담배를 꼬나 물고 다녀!"

"씨발, 뭐야?"

담배를 손에 든 남학생이 어깨에 각을 세우며 고모에게 다가섰다.

"나 너 같은 자식 키우는 사람이다. 너 어디 학교 학생이야?"

고모가 남학생 명찰을 향해 고개를 숙였다. 한 발 뒤로 물러난 아이는 힘껏 고모를 밀쳐버렸다.

"씨발, 니가 뭔데 지랄이야!"

"뭐라? 이 쫀만한 놈이."

논길로 넥타이 허리띠를 졸라맨 이장 할아버지가 급히 다가왔다.

"니들이 참어라. 어른한테 그럼 쓰나. 빨리 가라. 니들 갈 길로 가, 빨리."

"존나 재수 없어."

두 아이가 집어 던지는 불붙은 꽁초를 피해 펄쩍 뛰며 고모는 소리를 질렀다.

"아저씨! 저런 것들을 그냥 보내면 어떡해요? 저런 싸가지 없는 것들을."

"이길 수 있어요, 쟤들? 어디 한두 번이라야 말이지. 학교에 연락을 수도 없이 했어요. 선생들 콧등도 안 보여요. 아이고, 어쩝니까. 세상이 그런데……. 봉변이나 당하지 말아야지요."

나는 손에 들었던 짱돌을 바닥에 내려놓았다. 여차하면 고모에게 덤비는 놈들을 향해 날릴 작정이었다. 그들의 아지트는 엄마 농원 부근에 있었다. 그래서 엄마에게도 조심을 시켰다.

"엄마, 절대로 걔네들한테 말 걸지 마세요. 쳐다보지도 말고요. 그냥 없는 것처럼 지나가세요."

그들은 아파트 동 사이에 있는 중학교를 다녔다. 정문에서부터 담배를 꼬나물고 마치 영화포스터의 조폭들처럼 길을 가로막으며 걸었다. 한쪽은 학교 운동장을 끼고 가는 길이었지만 상관치 않았다. 운동장에는 아직 하교하지 않은 아이들도, 특기생들을 지도하는 교사들도 있었지만 그런 건 문제되지 않았다. 이미 이 근방에서 그들을 나무랄 의지는 없었다.

농원 옆 나무 그늘에 모여드는 아이들은 어쨌거나 남녀 한 쌍씩 짝을 맞췄다. 그들은 무표정한 얼굴로 서로 마주 보거나 한곳을 보고 앉아 담배를 피웠다. 분명 데이트를 하는 것 같았는데, 연신 침을 뱉으며 담배를 피웠다. 하교 시간이 되면 동네 노인들도 길에 나서지 않았다. 버젓이 보이는 것들을 못 본 척해야 했다.

멀리서도 푸르스름한 담배 연기가 그들을 알렸다. 어디에도 놈들을 몰아낼 힘은 나타나지 않았다. 점령군처럼 동네를 제압한 그들 요새는 나날이 번창했다. 억울한 기분이 떨쳐지지 않았다. 내 어린 날의 투명한 시간들에, 흙탕물을 뒤집어씌우는 기분이 들었다. 나는 그들의 연기를 발견하면 농원으로 나섰던 걸음을 돌렸다. 형도 마을길을 더 이상 뛰어다니지 않았다.

나는 촌놈으로 불렸다. 아이들은 여주동을 촌이라 했다. 반 아이들과 나는 큰 도로를 사이에 두고 헤어졌다. 아이들은 건널목 하나를 건너는 순간 아파트 숲속으로 사라졌다. 하지만 내 모습은 오래도록 길 위에 남았다. 여주동 길에는 나를 가릴 게 없었다. 무리에서 떨어져 혼자가 되는 것은 외로운 일이었다. 나는 아이들이 떠벌리는 이야기의 뒤끝을 따라갈 수 없는 게 늘 아쉬웠다. 또 그들이 계획하는 놀이에도 끼어들지 못했다. 그래서 그들을 따라 아파트 단지로 들어갔던 적도 있었다. 그러나 그들도 결국은 몇 걸음씩 차이를 두고 혼자서 건물 안으로 사라졌다. 이야기 끝은 중요하지 않았다. 놀이 계획들도 순간 없던 것이 되었다. 그들은 친구를 만나러 다시 학원엘 갔다. 그 사실을 알았을 때 나는 그들이 부럽지 않았다. 무리를 찾아 종일 이곳저곳을 옮겨 다녀야 하는 그런 하루는 내게 의미가 없었다.

내 주변에는 놀거리가 사방에 널려 있었다. 나는 형과 거름이나 비료를 나르는 외발수레를 탔고 종일 개미무덤을 파며 여왕개미를 찾았다. 온갖 곤충들이 방으로 들어오고 곤충을 따라 들어왔던 산새가 천장을 치며 집 안에 묵은 먼지를 일으켰다. 햇볕이 나면 왕지렁이가 길 위로 나와 몸을 말리고 개밥을 먹으러 왔던 참새가 고양이에게 잡혔다. 나는 종일 그들을 쫓으며 놀았다. 그러다가 엄마가 보고 싶어지면 농원으로 갔다. 농원에는 모기가 언제나 극성을 부렸다. 온갖 벌레들도 출동했다. 그래도 야채는 쑥쑥 자랐다. 엄마는 야채를 아주 능숙하게 가꿨다. 조금만 이상한 낌새를 보여도 얼른 달려들었다. 그 숙달된 능력이 농원을 나와서는 전혀 발휘되지 못했다. 안타깝지만 사실이었다. 엄마는 자신이 사랑하는 식물처럼 세상도 정직하다고 생각하는 사람이었다. 그런 엄마의 촌스러움은 아파트 단지의 학교와는 어울리지 않았다.

엄마가 매일 야채 담은 비닐봉투를 들고 학교를 다녀간 때가 있었다. 내가 '우리들은 일 학년'을 떼고 교과서를 가방에 넣고 다닐 때쯤이었으니까 입학한 지 한 달은 지났을 무렵이었다. 한창 농번기라 바쁘기도 했지만 엄마는 입학식 날 이후 내 손을 잡고 등굣길에 나서지 않았다. 친구엄마들처럼 교실을 꾸미지도 않았고 선생님이랑 차를 마시며 웃지도 않았다. 작업복바지에 고무장화를 신은 엄마는 내가 보기에도 그녀들과는 많이 달랐다. 그런데 엄마가 청소당번에 걸리는 날이 왔다.

"그래? 그럼 가야지."

4교시가 끝나갈 무렵 복도에 엄마 모습이 나타났다. 엄마는
간편한 복장으로 빨간 고무장갑과 걸레로 쓸 수건 같은 것들을
쇼핑백에 담아 들고 있었다. 종례가 끝나고 선생님과 아이들
은 교실을 나갔다. 엄마는 복도에서 선생님과 인사를 나눴다.
선생님은 말없이 직원실로 가버렸다. 엄마는 원정 온 5학년 아
이들이 청소를 시작하자 교실로 들어갔다.

"엄마! 기다릴까요?"

"왜 청소하러 온 엄마가 나 혼자지?"

엄마는 자신이 생각했던 것과 다른 상황에 조금 망설였다.
그러다 5학년 당번 형들과 함께 책상을 나르고 빗자루질을 하
고 바닥을 닦았다. 나는 설명을 해야 했다.

"엄마는 그런 청소를 하는 게 아니에요."

"그런 청소? 청소하러 오라고 했잖아, 맞지?"

"그건 맞아요."

나는 어떻게 말해야 할지 몰라 운동장으로 나갔다. 한참 후
에야 엄마가 나타났다. 돌아오는 내내 엄마는 골똘히 무언가
를 생각하고 있었다. 나는 엄마에게 다른 엄마들 청소방법을
말해줄 필요를 느꼈다.

"다른 엄마들은 진짜 청소는 안 해요. 선생님한테 선물을 드리고 커피를 마시고 이야기를 해요."

"선물? 무슨 선물?"

"이쁜 선물요."

"이쁜 선물이 뭔데? 뭐가 이쁜 건데?"

"쇼핑백도 이쁘고 포장지도 이쁜 선물요."

"포장지도 이뻐? 근데 왜 청소를 하러 오라고 그랬지."

"그건 선생님이 그렇게 말하는 거예요."

엄마가 다녀가고 며칠 후였다.

"이따 데리러 갈게."

나는 무심히 들었다. 그럴 일이 없었다. 그런데 정말 엄마가 복도에 서 있었다. 나는 엄마가 왔기에 마음이 초초해졌다. 종례가 끝나가고 있었다. 한 아이가 문을 열었다. 갑자기 뒤쪽에 앉았던 아이들이 뒷문으로 몰려 나갔다. 나도 따라 나갔다. 선생님이 교탁을 몽둥이로 두들기는 소리가 들렸다. 아이들이 다시 교실로 몰려 들어갔다. 나는 엄마에게로 갔다. 엄마가 빨리 들어가라며 다급하게 팔을 저어댔다. 머뭇거리는 사이 선생님이 문을 닫아버렸다. 나는 문을 열고 교실로 들어갔다. 갑자기 선생님 몽둥이가 내 등을 사정없이 두들겼다. 엄마가 말없이 보고 있었다. 아픈 거보다 엄마한테 미안했다. 그 다음 날부터 엄마는 새벽이면 농원에서 야채를 한 봉투씩 담아 왔다. 그것을 매일매일 선생님 책상 위에 올려놓았다. 본 척도 안 하던 선생님은 딱 보름 만에 이제는 그만 오라는 통보를 보냈다. 자식을 한 번도 들여다보지 않은 엄마의 무관심에 선생님은 그렇게 벌을 내렸다.

"다음부터는 현이한테 보내세요."

엄마는 그렇게 선물하지 않은 벌도 받았다.

"웬일이야, 그 나이에 선생님한테 벌을 다 받고……."

고모가 깔깔대며 엄마를 놀려댔다.

"그러게. 자식 선생님이면 내 선생님이지, 뭐."

여주동에서 학교를 다니는 아이는 몇 명 되지 않았다. 중학생은 형이 다녔고 초등학생은 나랑 민제가 다녔다. 민제는 어렸을 때 이곳을 떠났다가 내가 4학년 때 다시 돌아왔다. 민제가 돌아오는 바람에 나는 친구가 생겼다. 그런데 민제는 동네에는 잘 머물지 않았다. 아파트 단지 아이들이랑 어울려 다니며 종일을 보냈다. 민제 엄마는 마당 평상에 부업거리를 가득 쌓아놓고는 드나드는 사람들을 간섭했다.

"건이 엄마! 여기 앉아 좀 쉬어. 이바구도 하고……."

툭하면 엄마를 불러 세웠다.

"괜찮아요. 저는 그냥 집이 편해요."

"사람이 살이 좀 붙어야 사람 같지, 삐쩍 말라가 그게 어디 사람으로 보이드나?"

엄마가 민제 엄마에게 붙잡혀 주춤거릴라치면 나는 얼른 끼어들었다.

"민제, 아빠랑 같이 나갔어요?"

"어대에~, 민제는 지가 나갔지. 아빠는 일 나가싯꼬."

민제 엄마는 남편 말만 나와도 벌떡 일어나 앉았다. 자그맣고 작대기같이 깡마른 남편이었지만 민제가 돌아오고는 꼼짝을 못 했다. 민제는 친아빠랑 중국에서 지내다 돌아왔다. 그래서인지 새아빠와는 데면데면했다. 그녀는 자신이 살만 빠지면 누구에게도 뒤지지 않는 미모를 지녔다고 믿었다. 언제나 다이어트를 했지만 뚱뚱했다. 어느 땐 달관한 사람처럼 뱃살의 실체를 설명하며 호기를 부렸다.

"비곗덩이가 솜덩인지 아능교? 뭘 몰라서 그라제. 버터 얼은 거 한번 생각해보소. 찬물이야 더운 데 들어가면 금세 녹지만요, 기름은 다르제, 안 녹니다. 얼마나 배 시린지 아능교? 춘 데나가서 한참 돌아치면 배가 얼어서 얼매나 춥다꼬. 그거이 따신 방에 들어왔다고 빨리 녹나, 안 녹아예."

나는 그녀를 통해 뚱뚱한 사람은 여름뿐 아니라 겨울에도 얼마든지 힘들 수 있다는 걸 깨달았다. 그러고 보니 비계는 당연히 솜이 아니었다. 그렇게 우리는 말해주지 않으면 도저히 짐작할 수 없는 일들 속에 살아가고 있었다. 형의 변화도 그랬다.

5

경부선 고속도로로 들어선다. 브러시가 부산하게 빗물을 쓸어낸다. 뒤에서 경적이 터졌다. 생각을 했나 보다. 생각에 젖으면 내 발은 힘이 풀린다. 차선을 뛰어넘은 레미콘 차량이 앞을 막는다. 급히 브레이크를 밟는다. 속도를 내지는 않았지만 빗길이라 돌아가는 핸들을 두 손으로 부여잡는다. 연신 급브레이크를 밟는 검은 얼굴이 레미콘 차량의 사이드미러에 나타났다. 5차선 고속도로는 비어 있었다. 그가 굳이 내 속도를 탓할 이유는 없었다. 무언가 내 차에서 이상한 기미를 느낀 건 아닐까, 순간 몸이 얼어붙는 듯 마비된다. 트렁크 문이 열리지 않으면 무엇도 드러나기 힘들다. 문이 열렸다는 사인은 뜨지 않았다. 나는 사방으로 머리를 돌리며 차체를 살핀다. 깜빡이등을 켜고 속도를 줄인다. 이를 드러내고 웃으며 검게 탄 얼굴이 멀어진다. 짜증나는 놈이다. 아마 이 차가 신형 외제 차였거나 내 외모가 부티를 풍겼다면 놈은 내 앞을 막아서지 못했을 것이다.

"젓 같은 놈!"

정신이 자꾸 혼미해진다. 빈 도로를 달리는 건 너무 지루하다. 한숨도 못 잤다. 어젯밤처럼 생각이 복잡했던 적도 드물다. 나는 놈이 늦잠이라도 자길 바랐다. 차라리 그래 준다면 나는 어제처럼 오늘도 지낼 수 있었다. 이제 와서 놈 하나를 처리한다고 별로 달라질 것도 없었다. 형은 어젯밤에도 컴퓨터에 매달려 있었다. 부어오른 듯 빵빵한 배를 티셔츠로 덮고 동영상을 봤다. 멀겋게 흐르는 침을 닦지도 않고는 화면에 넋을 빼앗겼다.

게임을 하며 질러대던 욕지거리가 그리울 때가 점점 많아진다. 나는 밤새도록 남녀들이 질러대는, 이제는 느낌조차 없는 괴성을 들어야 한다. 더는 이성에 대한 그리움이 생기지 않게 만든 그 진력나는 야동이 퀭한 눈동자와 함께 떠오른다.

나는 형에게 이어폰을 끼워줬다.

"이걸로 들어 형, 나는 자야 해. 그래야 과자를 사 올 수 있어."

"그래? 자."

하지만 형은 곧바로 이어폰을 뽑아버렸다. 한 영상에만 집착하는 형을 위해 나는 다른 영상물을 다운받아 줬다. 그러나 형은 오로지 앞머리를 자른 앳된 여자만 찾아 화면을 되돌렸다.

포크와 나이프가 그려진 안내판이 나타난다. 오른쪽으로 차선을 옮긴다. 시간 때문인지 휴게실 주차장은 썰렁하다. 한적한 나무 그늘 아래에 차를 세우고 한참을 걸어 휴게실 안으로 들어갔다. 가장 빨리 나오는 아메리카노 커피와 핫도그와 김치라면을 사서 쟁반에 담았다. 뒤에 강이 흐르는 경치를 배경으로 주차장이 보이는 자리에 앉았다. 비를 맞는 내 차가 보인다. 근처로 늙은 고양이 한 마리가 지나간다. 나는 승용차를 바라보며 순식간에 라면을 입에다 쓸어 넣었다. 그리고 천천히 커피잔을 들어 향기를 맡는다.

"맛있는 커피를 언제 먹어봤는지 모르겠네. 향이 좋은 원두커피……."

엄마가 병원의 커피기계 앞에서 물끄러미 창밖을 바라보며 했던 말이다. 핫도그와 커피를 남겨두고 자리에서 일어난다. 엄마가 그리워했을 커피향이 그리워진다.

야생화가 피어나던 논길은 흔적 없이 사라졌다. 연꽃이 피던 작은 연못, 배가 붉은 손톱만 한 개구리들도, 돌담장 안으로 보이던 소박한 꽃밭, 담쟁이넝쿨, 호박넝쿨이 오르던 나지막한 담장도 다 어디로 갔는지 모르겠다. 그 아름답고 정겹던 마을을 묻어버리고 고작 아파트 몇 동을 세운 게 개발이었다. 거대한 비석처럼 마을 위에 박힌 건물을 지나 나는 교복들이 사라진 산길을 걸어 퇴근을 한다. 교복들은 공사장 시멘트 먼지가 싫었던지 사방으로 흩어졌다가 잘 지어진 놀이터 화장실로 다시 돌아왔다. 어른들은 얼른 시멘트벽을 부숴내고 속이 훤히 들여다보이는 유리벽을 만들었다. 노란 테이프를 두르고 팻말까지 붙여 출입을 막았지만 그들은 아랑곳 않았다.

어느 날 그 유리벽 안에서 포위당한 채 담배빵을 당하는 여학생 하나를 발견했다. 긴 머리가 갈리며 드러낸 여린 목덜미에 담배꽁초를 비비는 하얀 손가락이 눈에 들어왔다. 나는 자동차 트렁크에서 야구방망이를 꺼내 들었다. 노란 비닐테이프를 걷어내며 똑바로 걸었다. 하얀 교복 하나가 뒤를 돌아봤다. 나는 교복의 시선이 닿는 유리벽부터 후려쳤다. 요란한 소리와 함께 파편이 튀었다. 순식간에 무리가 흩어졌다.

꽁초를 손에 들고 멍하니 나를 보는 짧은 치마의 눈빛을 맞받았다. 강아지처럼 순수한 그 눈빛에 나는 당황했다.

"뭘 꼬라봐, 한 번만 더 얘 건드리면 죽여 줄 거다. 다들 집으로 안 갈래?"

"쩔어!"

투덜거렸지만 아이들은 질려 있었다. 나는 알았다. 지금 너희들에게는 무리가 세상이다. 떼거지들의 힘.

풀러난 여학생이 그제야 바닥에 주저앉으며 흐느꼈다. 작고 어딘가 부실하게 보이는 체형이다.

"당하지 않으려면 죽어라 싸워! 울지 말고 싸워! 이길 때까지 싸워!"

여학생이 고개를 들어 내 눈을 찾았다. 두려움과 분노로 가득 찬 눈동자, 너무 익숙한 그 눈빛이 떨렸다.

"절대 지지 마. 그리고 당해주지 마. 저것들 별거 아니야. 10년 뒤를 생각해봐. 저것들 네 앞에서 쪽도 못 쓸 것들이야. 그러니까 지지 마. 그리고 경찰에 신고해. 네 힘이 부족하면 그렇게라도 해."

누군가 우리에게 적극적인 손길을 보냈더라면 지금의 나는 생겨나지 않았다. 우리 같은 가족도 생겨나지 않았다.

6

"돈 아까워요. 나 공부 안 해요."

"그게 무슨 말인데?"

"나 공부 못 해요. 더 이상 학원비 내지 마세요."

자신이 결제한 학원비가 형 손에 고스란히 들려 왔어도 엄마는 그게 무얼 의미하는지 몰랐다.

"성적이 너무 떨어지던데, 돈 걱정하지 말고 다니지. 혼자 할 수 있겠어?"

대답 않고 물러나는 형에게 엄마는 관심을 두지 않았다. 그녀는 농원에서 야채를 보살피기에 바빴다. 출하시기를 놓고 고민했고 병충해와 날씨, 시장경기에만 예민하게 반응했다. 그러다 고모가 오면 고모 이야기에 넋을 빼앗겼다.

고모는 언제나 연애를 하고 있었다. 내가 아는 한 그녀가 연애를 쉰 적은 없었다. 페인트공과 헤어진 뒤에도 그녀는 곧바로 에버랜드에 다니는 아저씨를 만났다. 고모는 에버랜드 무료입장권을 호기롭게 식탁에 꺼내놓았다.

"내 참! 인생은 뭐가 답인지 모르겠어. 술 때문에 만났다는 게 이해가 돼?"

페인트공 트럭과 헤어진 고모는 술에 취해 앉았던 공원벤치에서 에버랜드를 만났다고 했다.

"그때 정신없이 취했었거든. 걸음이 안 되더라고. 그래서 주저앉았지. 시간이야 가든지 말든지 앉아 있었지. 참 신세가 따분해 보이더라고. 대체, 왜 이렇게 나는 남자복도 없나 하니 눈물도 나고……. 그런데 웬 놈이 다가오는 거야."

고모는 난생처음 메이커 커피를 들고, 이어폰을 한 짝씩 나눠 끼는 남자랑 데이트하는 기분을 말해줬다.

"낄낄낄낄, 재밌어. 애들만 하는 게 아니더라고……."

고모가 에버랜드를 만나는 동안 이모는 교수직을 얻느라 사력을 다하고 있었다. 그녀가 단골로 다니는 점집은 구시가지에 있는 꽤나 소문난 박수였다. 이모는 자주 그 점집을 찾았는데, 그럴 때마다 엄마를 보러 왔다. 이모가 오는 날은 영락없이 고모도 달려왔다. 이모는 고모의 연애 이야기에 언제나 혀를 내둘렀다.

"교수 되는 것보다는 남자 구하는 게 더 빠르지 않을까?"

미래가 불안하다는 이모는 고모를 만나면 곧잘 흔들렸다.

"강사생활 이십 년 한다고 교수 되는 게 아니거든. 이러다 인

56
57

생 끝장나는 건 아닌지 모르겠어. 나도 다른 방법을 찾아야 하는 건 아닌지, 원……."

고모는 담배를 피워 물며 이모의 시선을 피한다.

"넌 결혼할 생각 말고 그냥 연애나 하세요. 이게 내가 해줄 마지막 충곱니다."

밥해줄 남편, 운전해줄 남편, 논문 대신 써줄 남편, 그리고 탤런트처럼 멋지게 생겨서 같이 다닐 때 폼이 나는 남편……. 그런 남편은 천국에도 없다고 고모는 못 박았다.

"너는 뭐 해줄 건데, 그런 남편한테?"

"사주가 있잖아, 내 사주. 이거 보통 사주 아니야, 용이 하늘로 올라가는 사준데, 내가 혼자 올라가겠냐?"

"웃기지 마셔! 나는 쌍두마차도 그냥 마차가 아니다. 순금으로 된 마차를 타고 하늘로 오르는 사주라 했다. 그런데 이 꼴이다. 됐냐?"

이모에게는 마지막 순간의 장엄함보다 운명을 조정하는 게 더 급했다. 이모는 "내가 언제 전임교수가 될 수 있나요?"를 묻지 않았다. "다음 학기에는 전임이 되겠지요?"라고 했다. 원하는 대답이 나오지 않으면 역술인을 바꿔갔다. 이모는 신도 제 마음대로 골라 부려야 할 만큼 모든 것에 조급해 있었다. 그런 태도를 그냥 봐줄 고모는 아니었다. 고모는 늘 이모의 복채를 아까워했다.

"아마, 푸닥거리 한 돈만 다 모아도 절 하나는 지을걸."

고모가 투덜거릴라치면 엄마는 얼른 그 입부터 막았다. 고모는 개의치 않았다.

"부처님 말씀 듣는 게 어디 쉬워야지요. 그치요? 부처님은 미주알고주알 대답이 없으시잖아요. 그러니 성질 급한 사람이 아니더라도 점쟁이를 찾을 수밖에요. 부처님한테 바치는 돈보다 점쟁이 돈이 훨씬 쌀걸요."

고모도 점쟁이를 찾아다녔다. 물론 미래를 알고 싶어서였다. 분명한 건, 고모의 미래는 일관되게 남자를 향해 있다는 것이다. 좋은 남편을 만나는 것, 그것이면 고모의 미래는 더 이상 생각해볼 게 없었다.

"화火기가 많아서 빨간색 옷은 안 좋댄다. 너 입어. 넌 푸른색 옷이 안 좋다나 봐. 물 기운이 많아서……."

고모는 승용차 가득 옷을 실어다 방 안에 펼쳐놓았다. 가끔 그녀가 실어 오는 쇼핑 충동 해소품들은 상표도 뜯지 않은 것들이 대부분이었다. 엄마는 고모가 하는 짓을 말리지 않았다. 그냥 두었다가 고모가 가고 나면 천천히 치웠다.

"명품 입지 말라는 점쟁이는 없나?"

그것들은 고이 접혀 장롱 안으로 들어갔다. 하지만 얼마 되지 않아 옷들을 다시 본래 주인에게로 돌아갔다. 고모가 우리 방에다 버리는 물건들 대부분은 그렇게 다시 돌아가곤 했다.

"술 때문에 만났는데, 결국 술 때문에 헤어졌다. 화火가 딴 게 화냐? 술이 화지."

에버랜드는 술 취한 고모가 밤마다 걸어대는 전화에 두 손을 들고 말았다.

"내가 미쳤지. 술 먹을 때는 전화를 안 걸려고, 그냥 자려고, 그래서 먹는단 말야. 그런데 그게, 내가 이미 정신이 들면 한참 떠들고 있더란 말이야. 주정이지, 뭐. 말은 무슨……."

7

　연애가 끝나면 고모는 미친 듯이 엄마를 찾아왔다. 밤을 꼴 딱 새워가며 식탁에서 술을 마셨다. 그녀의 넋두리는 원망과 후회와 아쉬움과 팔자소관까지 뒤섞여 이어졌다. 이별은 언제 나 아쉬움을 남기는 것 같았다. 그 아쉬움이 다시 시작하는 힘 이라면 좋았을 것이다. 그러나 내가 감당해야 할 아빠와의 이 별은 벗어나기 힘든 상실감이었다. 그 자리를 메워줄 것은 세 상에 없었다. 반쪽이 비어버린 내 세계가 외부로 알려질까 봐, 그 즉시 공격의 대상이 될까 봐, 나는 전전긍긍했다. 아주 비밀 리에 그 사실을 알고 있는 아이들과 접촉을 했다. 그런데 아이 들은 번번이 대가를 요구했다. 나는 그들의 요구를 능력껏 수 용했다. 피자를 사 주기도 하고 고모가 선물로 사 준 게임기를 주기도 하면서 비밀을 덮어나갔다. 그런데 한 놈은 이상한 요 구를 해왔다.

　"우리 교회에 나와. 그러면 원하는 대로 해줄게."

　권사를 엄마로 둔 아이 교회에서는 신도 수 늘리기에 열을 올리고 있었다. 번거롭고 귀찮았지만 나는 요구를 들어주기로 했다. 한 달간만이란 단서를 달았다.

놈은 검고 반질반질한 피부에 눈두덩이 두툼했다. 그런 놈이 나를 학생부 목사님과 목소리 큰 제 엄마에게로 데리고 갔다.

"어머, 우리 아들한테 이런 능력이 다 있었어? 놀랍다, 우리 아들……."

놈은 엄마에게 자신의 영적능력을 입증시킴과 동시에 햄버거 값까지 두둑이 받아내는 소득을 올렸다.

나는 교회를 나갔다. 주기도문을 죽어라 외웠다. 놈도 외우지 못하는 사도신경, 십계명도 외웠다. 그리고 놈이 부르면 언제든지 교회 건물로 달려가 주었다. 나는 새롭게 만난 교회 생활이 재미있었다. 썩 친한 친구들은 없었지만 가끔씩 친절하게 웃어주는 얼굴이 생겼고 잘하면 기타를 배울 수 있었다. 그건 너무나도 매력적인 기대였다. 나는 아빠가 자신을 대신해 기회를 만들어준다고 생각했다. 그런데 찬양부에 입성하기까지는 꽤나 번거로운 절차가 요구됐다. 나는 그 조건들을 충족시키기 위해 교회에 등록을 했다. 교인 교육을 받으러 나갔고, 그리고 기타 지도를 받을 고등학생 형을 소개받았다. 그러나 거기까지였다. 기타부 형은 번번이 약속을 어겼다. 약속 시간에 잘 나타나지도 않았지만 나타나도 친구들과 놀기에 급급했다. 내가 어째볼 수 있는 건 없었다.

"형! 저 왔는데요."

"그래, 알았어."

교회에서 나는 외톨이였다. 놈이 건물 밖으로 나돌았기에 더했다. 이상한 건 놈이 교회가 아닌 학교에서 내게 접근을 한다는 사실이었다. 나는 놈이 책상 밖으로 뺀 다리에 걸려 번번이 넘어졌다. '병신'이라고 쓴 종이가 내 등에 붙었다. 대수롭게 생각지 않았다. 약속을 지켰기에 별로 두려울 이유가 없었다. 나는 견딜 만한 것들은 견뎌야 한다고 생각했다. 집안 분위기가 예전 같지 않았다. 뭔가 다들 지치고 피곤한 것들을 참아내고 있었다. 말하진 않았지만 엄마는 매일 형 담임에게 불려 가는 것 같았고, 그 일로 엄마와 형은 날카로운 신경전을 벌이는 듯했다. 엄마는 학교에서 보낸 한나절을 보충하느라 늦은 밤까지 농원에서 돌아오지 못했다.

조회시간에 형이 보이지 않는다며 엄마가 또 불려 갔다. 담임은 매일 학생상담실 구석에다 엄마를 앉혀두었다. 형은 버스가 고장이 났었다며 입을 닫고, 분명히 집에서는 넉넉한 시간에 등교를 했었다며 엄마는 의아해 했다. 형은 1교시가 끝나갈 무렵에야 입실을 한댔다.

"어머니, 이게 이해가 되세요? 건이가 그런 애에요. 모르셨죠?"

"내일은 고장 나도 늦지 않게 더 일찍 보낼게요."

급기야 엄마는 고모 차를 빌렸다. 고모가 운전하는 차에 엄마와 형과 내가 탔다. 학교는 내가 가까웠지만 엄마는 형이 다니는 오성중학교를 들러 가나초등학교 앞에다 나를 부려놓았다. 오성중학교는 조경이 잘된 개천을 따라가다 막다른 곳에 있었다. 형이 까만 신발주머니를 질질 끌며 교문으로 들어가는 것을 우리는 지켜봤다.

"건이야, 파이팅!"

엄마는 소리를 질러줬다.

"이건 분명히 뭔가 있다. 건이 엄마, 건이랑 얘기해봤어?"

"사춘기라 그럴 거야. 별일 있겠어?"

그럭저럭 날들이 지나가고 있었다. 형은 늘 피곤한 모습으로 돌아와서는 잠만 잤다.

"왜 그렇게 잠만 자니?"

"축구했어요."

형이 다리를 절뚝거리며 방으로 들어올 때 나는 아빠 기타에 호기심을 보이고 있었다. 만지면 안 되는 물건 같아 조심스러웠지만, 줄을 뜯고 두들기고 웅얼거렸다. 형은 멍한 눈으로 이런 내 모습을 허공처럼 응시했다.

얼마 후였다.

절뚝거리며 병원으로 실려 간 형은 입원실로 직행했다.

"엄마한테 말하지 마!"

무릎을 다쳐 수술을 한 형은 엄마에게 숨길 것이 많아졌다. 그때도 엄마는 형 곁을 지키지 못했다.

"병원비가 턱없이 나온다. 생각지도 못 한 비용인데⋯⋯."

형을 친구들에게 맡겨놓고 급하게 농원으로 달려 나갔다. 엄마는 당장 상품을 시장에 내지 않으면 돈을 만질 수가 없는 형편이었다.

우리는 나중에야 알게 되었다. 정형외과 입원실에 찾아와 죽쳐준 친구들이 바로 형을 괴롭히던 패거리였다는 것을 말이다. 놈들은 형을 강제로 축구장에 불러냈고 공을 핑계 삼아 걸어찼고 달리는 발을 걸어 넘겼다. 그 위로 엉덩방아를 찧어 무릎을 꺾었다.

패거리들이 몰려오고부터 형은 집요하게 1인실로 옮겨달라며 엄마를 들볶았다. 형은 병원 규정 때문에 2인실에 있었다. 2인실만 해도 비용이 만만찮아서 엄마는 의료보험혜택이 주어지는 다인실로 옮길 길을 찾고 있었다.

"언제는 학원비까지 걱정하던 애가……. 완전히 딴 애야. 내가 알고 있던 건이가 아니야."

막무가내로 조르던 형이 언제부턴가 조용해졌는데, 엄마는 또 그 이유를 알지 못했다.

나는 엄마를 대신해 병원을 드나들어야 했다. 형이 갈아입을 속옷이랑, 수건, 밑반찬이랑 공부할 책들을 병원으로 날랐다. 형 소변 양도 체크했다. 그런데 패거리들이 찾아들면서 점점 내가 있을 곳이 마땅치 않았다. 병실 문을 열면 언제 왔는지 교복을 풀어헤친 형 친구들이 아무렇게나 침대에 걸터앉아 잡담을 했다. 교통사고 환자로 매일 주머니에 손을 찌르고 병원 안을 어슬렁거리던 아저씨가 짐을 정리해 떠난 후였다. 그 침대에 새 환자는 오지 않았다. 형은 파리한 얼굴로 침대 구석으로 밀려나서는 가끔씩 그들이 치는 장난에 어색한 웃음만 흘렸다. 한두 명씩 섞여 있는 여학생들은 줄곧 도도하고 거만한 표정을 유지했다.

나는 단순한 문병이 아니라는 것을 금방 알 수 있었다. 그들은 병실을 자신들의 새 아지트로 활용 중이었다. 병실의 크레졸 냄새는 그들 몸에서 나는 담배 냄새에 언제든 침투 당했다. 무표정한 눈들은 나 따위는 안중에도 없었다. 끝없이 욕설을 뱉고 치근덕대고 낄끼덕 거렸다.

"야! 독수리 가져왔어. 씨발 타자."

"병신아! 바싹 가져다 대!"

그들 중 한 명이 끌고 온 휠체어에 치마가 짧은 여학생이 앉았다. 입술과 눈썹을 짙게 그린, 뽀얗게 화장을 한 인형 같은 얼굴이었다. 그들은 편을 갈라 복도를 마구 달렸다. 중간에서 마주 오는 휠체어를 탄 남학생과 손바닥을 부딪쳤다.

그들이 모두 휠체어 몰이에 정신이 팔려 있자 형이 내게 손짓을 보냈다.

"너 돈 있지?"

내 귀에다 소곤거렸다. 나는 고개를 흔들었다. 낭패한 얼굴로 형은 낮고 신경질적이고 빠르게 내뱉었다.

"암튼 빨리 나가. 집에 가. 여기 있지 말고. 빨릿!"

깁스한 다리를 뻗친 형은 긴장된 표정을 숨기지 못했다. 나는 형의 두려운 눈동자에 밀려 급하게 병실을 나왔다. 입원실 복도를 피해 계단으로 내려왔다. 지저분한 석고깁스가 맘에 남았다. 빈틈없는 낙서로 형의 깁스는 흉물이 되어 있었다.

이른 아침 형은 기어코 병원을 도망치고 말았다. 병원복을 입은 채 목발을 짚고 택시에서 내려 집 앞 길에 서 있었다. 형은 다시 병원으로 돌아갈 바엔 차라리 죽어버리겠다며 현관에서 울부짖었다. 퇴원수속은 엄마만 가서 밟고 왔다.

"불쌍하대……."

독수리가 그려진 휠체어를 타던 여학생은 형이 곰 인형을
주고 싶어 했던 누나였다. 형은 '불쌍'의 의미를 다시 감지했다.
그 '불쌍'은 순수한 동정이 아니었다.

8

초록이 충만한 동네로 승용차가 들어오기 시작했다. 여주동은 노인들이 사는 곳이라 마을길에는 차량 운행이 별로 없었다. 주민들은 주로 자전거나 스쿠터를 탔는데, 그러기에도 논두렁길은 좁았다. 우리 가족은 걸어 다녔다. 내가 태어나기 전부터 마을은 변화를 그쳤다. 집집마다 전기패널을 깔아 난방을 하면서도 뒷마당의 굴뚝은 보존해야 했다. 여름이면 재래식 화장실에서 생겨나는 암모니아 냄새로 눈이 아팠다. 녹지지대는 마을을 그림처럼 묶어버렸다.

그래도 살아 있는 것들은 모습이 변했다. 밭작물은 자랐고 사방에서 피어나는 꽃들로 마을은 색이 바뀌었다. 눈이 오면 뒷산이 가까워졌다. 개구리들이 귀가 먹먹해지도록 울어대면 비가 내렸다. 새벽이면 새들이 각기 일어나는 시간을 알렸고 하늘에 떠 있는 구름도, 마을을 지나가는 바람 냄새도 그때마다 달랐다.

장사꾼들 트럭도 들어왔다. 그들은 버찌나무 그늘에다 트럭을 세우고는 낮잠을 잤다. 고장 난 테이프처럼 끊임없이 반복되는 녹음된 목소리는 질 나쁜 스피커를 통해 동네의 어수선함을 더했다.

"쫀득쫀득한 오징어가 왔습니다. 울 애인 입술보다 더 쫀득쫀득합니다. 자아, 나오셔서들 맛을 보세요. 맛보시고 들여들가세요. 울 애인보다 더 쫀득쫀득한 오징업니다. 쫀득쫀득한 오징어가 왔습니다……."

나는 본능적으로 이곳을 향해 다가오는 힘을 느꼈다. 선거철로 접어들자 미리 땅을 사둔 사람들과 땅을 사려는 사람들이 동네를 휘젓고 다녔다. 마을 입구 쪽에는 누가 붙여놓았는지도 모르는 붉은 현수막들이 진을 쳤다. 가던 길을 멈추고 수군거리는 사람들이 늘어났다. 무엇보다 마을을 떠났던 노인들의 자식들이 드나들기 시작했다.

민제도 나도 하릴없이 동네를 떠돌아다녔다. 민제는 곁을 지나치는 나를 알아보지 못할 만큼 깊은 생각에 잠길 때가 많았다.

시위 차량은 아예 마을에 진을 쳤다. '슈렉' 귀를 닮은 고성능 쌍나팔을 단 트럭은 〈산 자여 따르라〉를 끝없이 틀어댔다. 항의를 하러 갔던 노인들은 모두 머쓱해져 돌아왔다. 핸들 위에다 두 발을 올려놓은 깍두기 머리의 근육질 남자들은 보는 것만으로도 위협적이었다. 마을은 소음에 종일 시달렸다. 중간고사를 보는 날이면 쌍나팔은 학교 건물을 향해 소리를 높였고, 비가 오는 날이면 아파트 단지를 향해 방향을 돌렸다. 견딜수 없이 피곤했지만 도무지 그들을 물리쳐 주는 힘은 없었다.

나는 집에 있기 싫었다. 민제를 찾아 나섰다. 민제는 아파트촌 아이들과 쇼핑센터 카트를 타고 개천가를 달리며 놀았다. 햇볕에 익은 붉은 얼굴의 아이들은 카트를 둘러싸고 마냥 달렸다. 안으로 뛰어들기도 하고 매달리기도 하며 장난을 쳤다. 쇠바퀴에 산책로 시멘트바닥 긁히는 소리가 아무렇지도 않게 들릴 즈음, 아이들은 하나둘 무리를 빠져나갔다. 결국 민제는 카트를 녹조가 낀 개천으로 밀어버렸다.

"다시는 중국 안 갈 거야. 제일 싫은 건 컴퓨터가 느려터진 거야!"

습한 바람이 검불을 들띄웠다. 날아오르는 것들이 불쾌해져 연신 고개를 돌렸다. 실눈마저 감으며 우리는 집으로 돌아왔다. 검은 구름이 금방 하늘을 덮었다. 비가 올 것 같았다. 모든 게 어수선했다. 몽롱해 도무지 실감나지 않는 날들이 지나가고 있었다.

겨울방학이 지나고 3학년이 된 형은 다시 석연치 않은 낌새에 접했다. 무릎 부상 후유증으로 체육시간을 포기한 형은 교실지킴이로 머물렀다. 그런데 교실에 남아 있는 또 다른 친구가 있었다. 투명인간이란 별명을 가진 친구는 무슨 짓을 해도 선생님에게는 보이지 않는 아이였다. 형은 그가 금방이라도 신시가지의 연합패거리들을 총 집결시킬 수 있는 힘을 가지고 있다는 것을 몰랐다.

엄마는 다시 담임에게 불려 가기 시작했다.

"마귀에요! 아주 마귀!"

마귀란 단어에 익숙지 않아 엄마는 멍하니 선생님 얼굴만 바라봤다. 아직 솜털이 수밀도처럼 고운 볼이었다.

"저 애만 보면 머리에 뚜껑이 열려 견딜 수가 없어요. 툭하면 수업시간에 나가질 않나, 담배질을 하다 걸리질 않나. 암튼 결손가정 아이는 뭐가 달라도 달라요."

엄마는 우리 가정의 호칭이 변했다는 사실을 그제야 알게 되었다.

"그러고 보니 우리가 결손가정이더구나."

결손이란 말이 이해되지 않아 나는 사전을 찾았다.

'결손: 손실이 난, 손해를 본'

그러니까 우리는 아빠가 돌아가셔서 손해가 난 가정이었다. 그 말은 억울했지만 너무도 적절한 표현이었다. 우리는 아빠가 돌아가시며 제각각 손해를 보고 있었다. 그것도 안팎으로 일어나는 손해였는데, 밖에서 입는 손실은 막대했다. 주변은 그 사실을 아는 순간 약점으로 활용했다. 그 부실을 덮기 위해 타협하며 버둥거리던 시간들이 치욕스럽게 느껴졌다.

"씨발!"

나는 처음으로 누군지도 모를 대상을 향해 욕을 뱉었다. 엄마가 놀란 눈으로 쳐다봤다. 그러나 이내 고개를 돌렸다.

"어떻게 그런 말을 그렇게나 쉽게 하시는지……."

엄마는 형이 툭하면 수업시간에 교실을 나가는 것보다, 담배를 피운 것보다, 내가 한 욕설보다, 그 결손가정이란 딱지에 더 충격을 받았다. 몇 번이고 그 '결손가정'을 되뇌다 힘겹게 형과 마주 섰다.

"엄마가 뭘 알아요? 모르면 그냥 계세요."

형은 맹수처럼 튀는 눈빛을 누르지 못했다. 엄마가 놀라며 소리를 질렀다.

"아니, 뭘 잘했다고 쏘아봐? 저러니 선생님이 야단이시지."

"지들이 뭘 알아요? 미쳤어요. 제가 왜 수업시간에 교실을 나가게요? 알아나 봤어요? 모르잖아요!"

"그게 무슨 말이야?"

"엄마가 해결할 수 있는 일이 아니에요."

"알아야 해결을 하든 말든 할 게 아니야?"

형은 방문을 닫아걸었다.

"씨발! 죽어봐라. 니들은 몰라!"

형은 어린아이처럼 울었다. 죽어라 울던 형이 입을 열었다.

"그 새끼, 소문난 찐인데 난 정말 몰랐어. 친구가 없었는데 말을 걸어오잖아. 동아줄을 잡은 기분이었어. 그 새끼가 내 곁에 있으니까 창수 패거리도 함부로 못 하더라고. 지켜준대, 창수 패거리한테서. 그런데 그 새끼가 수업시간에 밖에서 문자를 해, 나오래. 못 나간다고 했더니 죽이겠대. 선생한테 말했지. 들은 척을 안 하는 거야. 그 새끼는 수업 중에도 앞문을 열고 다닌다구. 선생은 본 척도 안 해. 학교를 가는 한 새끼를 피할 방법은 없어."

엄마는 형 말을 잘 이해하지 못했다. 그건 너무 상식적이지 않다는 것이다. 그녀는 형이 담배를 피웠다는 사실만 추궁했다. 엄마는 매일 숲으로 몰려와 담배를 꼬나문 표정 없는 중학생들에게 분노하고 있었다. 엄마에게 그들은 불량품들이었다.

"정말 담배 피게 했어? 네가 친구들한테?"

"그런 적 없어요."

"그럼 선생님이 거짓말을 한 거네?"

"그건……, 그 새끼가! ……말해도 모른다니깐요."

형은 억울하게 뒤집어썼다고 했다. 상황을 모를 리 없는 선생님은 무조건 놈 말에 따른다는 것이다. 만만한 게 형이었다. 선생님에게는 이미 놈을 장악할 힘이나 의지가 없었다. 설혹 잘못 판단한 결과가 나오더라도 그건 누구 말을 믿었느냐의 문제지 무언가를 책임질 문제는 아니었다. 책임을 지는 것은 추가적인 조치가 따르는 것이지만 믿는 것은 달랐다. 그건 단순한 판단 미스에 불과한, 별다른 후속조치가 필요 없는 일이 되기 쉬웠다.

진상을 알아보겠다며 엄마는 자기 발로 학교를 찾아갔다. 상황부터 바로잡아야겠다고 했다. 우선 투명인간이란 친구를 타일러볼 요량을 했다. 그런데 일은 엄마 생각처럼 풀려주지 않았다. 형에게 담배를 피우게 하고 수업시간마다 불러낸다는 아이는 구시가지로 넘어가는 길목에서 만나던 아이들과는 달랐다. 훤칠한 키에 조각 같은 이목구비를 가진 깔끔한 외모의 학생이 지나쳐 갈 때 엄마는 설마 그 학생이 놈이라는 것을 상상치도 못 했다. 태연히 사라지는 늘씬하고 아름답기까지 한 그 아이가 정말 형이 말하는 놈인지 의심이 생겨 홀린 듯 지켜만 봐야 했다.

얼마 지나지 않아 엄마는 다시 담임에게 불려 갔다. 담임은 형의 행위를 자신에 대한 반항으로 받아들이고 있었다.

"전학시키세요."

"내가 왜 전학을 가? 가면 그 새끼가 가야지."

형은 미친 듯 집 안을 들뛰었다. 발길질에 하얀 방문이 움푹 깨지며 속을 드러냈다. 엄마는 그런 형의 등짝만 두들겼다.

어떻게 알아냈는지 엄마는 투명인간 부모를 찾아 나섰다. 서로 같은 부모이기에 입장을 이해하기가 쉬울 거라 생각했다. 엄마는 신시가지 번화가에서 그 이름을 찾아냈다. 생고기를 파는 식당은 운동장처럼 넓었다.

엄마가 찾아간 시간은 마침 점심시간이었다. 들어가 앉을 좌석이 없이 북적이는 분위기에 주눅이 든 엄마는 출입문에서 우선 물러났다. 유리문으로 넘겨다본 실내는 누가 종업원인지 사장인지도 분간키 어려웠고, 한창 바쁜 시간에 바쁘지도 않은 이야기로 사장을 잡아놓을 수는 없었다. 엄마는 최대한 예의를 갖출 필요가 있었다. 사정을 하러 온 입장이었다. 그리고 어쨌든 자식 일이었다.

엄마는 근처의 백화점 로비에서 지나가는 사람들을 바라보며 시간을 때웠다. 갖가지 의상들로 모양을 낸 사람들이 끝없이 지나갔다. 상품에서 멀리 떨어진 채 물건들도 둘러봤다. 백화점에서 물건을 골라본 기억이 까마득했다. 형이랑 내 옷은 엄마 친구네에서 보내왔다. 그 집에는 형보다 두 살이 많은 형이 있었다. 그리고 엄마는 고모의 쇼핑 실패작들을 넘겨받았다.

두어 시간쯤 지났을까, 엄마는 기웃거리던 식당 문을 밀었다. 종업원처럼 보이는 사람들이 중앙으로 몇 개의 테이블을 차지하고 늦은 점심을 먹고 있었다. 엄마는 조심스럽게 주인 여자를 찾았다. 긴 웨이브파마를 한, 고급요정에나 어울릴 것 같은 꽤나 화려한 여자가 나타났다.

"상우 친구 건이 엄마예요."

엄마는 최대한 공손한 자세로 머리를 조아렸다.

"네에, 근데 무슨 일로 오셨어요?"

여자는 이맛살을 잔뜩 찌푸리며 피곤한 표정을 드러냈다.

"우리 애가 지금 상우 땜에 학교 다니기 힘들어져서요. 아세요?"

엄마 말이 채 끝나기도 전에 여자는 온몸을 흔들며 몸서리를 쳤다.

"상우 땜에 왔으면 그냥 가세요."

여자는 무엇에 쫓기듯 흥분된 몸으로 어디론가 전화를 걸었다. 엄마는 여자가 급히 사라진 식당 안쪽 철문을 바라보다 식탁 의자에 주저앉았다. 다리에 힘이 풀려 설 수도, 상우 엄마를 쫓아갈 수도 없었다.

"밥 좀 드실래요?"

근처의 테이블에서 한 종업원이 말을 걸어 왔다. 엄마는 아무도 아는 이가 없는 곳에서 그래도 엄마에게 관심을 가져주는 사람이 있다는 것에 굉장한 위로를 받았다.

그때 식당 출입문이 열리며 키가 작은 남자가 건들대며 안으로 들어섰다. 남자는 곧장 엄마 앞으로 걸어왔다.

"아주머니시구나?"

엄마는 얼떨결에 일어서서 남자와 마주 섰다. 엄마에게 호의를 보이던 종업원들이 일제히 엄마를 외면했다.

"나가세요, 빨리!"

"네에?"

"창피하게 영업장까지 찾아와서는……, 빨리 나가시라니깐요. 내 말 안 들려요?"

"누구……, 상우 아빠세요?"

"일단! 빨리 여기서 나가세요."

"아니, 저기, 애들 얘기를 좀 하고 싶어서요."

"저랑 말해봐야 아무 소용없어요. 저도 어쩔 수가 없는 애에요."

남자는 종업원들이 보고 있다는 사실에 짜증을 부렸다.

"우리 애가 지금 학교를 못 다니게 생겼다니깐요."

"글쎄, 여기 와서 떠들어봐야 소용없다잖습니까. 학교에서 일어난 일은 학교에서 처리해야지, 왜 남의 영업장까지 찾아와서는 소란입니까, 소란이? 학교에 가서 선생하고 얘기해요. 부모야 학교에 보냈으면 그만이지. 학교에서 일어난 일까지 어떻게 압니까? 학교에서 일어난 일은 학교에게 책임을 물으세요. 안 그래요?"

"그래도 부몬데……."

엄마는 남자가 밀어내는 대로 밀리며 가게 문 밖으로 쫓겨났다.

"자식 맘대로 하는 부모 봤어요?"

멍하니 서 있는 엄마에게 등을 보이며 남자가 한 말이다.

그 일이 있은 얼마 후였다. 형은 하굣길에서 모르는 패거리에게 끌려가 무참하게 밟혔다. 학교 정문 앞에서 조금 떨어진 스포츠센터 건물 화장실에서였다. 무릎담요에 얼굴이 덮인 채로 경비들이 몰려올 때까지 구타는 이어졌다. 이 사실도 나중에야 풍문처럼 들을 수 있었다. 도시에 연대된 그들의 조직망은 탄탄했다. 이 도시에서 그들의 손아귀를 벗어날 곳은 없었다. 스포츠센터에서 집단폭행을 당한 형은 그래도 학교를 갔다. 두 눈은 점점 피처럼 물들었다.

엄마는 다시 담임에게 불려 가는 일정을 시작했다.

"전 과목 백지답안지를 냈다니깐요. 반항도 이런 반항이 없어요."

담임은 여전히 형의 모든 행위를 자신에 대한 반항으로 받아들였다.

"전학시키라잖아요. 쟤 사람도 아니에요. 아세요?"

엄마는 투명인간의 전학이 옳다고 말했다. 백지시험의 내막을 이제야 엄마도 이해하기 시작했다.

"선생님, 애 입장에서 한 번만 생각해주세요. 걔가 어떻게 백지를 낼 수 있겠어요. 뒤에 누가 있단 생각은 안 해보셨어요?"

담임은 피식 웃었다.

"그걸 제가 어떻게 알겠어요. 백지는 백지지요. 그리고요, 상우는 교화시키겠다는 선생님이 있으니까 거기 맡기면 되겠지만, 건이는 아무도 없잖아요? 나는 저런 애 자신 없어요."

투명인간을 책임져 주겠다고 나선 선생님은 상우 부모가 다니는 교회의 교우인 과학 선생님이라 했다. 형을 책임져 줄 선생님은 없었다. 담임은 그저 빨리 일을 마무리 짓고 싶어 했다. 봄 창문에 너덜대는 방한 비닐조각처럼 형을 제거하려 들었다.

다쳤던 형 무릎에서 고름이 흐르기 시작한 건 그 무렵이었다. 고름은 바지에 검은 딱지를 연신 만들었다. 아침이면 형은 학교보다 먼저 병원으로 갔다. 10시에 문을 여는 병원에서 치료를 받은 형은 병원 영수증을 담임에게 가져갔다. 수업은 포기했지만 형은 전학을 거부하며 버텼다.

일찍 학교에서 돌아온 형이 미친 듯이 컴퓨터게임에 몰두해 있던 날이다. 바람에 마당의 꽃잎이 나비처럼 흔들릴 때였다. 현관문을 사납게 두드리는 소리에 집 안 공기가 요동치기 시작했다. 나는 문을 열려고 방을 나갔다. 낯선 소리가 들렸다. 떼거리들이 서성이는 듯한 발자국, 웅성거림 속에서 질러대는 불안한 고음들……, 그 사이로 튀어든 생경한 비명에 나는 몸을 틀었다.

"안 돼! 열지 마. 우리 다 뒈져!"

파랗게 질린 형이 비명 같은 목소리를 누르며 두 손으로 머리를 감쌌다. 미친 듯 벨이 울려댔다. 욕지거리, 날카로운 파이프, 각목 같은 단단한 물체로 후려치는 소리에 유리창이 떨렸다. 현관문이 걷어차였고 집 안이 흔들렸다.

"문 열어. 안 열어? 죽여 버린다."

마당에서도 욕지거리가 들려왔다. 창문, 방범창살 틈새로 하얀 얼굴이 나타났다. 놈과 눈이 마주쳤다.

"어~!"

이상한 소리를 지르며 순간 놈이 멈췄다. 나는 그 자리에서 몸이 얼었다.

"야! 안에 사람 있어."

놈이 고개를 돌리며 일행을 향해 소리를 질렀다. 악마 같은 놈이 어울리지 않게 한쪽 이빨이 긴 우스꽝스러운 덧니를 가지고 있다는 생각을 했다. 창문 곁으로 비켜났다. 나를 본 이상 놈들이 가만있지는 않을 것 같았다. 방문을 닫은 형은 짐승처럼 떨었다. 쏟아지는 협박 문자에 방 가운데 던져진 형 핸드폰도 미친 듯이 뱅뱅이를 쳤다. 형은 두 눈에서 시퍼렇게 불꽃을 튀겼다. 나는 꼼짝할 수가 없었다. 무엇도 우리를 안전하게 보호해줄 것이 없어 보였다. 현관문은 금방이라도 구겨질 것 같았고, 몽둥이는 언제라도 내 머리통을 내려칠 것 같았다. 사지가 얼어붙은 것처럼 굳어버렸다. 형은 꺼져 들어가는 목소리로 정신없이 욕지거리를 뱉어냈다. 날카로운 소리와 함께 방바닥으로 유리 파편이 퍼졌다.

얼마나 시간이 흘렀을까, 소란이 멀어졌다. 나는 가까스로 얼어붙었던 다리를 움직였다. 가랑이가 무거웠다. 바닥에 흥건한 물기가 유리 조각을 적시며 텔레비전 받침 밑으로 고였다. 내가 싼 오줌이라는 게 믿기지 않았다. 소리치고 싶었다. 하지만 아무도 없다는 것을 잘 알고 있었다.

비닐하우스에서 쓰던 긴 삽자루를 치켜든 엄마가 깨진 창으로 보였다. 엄마가 현관으로 들어설 때까지 우리에게 와준 이웃은 없었다. 민제 엄마 평상도 비어 있었다. 발자국과 담배꽁초, 침으로 더럽혀진 현관 앞은 조용했다. 나는 형이 쫓기는 실체가 얼마나 무서운 집단인지 비로소 알게 되었다.

9

　형이 집을 나가고 우기가 닥쳤다. 폭우가 쏟아지는 날이 늘어났다. 세상이 온통 급류에 휩쓸린 듯했다. 지하방인 우리 집은 생활하수를 몽땅 모터로 퍼 올렸다. 사발시계만 한 빨간 모터는 요란한 소리를 낸다. 그것은 부엌 구석에 묻어둔 통에 고이는 개숫물을 마당으로 끌어 올리고 마당으로 나간 물은 대추나무 아래를 흘러 다시 오수구로 빠진다.

　그해에는 비가 지긋지긋하게 내렸다. 툭하면 부엌문 틈으로 맑은 물이 밀려 내려오는 게 보였다. 마당에 넘친 물은 가장자리가 낮은 부엌 문턱을 쉽사리 넘어왔다. 그런데 엄마는 멍하니 물이 부풀어 오르는 방바닥만 바라봤다. 빨리 달려 나가 부엌문부터 밀치고, 회색무늬가 있는 긴 비닐장판 조각을 찾고, 벽돌장을 눌러 만든 방어벽을 문턱에 세우지 않았다. 부엌구석에 묻어둔 하수통 안에도 마당의 빗물이 역류해 들어왔다. 나무판자 뚜껑이 슬며시 떠오르고 거실 한가운데까지 물이 흥건해도 엄마는 사태를 파악하지 못했다. 멍하니 그 모든 상황을 지켜보다가는 아악! 비명을 지르며 몸을 일으켰다. 갑자기 쥐가 튀어나왔을 때보다 더 요란한 소리를 지르며 맨발로 물 위를 걸었다. 철퍼덕거리는 소리가 그녀의 발바닥을 두들겼다. 그제야 나도 몸을 움직였다. 얼른 부엌문부터 열어야 했다. 굵고 빼곡한 빗줄기가 보였다. 엄마는 개수대에 놓였던 플라스틱 바가지를 들고는 한 손으로 둥둥 떠오른 신발을 건져냈다. 빗방울이 잦아질 때까지 엄마는 빗물과 사투를 벌였다. 정말 그건 사투였다. 엄마는 미친 듯이 물을 퍼 마당으로 던졌고 마당의 빗물은 끝없이 아래로 쏟아져 들어왔다. 엄마는 내 이름을 부르며 바닥으로 고꾸라졌다. 나는 푸른 대야를 찾아 들었다.

"건이는 어디에 있는지도 모르는데 나만 살겠다고……."

엉덩이가 젖는 것도 모른 채 엄마는 쪼그린 무릎에다 고개를 묻었다.

그해 여름 엄마는 침대와 선풍기 한 대를 더 구입했다. 선풍기들은 밤낮없이 회전을 거듭하며 방바닥과 벽면의 습기를 날려 보냈다. 그래도 벽에서는 곰팡이 냄새가 났다. 여름엔 비가 와도 더웠다. 모든 틈을 막아버린 지하방은 쓰레기통을 찌는 것처럼 온갖 냄새를 피워냈고 습했다.

엄마는 형 대신 약을 찾았다. 나는 형을 건디는 것보다 침수

된 방을 견디는 게 쉽다는 생각을 했다. 오랜만에 집을 찾은 고모는 버럭 소리부터 질렀다.

"이 방에 들어오면 뭐든지 쓰레기 같아!"

엄마는 피곤한 표정으로 미소를 지었다.

"마르면 괜찮아질 거야."

"너! 꽃도 쓰레기통에 들어가면 쓰레기가 되는 거 알지?"

"창문이 있는 쓰레기통이 어디 있다구."

"제발 떠라. 애들 생각도 좀 하고…….

그해 폭우는 엄마의 비닐하우스를 앗아갔다. 뒷산에서 쏟아져 내린 토사물이 농원을 엉망으로 밀어붙였다. 엄마는 손을 쓰지 못했다. 비는 계속 내렸고 논이며 밭을 채우고 넘치는 물은 마을을 커다란 저수지로 만들었다. 천지가 온통 물소리뿐이었다.

산사태로 무너진 농원은 복구되지 않았다. 엄마도 일어나지 않았다. 날파리가 달라붙어도 잠만 잤다. 보일러를 틀어 찜통인데도 엄마는 등뼈가 다 드러나도록 몸을 말고는 누웠다. 눅눅한 옷가지처럼 정신에도 곰팡이가 쓸 것 같은 방이었다. 내내 축축이 물이 흘렀다. 검은 곰팡이꽃이 하늘빛 도배지 위에 먹구름처럼 피어났다. 날개가 부러진 선풍기 한 대와 얼마 전에 산 선풍기가 서로 마주 보고 돌았다. 삐걱거리는 바람이 벽을 타고 기었다. 가끔 산에서 내려오던 바람이 열린 창으로 들어오다 사라졌다.

나는 할 것이 없었다. 그보다 불안해서 무엇도 손에 잡히지 않았다. 처음으로 엄마가 잘못될 수도 있다는 생각이 들었다. 엄마를 지켜보아야 하는데 그건 너무 우울했다. 나는 컴퓨터 앞에 앉았다.

내 온라인게임 속 캐릭터는 노란 머리를 맵시 있게 치켜 묶고 어깨에 초록 줄무늬가 있는 흰 셔츠에 연두색 반바지를 입고 있다. 게임은 우중충한 기분을 날려 보낸다. '팡야' 소리와 함께 내 캐릭터가 쳐낸 골프공이 하늘을 가르고 날아갔다. 성공이다. 공 주위로 부스러기 별들이 쏟아진다. 기분이 산뜻해진다. 모든 일이 잘 풀릴 것만 같다. 이런 기분이 들면 나는 고모를 기다린다. 고모는 또래끼리 놀아야 한다고 했지만 동네에는 또래가 없었다. 그래서 나는 누구보다 학교에 갈 날을 기다렸다.

우리는 모두가 다녔던 유치원을 다니지 않았다. 엄마는 형이랑 나를 언제나 농원에서 놀게 했다. 미농지를 말아서 제기를 만들고 봄이면 흰모시나비들이 부화되어 나오는 숲에 넋을 빼앗겼다가 가을이면 잠자리를 따라다녔다. 겨울이 오면 형은 손톱만 한 종이학을 천 개나 접었다. 그 까닭에 내 받아쓰기 시험지는 엉망이었다. 엄마는 시험지를 보고도 별로 걱정하지 않았다. 알파벳을 못 써도 그만이었다. 엄마는 공부만 하던 아빠가 이상하게 변해버렸을 때 공부의 효용가치를 의심하기 시작했던 것 같다. 공부는 한순간에 쓸모없는 것이 되어버릴 수도 있어서 그것보다는 건강하게 자라는 게 우선이라는 생각을 했나 보았다. 엄마가 농원 일을 그만두지 못한 것도 아이들과 함께하는 일이 필요해서였다.

엄마도 남들처럼 살아보려 한 적이 있었다. 형이 초등학교에 들어간 해였다. 엄마는 바로 농원을 떠날 준비를 했다. 몇 달이고 두꺼운 책에 붙어 끙끙대더니 마침내 무슨 자격증인가를 하나 따냈다. 그러더니 단숨에 직장으로 출근을 했다. 그때 엄마는 안정된 수입이 주는 계획된 생활을 소망하고 있었다. 늦은 저녁을 지으면서도, 형이 준비물을 챙겨주지 않았다고 짜증을 부려도 싱글거렸다. 엄마는 마침 신시가지 입구에 새로 문을 연 놀이방에 나를 맡겼다. 그곳은 정거장에서도 가까웠고 문을 연 지 얼마 되지 않아 아이들도 몇 명 없었다. 엄마는 풍선처럼 가볍게 움직였다.

"현아, 조금만 기다려. 형은 못 갔지만 현이는 엄마가 꼭 유치원 보내줄게."

나도 아이들과 노는 데 재미를 붙였다. 모든 일은 순조롭게만 풀리는 것 같았다. 그런데 하늘은 스스로 돕는 자를 돕지 않았다. 어느 날 아침 놀이방 문이 굳게 닫혀버렸다. 대책을 마련하지 못한 엄마는 시간에 쫓기자 회사까지 나를 데리고 나갔다. 그리고 급히 여자 화장실로 들어갔다.

"조금만 기다리고 있어. 엄마 곧 올게."

미안한 기색이 가득한 엄마는 누가 볼세라 급히 문을 닫아버렸다. 불안정한 발자국은 순식간에 사라졌다. 나는 불안했지만 기다리고 또 기다렸다. 밖에서 노크 소리가 들릴 때마다 숨이 멎었다. 엄마가 누르고 간 키는 나를 안전하게 가둔 듯했지만 문이 흔들리는 불안과 소리까지는 막지 못했다.

"이상하다. 왜 문이 안 열리지?"

목소리는 곧 옆으로 옮겨 갔고 나는 누군지도 모르는 여자들 말에 버들버들 몸을 떨었다. 붐비던 화장실이 조용해졌다. 아무 소리도 들리지 않는 시간이 길어졌다. 양변기 뚜껑 위에 더 이상 앉아 있기가 힘겨웠다. 달랑 들린 다리가 저려왔다. 춥지도 않았는데 턱이 딱딱 부딪쳤다. 나는 노래를 불렀다. 그래도 불안은 가시지 않았다. 엉덩이가 배겼고, 무엇보다 엄마가 보고 싶었다. 버려진 느낌이 들었다. 내 존재가 잊혔다는 생각이 들자 눈물이 떨어졌다. 한 번도 느껴보지 못한 서러움이 전신을 휘감았다.

변기 뚜껑을 열었다. 화장지를 마디마디 잘라 변기 물에 던졌다. 하얀 화장지 조각이 소복이 차 올라와도 엄마는 오지 않았다. 무엇보다 밖으로 나가고 싶었다. 답답하고 힘들었다. 창문도 없었다. 숨이 막혔다. 서러운 눈물이 쏟아졌다. 울음소리를 참으려니 가슴이 터질 듯 쑤셨다. 아침에 먹은 우유가 울컥 올라왔다. 순두부처럼 엉킨 덩어리가 셔츠를 타고 바닥으로 떨어졌다. 고약한 냄새가 사방에 퍼졌다. 닦을 휴지도 없었고 그럴 기운도 없었다. 나는 화장실 칸막이벽에 기댄 채 바닥에 주저앉았다. 잠이 밀려왔다. 몇 명의 여자들 소리와 변기 물 내리는 소리가 들렸고 담배 연기가 옆 칸에서 건너왔다. 어렴풋이 다급한 노크 소리가 들려왔다.

"여보세요? 여보세요? 안에 누구 있어요?"

"아무래도 이 칸이 이상해, 아침부터 누군가 있는 것 같은데 문이 안 열려."

갑자기 밖이 웅성거렸다. 잠시 후 털컹거리던 문이 열렸다. 회색 청소복을 입은 여자가 눈을 동그랗게 떴다.

"에구머니나!"

회색 어깨 너머로 놀란 눈들이 일제히 나를 내려다봤다.

"아이쿠! 세상에. 다 죽게 생겼네. 대체 이게 어떻게 된 일이야. 너 왜 여기 있어? 어떻게 그 안에 갇혔어?"

"엄마 어디 가셨니?"

"너 이름이 뭐야?"

몰골이 너무 형편없었던지 얼른 손을 대는 사람이 없었다. 틈바구니 빛처럼 정신이 들었다. 다시 눈을 감았다. 잠을 자야 했다. 이 상황에서 벗어날 길은 그것밖에 없었다. 청소부 아주머니가 내 셔츠를 벗겼다. 그러고는 덜렁 들어올렸다. 어딘가로 옮겨지고 있었다. 물소리가 났다. 따뜻한 물이 내 얼굴에 닿았다. 그때 누군가 와락 품에 나를 끌어안는 사람이 있었다. 심장 뛰는 소리가 요란하게 들렸다. 친숙한 냄새가 났다.

"빨리 와본다는 게……, 손님들이 밀려오는 바람에……."

청소부 아주머니가 엄마 어깨를 몇 번이고 다독였다. 엄마는 나를 데리고 집으로 돌아왔다. 나는 며칠 동안 경기를 일으키며 앓았고, 엄마는 더 이상 나를 맡길 만한 사람을 찾지 않았다.

"유치원은 다녀서 뭘 해!"

엄마는 다른 부모들과 같은 자식 교육과정을 포기하고 농원으로 돌아왔다.

가끔 엄마는 고모에게 말했다.

"어린 새끼를 둘이나 달고 전쟁터에 뛰어든 기분이야. 맘대로 싸워볼 수도 없고, 제대로 지키지도 못 하겠고……."

한 번도 꺼내지 않던 아빠를 들먹였다. 형을 이해하기가 벅
찼던 것 같았다.

"아빠가 필요한 것 같아. 어른 남자. 저게 뭔지 이해해줄 수
있는 성인 남자, 어디 없을까?"

엄마는 아빠를 대신해 이모에게 상담을 청했다. 이모는 교
육현장에 있는 사람이었다.

"내가 진즉에 알아봤다. 너는 애들을 키운 게 아냐, 방목을
한 거지. 모르면 좀 보고 배워. 교육을 해야 한다니까, 교육!"

"교육은 어떻게 하는 건데?"

"아이들 습관부터 길러줘야지. 아침 기상시간부터 철저하
게 관리를 해줘야 하는 거야."

"어떻게?"

"좋아! 내 주변 사람들 어떻게 자식 기르는지 말해볼게. 아
침 다섯 시면 기상. 안 일어나면 들어다 찬물에 집어 던져서라
도 정신 차리게 해. 그리고 영어공부부터 시키는 거지. 그런 다
음 학교수업을 위한 예습을 시키고. 학교에서 돌아오면 과외
선생 대기시켜 놓았다가 복습 들어가는 거야. 끝나면 운동선
생 붙이고. 정서적인 면을 고려해야 하니까 저녁 먹인 다음에
는 피아노나 바이올린 정도 하나 교습하고, 다시 선행학습에
들어가는 거야. 열두 시 되면 정확하게 불 꺼 재우고……. 그

애들은 초등학교 들어가기 전에 이미 웬만한 것들은 모두 익힌 상태에 있어. 알아듣겠니? 분 단위로 시간 관리를 해서 키워야 애들이 교육되는 거야."

"내가 타고르를 키우는 것도 아닌데, 그렇게 해야 하니? 뭘로……?"

"그러니까 내가 여태 암말도 못 한 거지. 너 보고 있으면 얼마나 답답한지 아니?"

"……."

이모의 충고는 엄마를 더 심란하게 만들었다. 엄마는 단숨에 원시적이고 무지한 인간이 되어버렸다. 전화를 끊으며 엄마는 쓸쓸하게 웃었다.

"사는 데 그렇게 많은 게 필요한가? 남에게 피해 안 주고 정직하게 벌어먹으면 되는 거 아닌가……?"

엄마의 정직은 무능이었다. 어린 내가 보기에도 그랬다. 엄마는 변하는 세상을 이해하지 못했다. 알려 하지도 않았다. 그러나 여주동으로 몰려드는 개발 바람처럼 엄마의 세상은 지켜지지 않았다.

수소문을 해도 나타나지 않던 형이 문자를 보내오고 있었다. '서해안 공사장이에요', '식당에서 불판 닦고 있어요', '당구장에서 일해요'

엄마가 보내는 문자에는 일절 대꾸를 않으며 자신이 살아 있다는 것만 알렸다. 엄마는 그나마 안심을 했다.

"몸은 상하지 말아야 할 텐데……."

형이 집을 나가 있는 동안 엄마는 인생에서 최고의 위기를 맞은 듯했다. 집 안은 거듭되는 침수로 썩어 들어갔고 농원을 덮은 산사태는 작물과 농지를 묻어버렸다. 뿌리째 뽑혀온 생나무와 토사는 엄마의 의욕마저 가두어버렸다.

"사면초가네. 어디를 뚫고 나가야 할지 모르겠어."

동네 길에 부쩍 늘어난 승용차 행렬을 지켜보던 엄마가 드디어 결단을 내렸다. 농원터를 그들에게 팔아버리고 신시가지 아파트로 들어가자는 것이었다.

"다 무슨 이유가 있을 거야. 내가 둔하니까 이렇게라도 알려주시는 거겠지. 가는 대로 가다 보면 뭔가 보이겠지."

"지금 처분하면 후회하지 않을까? 투기꾼들이야 후려칠 텐데."

신중해진 건 오히려 고모였다. 엄마는 그녀의 말을 되풀어 답을 했다.

"내가 애들 생각을 너무 못 하고 산 것 같아."

여전히 이해하는 데는 한계가 있었지만 심상치 않은 일이 벌어지고 있는 것만은 확실했다. 나는 새로 산 침대에 누워 가까워진 천장을 바라봤다. 좀 더 진한 얼룩, 그보다 더 진한 얼룩, 그보다 더 더 진한 얼룩. 나는 그 얼룩들에 익숙해져 있었다. 드레스를 입은 서양 여자의 모양새를 찾아낸다. 한번 찾아진 모양은 언제든지 눈에 들어왔다. 좀 더 넓은 선을 따라 그리면 하마 얼굴이 보인다. 내가 보고 싶은 선은 코끝을 찡그리는 아빠 얼굴이다. 사람 얼굴은 어디서든 잘 찾아지는 선인데 도무지 아빠얼굴은 그려지지 않는다. 갸름한 얼굴이었는지 둥근 얼굴이었는지도 떠오르지 않는다.

혼한 가족사진 하나 없는 집, 그게 바로 우리 집이다. 신학기 가족소개서, 오월 가정의 달 가족신문, 방학숙제. 이 모든 과제물은 가족사진을 요구한다. 내가 빨리 초등학교를 졸업하고 싶었던 것도 가족사진과 무관하지 않다. 형이 당했을 고통도 짐작이 가고 남는다. 어딘가에는 분명히 아빠 사진이 보관되어 있을 텐데, 엄마는 그것을 꺼내놓지 않았다. 나는 엄마에게 말했다. 아빠 얼굴이 보고 싶다고. 딱 한 번만 볼 수 있었으면 좋겠다고. 그러자 엄마는 내 얼굴을 한참이고 물끄러미 바라봤다.

"거울을 봐! 네 얼굴 똑 그대로야."

10

엄마가 여주동을 떠나기로 결심한 이유는 또 있었다. 더 이상은 찾아올 수 없는 가족을 인정한 것이었다. 아무 때나 불쑥 찾아오는 아빠를 위해 엄마는 그곳을 고집했는지도 모른다. 나는 아빠를 마지막 본 날을 기억하고 있다. 아련하지만 수염이 더부룩한 턱과 맑은 눈……. 나는 늘 아빠를 못 알아보는 일이 생길까 걱정을 하는 아이였다.

유난히 노란색이 많던 가을이었다. 엄마는 급히 어딘가에 불려 갔고, 나는 5백 원짜리 핫도그를 가장 크게 만들어 파는 곳을 찾아 동네에서 두 정거장이나 떨어진 신시가지로 갔다. 전철역 부근의 포장마차였는데, 그곳에서 나는 얼굴뿐만 아니라 옷에 가려진 부분까지 상처투성일 것 같은 등산객을 만났다. 그는 곁에 앉은 내게 떡볶이와 꼬치를 나누어 주었다.

"왜 집에서 밥을 안 먹고 이런 델 먹으러 와?"

"엄마가 없어서요."

"엄마가 바쁘신가 보네?"

"그럴 수도 있어요."

"그럴 수도 있다는 건 무슨 뜻이지?"

"그건……, 그냥 그럴 수도 있고 그렇지 않을 수도 있다는 뜻이에요."

나는 엄마 얼굴을 떠올리며 얼버무렸다. 왠지 이 남자에게는 우리의 일들을 숨겨야 할 것 같았다. 그런데 나는 무언가를 계속 떠들어대고 있었다. 돌아오는 내내 찜찜한 기분은 떨쳐지지 않았다.

사방이 어두워진 뒤였다. 뒷산에서 두견새가 울었다. 남자가 우리 집 현관에다 얼굴을 디밀었다. 나는 숨이 멈추는 것 같이 어지러웠다.

'내가 무슨 말을 한 거지?'

그러지 않아도 내내 마음에 남아 있는 그 남자가 불편했다. 엄마는 조용히 현관문을 열었다. 그는 붉게 까진 콧등을 고통스럽게 찌그러뜨리며 웃었다.

"아빠야!"

그가 먼저 말하지 않아도 난 그가 아빠란 걸 알 수 있었다. 온통 찡그리며 웃는 얼굴, 그건 아빠가 우리를 만났을 때 가장 먼저 짓는 표정이었다. 표정을 일그러뜨려 미안함을 숨기는 아빠를 이해하기에 우린 너무 어린 나이였다.

"이젠 그분이 집에 가서 살래지요?"

엄마의 간절함이 묻어나는 목소리에 아빠는 웃기만 했다.

"아직도 당신을 통해 하실 일이 있대요?"

엄마는 상처딱지로 지저분한 아빠 손을 잡았다.

"아이들이 크고 있잖아요. 당신이 없어도 통일은 돼요. 그렇지만 아이들에게는 당신이 필요해요."

엄마는 마침내 끄억끄억 울음을 터뜨렸고, 아빠는 그런 엄마를 안타깝게만 바라봤다.

"조금만 기다려. 내가 아니면 그 일을 해낼 사람이 없어서 그래. 이것 봐, 나 달리는 기차에서 뛰어내렸어. 그분의 목소리가 들렸어. '뛰어내려! 어서 뛰어내려! 나를 믿는 한 너는 죽지 않아!' 봐! 말짱하잖아. 상처 한 군데 없잖아."

아빠는 상처투성이인 얼굴에 환한 미소를 지으며 가슴을 펴 보였다. 나는 아빠가 무슨 일을 하는지 잘 알 수 없었다. 물어볼 사람도 없었지만 알고 싶지도 않았다. 그러나 모든 것은 해수 고모만 오면 자연히 알아졌다.

"왜 왔대니?"

"그냥 지나가는 길이었대."

"어디로 간다고?"

"철원 쪽으로 해서 삼팔선을 넘을 거래."

"삼팔선은 또 왜?"

"지뢰를 제거하러 가자신대."

"무슨 지뢰?"

"통일이 되면 북한 사람들이 삼팔선을 통해서 물밀 듯 밀려 내려올 거고. 그러면 비무장지대에 묻어둔 지뢰가 터지고, 많은 사람들이 죽게 된다고. 그전에 미리미리 지뢰를 제거하자 신대······."

"그분이?"

고모는 엄마의 목소리를 흉내 내며 되물었다.

"응, 그분이······."

고모는 방바닥이 깨져라 두들기며 웃었고 엄마는 씁쓸히 웃음 끝을 흐렸다. 나는 어렴풋이 아빠는 자신의 의지대로 움직이는 인간이 아니라 그분의 명령에 따라 움직이는 로봇 같은 인간임을 알았다.

그분의 도움인지도 모른다. 어느 새벽이었다. 갑자기 밖에서 뛰어 들어온 아빠가 신발도 벗지 않은 채 엄마를 급하게 불러냈다.

"여보, 당신 돈 필요하다고 했지, 빨리 삽 들고 따라 나와요."

엄마는 잠이 덜 깬 부스스한 눈으로 멍하니 아빠를 바라보며 까닭을 물으려 했지만 아빠는 담장 밖 어둠 속으로 사라졌다. 잠시 머뭇거리던 엄마는 새벽닭처럼 온몸을 한번 푸드득 털어내고는 현관문을 튀어 나갔다. 농원에서 쓰는 삽을 찾아 들고 아빠가 사라진 곳으로 뛰었다. 늦잠에서 깬 형은 다들 미쳤다고 소리를 질러대다가 학교에 지각을 했다.

고픈 배를 해결하기 위해 나는 아침부터 생라면에 스프를 뿌려 오도독거리며 씹었다. 그러나 관심은 온통 그들의 행적이었다. 뱃속에서 불어터진 라면이 급기야 배탈을 일으켰고, 화장실 변기에서 항문이 빠져나오는 아픔을 이겨내고 있을 때였다. 온몸이 흙투성이가 된 그들이 검은 비닐봉투를 무겁게 구겨 쥐고 들어왔다. 거실바닥에 내려놓는 보퉁이 속에서 둔탁한 쇳소리가 들렸다. 그 소리는 내게 그것이 혹 금이 아닐까, 하는 생각을 잠시 들게 했다. 그러나 그게 금이라면 엄마의 표정이 그리 어정쩡하지는 않았을 것이다.

엄마는 그 비닐 뭉치를 빈 화분 안에 던져두고는 쓰러지듯 거실 소파에 누워 잠이 들었다. 아빠는 샤워를 했다. 나는 변기에 앉아 항문에 불이 붙는 아픔을 참아가며 아빠의 몸을 보고 있었다. 처음 보는 성인 남자의 몸이었다. 아빠는 키가 컸다. 벽에 걸린 샤워기에 머리가 닿을락 말락 했다. 쏟아지는 물줄기에 씻기는 단단한 아빠의 팔다리는 마치 운동선수의 그것 같았다.

아빠가 떠난 후 엄마는 그 검은 비닐을 군청색 화분에서 꺼
냈다. 한숨과 함께 그것들을 알루미늄 대야에 부었다. 대야가
놀란 듯 날카롭게 비명을 질렀다. 나는 눈이 둥그레져 떨어지
는 물건에 넋을 빼앗겼다. 처음 보는 동전이었다. 제기를 만들
때 쓰면 딱 좋을, 가운데 구멍이 뚫린 엽전이었다. 엄마는 타일
바닥을 긁으며 대야를 수도꼭지 밑으로 끌어갔다. 그리고는
초록색 호스를 엽전 위에 대고 물을 틀었다.

　"이걸 뜯어서 닦아야 할지 그냥 닦아야 할지 모르겠네. 묶음
이면 가격을 더 쳐줄까?"

　엄마는 대야에서 흘러내린 물이 양말 신은 슬리퍼 위를 넘
쳐흘러도 아랑곳하지 않았다.

　"날씨 차암 좋다!"

　뜬금없이 부엌문으로 들어오는 하늘에 한숨을 보냈다. 대야
바닥에 깔려 있는 세 꾸러미의 엽전을 뜯어야 하나 말아야 하
나, 고민하는 사람치고는 생각이 많아 보였다. 철사인지 구리
인지 분간도 어려운 검은 끈을 자르는 건 별로 어려운 일도 아
니었다. 나는 얼른 신발장 제일 위 칸을 열어 나뭇가지를 잘라
낼 때 쓰는 전지용 가위를 들고 나왔다. 엄마는 비누통에서 낡
은 칫솔을 꺼내들고는 엽전을 하나하나 닦아나갔다. 햇살이
대야 속으로 들어와 엽전을 반짝이게 했다.

아빠가 말한 돈이 아마 저 엽전일 거라고 나는 생각했다. 아빠처럼 세상 물정에 어두운 사람은 그렇게 생각할 수 있었다. 나는 대체 아빠가 어디서 저 돈을 찾아냈을지 궁금해졌다. 아빠의 그분이 알려주셨을 지도 모른다는 생각은 들었지만 그래도 이해는 되지 않았다. 아빠의 그분은 지금을 고려시대나 조선시대쯤으로 알고 있는 듯했다. 그게 아니라면 그분에게는 시간이 없다는 게 맞았다. 엄마는 그 엽전들을 어떻게 처리했는지 말하지 않았다. 그 엽전이 얼마나 엄마에게 도움이 되었는지도 알 수 없다. 우리보다 더 답답했을 엄마는 끝내 아무 말도 하지 않았다. 어찌되었든 아빠가 집에 돈을 들여놓은 건, 내가 아는 한 그것이 처음이었다.

11

우리는 많은 것들을 포기했다. 뒷마당 구석에 놓인 녹이 쓴 세발자전거, 빈 화분, 크기가 다른 항아리, 무늬가 있는 벽돌, 커다란 바구니와 대야들, 찜통, 소반, 빈 플라스틱 통, 엄마 장화, 세발수레. 상품포장에 썼을 소쿠리와 채반……. 그리고 그동안 작아진 신발과 동화책, 장난감, 잡동사니들은 정리해서 커다란 소각용 비닐에 담았다. 우리가 이사 갈 아파트는 좁았다. 모든 게 보이는 곳에 놓여야 했다. 엄마는 당장 입을 옷과 그릇과 교과서만 챙겼다. 추억이 담긴 물건들을 모두 남겨두었다. 나는 책가방을 멘 채 기타를 들었다. 교회에서는 실패했지만 기필코 배우고야 말겠다는 생각이 들었다.

사다리차를 타고 올라온 이삿짐들이 대충 정리되자 엄마는 혼잣말처럼 외쳤다.

"다시 시작하자, 여기서."

전학수속을 마쳤지만 형은 돌아오지 않았고, 나는 아파트 아이들과 함께 등교를 했다. 건너편 여주동 길에서 걸어오는 내 모습이 자꾸 보였다. 처음으로 이곳 아이들이 보았을 내 모습을 그려봤다. 뒤로 논과 밭이 보이는 풍경에서 걸어오는 아이는 분명 자신들과는 다른 세계의 아이였을 것이다. 그러나 내게 관심을 보였던 아이는 별로 없었다. 성형한 코가 유별나게 큰 담임선생님도 그랬다. 나는 과제물과 준비물 챙기는 일을 소홀히 하지 않았다. 눈에 띄지 않는 아이가 되려면 문제를 만들지 말아야 한다, 그건 보름 동안이나 엄마를 교육시킨 1학년 담임의 선물이었다. 결손가정은 그 사실 하나만으로도 충분히 차별을 받았다.

"아빠가 없는 아이 손들어!"

가족관계 조사를 한다며 두 눈을 동그랗게 뜨고 교실 안을 둘러보던 선생님도 나를 볼펜 끝으로 지적하며 재촉했다.

"이현! 왜 손 안 들어? 빨리 들어. 선생님 지금 바빠."

끝까지 손을 들지 않자 선생님은 다가와 내 머리를 볼펜으로 두들겼다.

"선생님 바쁘다고 했지. 엄마 재혼하셨어?"

눈에 띄지 않는 것, 누구도 내 처지를 인식하지 못하게 하는 것이 나는 중요했다. 그래서 민제의 행동을 어렵지 않게 이해하게 되었다. 그가 나와 같은 집에 사는 티를 안 내는 것 말이다. 어쩌다 길에서 만나도 딴 짓을 하면서 나와 떨어져 걸었다.

"너 먼저 가. 나 이것 좀 보고 갈게."

어쩌면 민제도 홀로 걷는 자신의 모습을 발견했는지 모른다. 그게 아니라면 그도 무언가 감추어야 할 게 있다는 것이다. 그런 민제가 개천가입구에 있는 놀이터로 나를 불러내기 시작했다. 내가 여주동을 떠난 뒤였다.

"상천이 새끼! 죽여 버리고 싶어."

상천이란 이름을 듣자 내 가슴은 요동치기 시작했다. 분노에 찬 민제 목소리에서 나는 형을 떠올렸다.

"상천이? 왜?"

"……, 넌 몰라도 돼. 그런데 네 형, 집에 왔어?"

"왜?"

"아니, 넌 몰라도 돼. 미쳐버리겠어. 나, 중국엔 죽어도 가기 싫단 말야, 그런데 상천이 그 새끼 땜에……, 미치겠어."

민제는 미끄럼틀을 발로 차며 씩씩거렸다. 나는 짝인 상천이가 가끔 민제를 흘겨보던 눈길을 떠올렸다. 그 눈빛이 낯설지 않았다. 형의 울부짖던 얼굴이 앞을 가렸다.

"아무도 몰라. 니네들은 죽었다 깨도 몰라. 미쳐 죽을 것 같다고……."

상천이는 전학 오며 비어 있던 내 옆 자리에 앉혀졌다. 그는 어디로 보든 반 아이들보다 성숙한 분위기를 풍겼다. 그에게

서 술 냄새를 맡은 건 그가 전학 온 이틀 후였다. 휴식시간에 나갔다 돌아온 그의 숨결이 아주 미약한 알코올 냄새를 뿜어냈다. 처음부터 그 냄새의 정체를 알아챘던 건 아니었다. 어느 순간, 고개 숙인 그의 붉은 목을 훔쳐본 뒤였다. 고모 얼굴이 떠올랐다. 믿기지 않았는데도 나는 선생님이 알까 봐 전전긍긍했다.

내 경험은 틀리지 않았다. 그의 침묵은 나와 달랐다. 내가 땅속에 묻힌 돌멩이라면 상천이는 멈춘 화산이었다. 그의 가무잡잡한 피부와 두툼하며 단단한 몸이 검붉은 빛을 발할 때, 나는 그가 숨긴 억눌린 분노 같은 것을 보았다. 나는 웃으며 인사를 한다. 누구든 친절하게 대하는 사람에게는 화를 내지 못한다. 나를 돕는 것이 엄마를 돕는 일이라는 걸 알았다. 그런데 민제는 상천이 이야기만 줄곧 해댔다. 나는 상천이가 민제에게 예민해질 이유를 생각해봤다.

"너, 옷, 그거 바로 입으면 안 돼? 그게 눈에 거슬릴 수도 있다고. 네가 상천이 앞에 앉잖아."

민제는 상의를 꼭 뒤집어 입고 다녔다. 모자도 챙을 뒤로 보내고 가방은 등에 메는 대신 가슴에 안았다. 처음 보았을 때 나는 그가 뒷걸음질을 치는 줄 알았다. 상천이는 전학 온 지 얼마 되지 않은 아이라 그 모습이 거슬러 보일 수 있었다.

"안 돼! 나는 뒤로 돌아가고 싶단 말야. 옛날 엄마랑 아빠랑 같이 살던 그때로 돌아가고 싶단 말야. 엄마가 내 맘을 이해하게 되면 아빠한테로 돌아갈지도 몰라. 그때까지 나는 이렇게 입을 거야. 엄마도 곧 이해하게 될 거야."

"어른들은 바빠서 애들을 살필 겨를이 없어."

"네 형 지금 뭐해?"

"몰라."

그는 내내 형 안부를 물어왔다. 그때마다 나는 까칠한 형 얼굴을 떠올렸다. 문제아 딱지가 붙은 형은 마치 태어날 때부터 문제의 씨앗을 품었던 아이 취급을 받았다. '도무지 어떻게 생겨 먹었는지 모를 애'였다. 공부를 하러 간 학교에서, 그것도 아빠가 돌아가시고 난 후의 변화라면 변화였다.

기분이 우울해지면 나는 '광야'를 떠올렸다. 골프장의 푸른 잔디가 모니터 가득 다가온다. 산뜻하게 차려입은 캐릭터가 하늘 높이 골프채를 휘두른다. 형이 나가면서 컴퓨터는 온전히 내 차지가 되었다. 그리고 엄마가 일하던 밭을 떠올렸다. 한여름 내내 토마토나무는 새 열매를 열었다. 미처 손이 가지 못한 열매는 껍질이 벌어지고 속이 터져 나왔다. 여름이면 비닐을 벗겨내고 엄마는 토마토에 태양을 쏘였다. 싱그러운 껍질에서 발하는 깨끗한 빛을 떠올리면 기분이 맑아졌다. 엄마는 빨간 열매를 따서는 고르게 상자에 담았고 트럭이 있는 남자가 마을을 돌며 그것들을 시장으로 가져갔다. 아파트로 이사를 왔지만 내 마음은 여주동을 벗어나지 못했다.

"비닐로 밭고랑을 다 덮어버리니 미안타."

엄마는 고랑을 덮어버린 검은 비닐에 늘 신경을 썼다. 꼭 숨통을 틀어막고 땅을 쥐어짜는 것 같아 할 짓이 못 된다는 것이다. 그러나 가만히 보면 고랑을 덮은 비닐 안에서도 풀들은 누워 자라고 있었다. 비가 와도 꽃은 피고 열매가 맺히는 것처럼 누구도 막을 수 없는 게 있었다. 엄마 밭에 있던 붉은 열매가 가슴에 살아나자 싱싱한 기운이 온몸에 차올랐다. 빨간 열매 아래로 돋아나는 새순은 투명한 빛을 발했다. 넝쿨들은 키보다 높은 받침대를 따라 하늘로 올라갔다. 엄마가 말한 '어릴 때는 뭐든지 이쁘다'는 말이 생각났다.

"보살핌이 많이 필요한 때라 이쁜 마음이 들게 했나 봐. 그래야 살아남지."

신이 그렇게 세상 마음을 헤아렸다는 것이다. 그러나 엄마는 새순을 따내며 가지치기를 했다. 어린 순은 보살핌은커녕 자라기도 전에 숨통이 끝나버렸다.

아무도 내가 얼마나 많은 생각과 번민으로 나날을 보내는지 몰랐다.

"누구도 몰라! 엄마는 죽었다 깨도 몰라! 나는 신도 외면한 놈이야!"

울부짖던 형 목소리가 잊히지 않는다. 나는 점점 형 심정이 이해되기 시작했다. 그 누구든 그가 되기 전에는 그를 진정으로 이해할 수는 없다. 지금의 나를 이해할 사람은 세상에 단 한 명도 없을 것이다. 이 순간 내가 왜 여기에 있어야 하는지, 왜 버들버들 떨어야 하는지 말이다.

회사를 떠나 지방 공장을 방문하는 출장은 내게는 여행이다. 나는 거래처 공장을 향해 달리고 있다. 추석특판을 위해 발주한 주문량을 공장의 기계가 차질 없이 생산해낼지를 확인하러 가는 길이다. 그곳은 한 시간 반이면 가능한 거리다. 비가 왔지만 새벽이라 달리는 데는 문제가 없었다. 그런데 왜 이렇게 많은 상념이 달려드는지 모르겠다.

민제는 형에게서 자신의 미래를 살피려 했던 것 같다. 상천이를 견디는 것도, 새아빠에게서 엄마를 되찾기도 불가능하다는 것을 알았던 것이다. 그들에게서 떠나는 것, 의지를 접은 초라한 자신의 모습을 숨기는 길은 가출밖에 없었다. 그 나이에 무슨 길이 보였겠는가. 그러나 가출에도 용기가 필요했다. 무모하지만 그런 면에서라면 형은 용기가 있는 아이였다.

12

　방학숙제였던 모형헬리콥터를 돌려받은 날에는 비가 내렸다. 태풍이라 우산도 받지 못한 채 흠뻑 젖어 하교를 했다. 집 안의 창들은 닫혀 있었다. 내가 오는 것만 확인한 엄마는 다시 비오는 창으로 시선을 보냈다. 현관 통로에서 양말이며 젖은 옷을 벗을 때 누군가 문을 여는 기척을 냈다. 어렵게 열린 문으로 비바람이 먼저 들이쳤다. 불쑥, 물에 젖은 더부룩한 노란 머리가 따라 들어왔다. 놀란 나는 뒷걸음을 쳐 물러섰다. 비에 젖은 무거운 청바지와 낡은 운동화……. 형이었다. 형은 한 손에 빗방울이 떨어지는 커다란 수박을 들고 있었다.

　"잘 지냈냐?"

　검게 탄 피곤한 얼굴이 이를 드러내며 웃었다. 그는 조심스레 수박을 바닥에 내려놓더니 젖은 배낭을 벗어 안쪽으로 집어던졌다. 그리고는 아직 비가 따라 들어오는 문 밖으로 길게 침을 뱉었다. 말을 못 찾는 엄마를 향해 입술을 비틀며 어색하게 웃어 보였다. 급히 수건을 찾아 든 엄마가 형에게로 다가갔다.

형은 낚아채듯 그것을 받아 들었다. 머리를 털고 얼굴을 닦고 검게 그을린 두 팔의 물기를 빡빡 문지르던 형이 기침을 참을 때처럼 컥컥거리며 말을 이었다.

"중…… 학교……도…… 졸……업하고…… 고, 고…… 등 학교……도 조, 졸업……하고…… 대……학도…… 갈 거예 요."

엄마는 허물어지듯 주저앉았다. 엄마가 그렇게 우는 모습은 처음 보았다. 끄억끄억 끝이 나지 않는 엄마의 울음을 지켜보 았다. 움직일 수가 없었다.

"그래! 아직 늦지 않았어. 늦지 않았어."

그것은 우리 가족의 소원이기도 했다. 그 순간 우리는 무난 한 형 미래를 위해 간절한 마음들을 모았었다.

형은 다시 등교를 했다. 전학을 간 학교는 교복으로 연한 베 이지색 셔츠를 입었다. 또래의 무리에 끼어 있는 형 모습은 보 는 이를 평화롭게 만들었다.

"그래, 그렇게 하면 돼."

엄마는 조심스럽게 형을 다독였다. 형은 긴장된 표정을 지 우지 못하며 집과 학교를 오갔다. 형이 조금씩 안정된 모습을 보이자 엄마는 다시 직업을 찾아 나섰다. 마땅한 일을 만나기는 쉽지 않은 것 같았다. 엄마는 다시 집에 틀어박혔지만 형은 언제나 돈이 필요했다. 한번 말을 꺼내면 물러서지 않고 엄마를 졸랐다.

"교육 받는 동안 차비나 받아 써. 그냥 앉아만 있어도 비누랑 치약이랑, 뭐 이것저것 챙겨주는 게 많을 거야."

사정을 아는 고모는 우선 엄마를 집에서 끌어내려 했다. 이혼 때문에 선박회사를 그만둔 고모는 집에만 있는 게 어떤 것인 줄 알았다.

"혼자 그러고 집에 있으면 우울증밖에 더 생기니?"

이혼 후유증으로 신경마비 증세가 나타난 고모의 몸놀림은 어눌했다. 후들거리는 걸음으로 중국까지 원정치료를 다녀왔지만 예전으로 돌아가지는 못 했다. 고모는 급한 듯 취직부터 서둘렀다. 혼자 있는 시간에 할 수 있는 건 죽어도 좋겠다는, 죽고 싶다는, 삶에 대한 빠른 포기였다고 했다.

"그게 얼마나 무서운 건지 몰라. 바닥에 엎질러진 물이 언젠가는 말라버리듯이, 죽음도 그 정도의 느낌이야. 내 생명도 그렇게 말라버릴 것 같다고……."

엄마에게 친구는 가족 이상이었다. 나는 그런 엄마 친구들이 미더웠다. 마지못해 고모에게 이끌려 나갔던 엄마는 하루가 다르게 생기를 찾았다. 헝겊대기 같던 몸이 풀처럼 향기를 풍겼다.

"미래사회에서는 보험밖에 믿을 게 없을 것 같아."

고모와 이어지는 대화는 끝이 없었다.

"자식을 믿겠어, 남편을 믿겠어? 보험밖에 더 있니?"

"보험도 경쟁력이야. 결국에는 돈 있는 놈만 살아남는다고."

"신기술, 첨단기술이 의료보험 되는 것 봤니? 결국에는 개인 의료보험으로 해결해야 될 일 아니겠어?"

"보험, 이거 정말 미래지향적인 직업이야."

소득도 많아질 거라고 했다. 나는 얼마나 기뻤는지 모른다. 엄마가 직업을 가졌다는 사실은 엄청난 긴장을 풀어줬다. 형이랑 나는 신입인 엄마의 보험실적을 올리는 데 중요한 인물이 되었다.

"우리가 너무 무지하게 살았어. 아빠한테 보험이라도 있었으면 우리가 이렇게 막막하지는 않았을 텐데……."

엄마는 고객을 찾아 종일 전화통화를 시도하는 것 같았다. 저녁에 들어오면 어김없이 소금물을 풀어 목을 가셔냈다. 그래도 엄마 얼굴은 밝게 빛났다. 어느 날은 직원회식이 있었다며 술에 취한 불그레한 얼굴로 들어와 급히 세수를 했다.

"직장 다니며 술 안 마시기는 힘들겠어. 그런데 이상하게 긴장이 풀린다. 해수가 이래서 술을 마시나 봐."

형을 의식한 말이었다. 형은 늘 술에 취한 해수 고모를 못마 땅해 했다.

고모가 엉망이 되었던 밤을 우리는 기억하고 있었다. 그날 은 고모가 자신의 생에서 가장 강한 결정타를 얻어맞은 날이었 다. 우리는 모두 잠이 들어 있었다. 엄마는 놀라 일어났지만 현 관문을 열지는 못 했다. 한밤중에 울리는 소리는 불길한 소식 이기 쉬웠다. 엄마는 얇은 메리야스만 입은 자신의 가슴을 꼭 끌어안은 채 현관 앞을 서성거렸다. 개 짖는 소리가 동네를 들 쑤셨다. 계속되는 현관 벨 소리에 집 안 공기는 터져버릴 것처 럼 팽창했다.

고개를 숙이고 망설이던 엄마가 단호한 표정이 되며 현관문 고리부터 비틀었다. 무슨 생각을 했는지 상대를 확인하는 과 정도 생략한 채 문을 확 밀쳐버렸다. 습한 바람 냄새가 뭉텅 거 실로 밀려들었다. 뜻밖이라는 듯 아주 가벼운 엄마의 외침이 들렸다. 엄마가 예상했던 사람이 아니었나 보았다. 무언가 무 거운 물체가 현관 입구에 던져졌다. 현관이 부산스러워지고 해수 고모의 혀 꼬부라진 소리가 들려왔다. 언제 일어났는지 형이 무섭게 소리를 지르며 거실로 튀어나왔다. 형은 으르렁 거리며 물어뜯을 눈빛으로 고모를 지켜봤다.

"뭐야! 아줌마가 추하게 술에 취해서……. 좀 조용히 해, 고모! 동네 사람들은 엄마가 취한 줄 알잖아.”

고모 겨드랑이에 손을 끼워 넣은 형은 축 늘어진 몸뚱이를 질질 끌어다 소파에 뉘였다. 고모는 연신 혀 꼬부라진 소리로 형을 나무랐지만 이미 몸을 가눌 수는 없는 지경이었다. 집 안이 어수선해졌다. 고모가 내뱉는 욕지거리가 조용한 집 안을 두들겼다. 무언가 심각한 일이 벌어지고 있다는 예감이 스멀거렸다. 뜻도 없는 소리를 고래고래 지르는 와중에도 고모는 연신 술을 찾았다.

“수~울, 여기…… 수~울 가져오라니까. 수~울……!”

엄마는 졸린 눈꺼풀을 치켜뜨며 냉장고에서 술병을 꺼냈다. 잠 안 올 때 한 잔씩 마셔보라며 동네 포도원에서 가져다 놓은 술이었다. 엄마는 경쾌하게 퐁! 소리가 나도록 술병을 땄다. 맑은 증류포도주가 똘똘똘 유리잔에 차올랐다. 탄산음료에 타서 마셔야 한다던 독한 술이었는데 엄마는 약처럼 고모의 입에 대줬다. 빨리 기절이라도 시켜야 한다고 결정했던 것 같았다. 그러나 흐느적거리는 고모의 사지는 굼뜨기가 한량이 없었다. 가까스로 잔을 입에 댄 고모 얼굴이 온통 일그러졌다. 술을 못 마시는 엄마 얼굴도 일그러졌다.

고모는 다시 욕지거리를 퍼부었다.

“남자들은 다 사기꾼이야. 정말 그것들은 다 꾼들이라

고……."

누워서 엄마가 주방을 서성이는 소릴 들었다. 낯선 코 고는 소릴 났다. 살구색 담요를 덮은 고모는 식탁에 널브러졌고 그녀 곁에 앉은 엄마는 창밖의 먼 산 어둠만 지켰다. 밤새 우는 소리가 들려왔다. 화장이 다 지워진 고모의 피곤한 얼굴은 식탁 유리에 눌려 찌그러졌다. 눈썹이 사라진 이마는 더 넓게만 보였다. 날이 밝자 엄마는 얼른 쑥국을 데웠다. 고모는 담배를 꺼냈다. 엄마가 고모를 대신해 창문을 열었다. 창문으로 들어온 봄바람이 가스레인지 불꽃을 날렸다. 엄마는 창문을 조금 밀어 닫았다. 고모가 뿜어내는 연기에 쑥국의 노리끼리한 김이 섞여 들었다. 고모는 국물만 몇 번 뜨고는 숟가락을 놓았다. 그리고 다시 담배를 피워 물었다. 엄마는 고모 국그릇에 연신 국물을 채웠다. 고모는 다시 국물을 떠먹고 담배를 피웠다. 밥그릇 옆에 겹쳐 깐 휴지 위로 담배꽁초가 쌓여갔다. 고모는 밥을 못 먹었다. 궁금증으로 가득한 엄마는 담배가 물린 고모의 입만 쳐다봤다. 컵받침 귀퉁이에다 담배를 비벼 끈 고모가 엄마를 향해 고개를 돌렸다.

"다 끝났어!"

메마른 목소리가 갈라졌다. 고모는 빈 유리컵을 엄마 앞으로 들어 올렸다. 엄마는 얼른 냉장고에서 사이다병을 꺼냈다.

고모는 밤새 바람이 난 메뚜기 아저씨를 미행하고 오는 길이라 했다. 세 시간 동안이나 추적을 해서 간신히 남편이 호텔로 들어가는 걸 확인했다고도 했다.

"그것들이 혹시 다툼이라도 해서 그 짓을 안 하고 나오는 일이 생길까 봐 얼마나 조바심을 쳤는지 아니? 으흐흐흐……."

고모는 그들이 경찰서에서 한 말을 몇 번이고 되뇌었다.

"그런데 사랑한대요, 글쎄! 내 앞에서, 내 남편이란 놈이 딴 년을 감싸는 꼴을 내가 보고 있어야 했다고……."

엄마는 고모가 가장 불행한 순간에 고모의 실수를 일깨웠다.

"다들 힘들 거라고 했잖아. 너만 괜찮다고 했던 거지."

모든 면에서 엄마는 고모에게 조언을 할 만한 입장은 아니었다. 그러나 결혼과 아이들 문제는 달랐다. 엄마는 자신의 경험을 소중하게 여기는 사람이었다.

"아이들이 말을 잘 안 들을 거야. 요즘 아이들은 여우거든. 아무리 잘해줘도 내 편이 되지는 않아. 그리고 그들이 요구하는 것들을 다 들어줄 경제적 능력이 네게는 없어. 중·고등학교 다니는 아이 둘을 뒷바라지하는 건 쉬운 일이 아니야. 게다가 애아비는 수입도 없잖아. 사랑은 금방 식어. 너 일하러 나갔는데 남편이라는 사람이 집에서 놀고 있어 봐. 아무리 열심히 벌어도 지출을 감당하기 힘들어 봐. 통장에 묶어뒀던 돈 야금 야금 빠져나가 봐. 게다가 아이들이 고마운 표정 하나 없이 계속 무엇인가 충족이 안 된다고 투정을 부려대 봐. 아비는 어떻게 해서든지 네 것 뜯어내 제 아이들에게 능력 있는 아빠 되려고 할 테고. 어쩔 거야?"

고모는 고개를 절레절레 저었다.

"다 키운 자식 둘 생겨 좋고, 잘해주면 내 편 될 거고, 아빠가 집에서 살림할 테니까 애들 돌보는 거야 알아서 할 테고, 집에 들어가면 사랑하는 사람이 있고……. 그거면 돼. 더 이상은 바라지도 않아. 그 사람이 내 거라는 확인만 되면 나는 모든 걸 감수할 수 있어."

그렇게 고모는 아이 둘 딸린 이혼남과 결혼을 했다. 그렇지만 고모의 재정은 3년을 버티지 못하고 바닥이 났다. 남자는 또 다른 여자의 돈을 좇아 뛰기 시작했다. 나중에야 알았지만 메뚜기 아저씨는 이미 고모 이전에도 몇 명의 여자를 빈털터리로 만든 경력이 있었다. 그의 두 자녀 역시 아빠의 능력을 최대한 이용할 줄 아는 경험자들이었다.

믿었던 사랑에 참패를 당한 건 고모였다. 고모는 대체 메뚜기 아저씨가 왜 그랬는지 이해하지 못했다.

"내가 얼마나 잘 살아보려 했다구. 그 사람이 모를 리 없을 거야."

고모는 그날을 잊지 않았다. 그녀가 택한 복수는 메뚜기 앞에서 멋진 남자의 품에 안기는 것으로 일관되었다.

"버린 여자가 진주였다는 걸 알게 해줄 거야."

몇 년 동안이지만 고모는 엄마라는 호칭으로 불렸다. 나는 고모를 엄마라고 불렀던 형과 누나에게 더 관심이 쏠렸다. 그들은 몇 년마다 바뀌는 엄마라는 여자에게 어떻게 적응을 했을까.

"자식이든 아비든 다 돈이야. 돈이 떨어지면 관계도 끝나. 알겠니? 미경아! 돈 떨어지면 모든 끈이 다 떨어져 나간다고, 알겠냐고? 큰소리치지 마, 너도……."

고모는 엄마 자식들을 차마 입에 올리지는 못 했다.

"내가 속이 상해서 그래, 내가……."

고모가 입을 닫자 그제야 엄마는 자신이 무슨 짓을 했는지 깨닫는 것 같았다.

우리가 사는 날들에는 위로가 필요한 날이 더 많았다. 세상에서 끝까지 나를 믿고 이해해줄 사람이 우리에게는 필요했다. 그건 형도 같았다. 형은 모든 울분을 엄마에게 깡그리 쏟아부었다. 엄마가 그 울분을 감당하지 못하리란 염려는 없었다.

"자식을 이길 수는 없어. 그래도 말려야 하는데, 그게 어이없게 싸움질이 되어버려. 물인지 불인지도 모르면서 뛰어드는 자식을, 결과가 뭔지 빤히 보이는데 그냥 둘 수는 없잖아. 그 절망……, 당해보지 않고는 모를 거야?"

우리는 무조건 이해받고 싶은 순간이 있다. 내 편이 필요한 이유다. 그런데 엄마는 아주 상식적인 결론에 도달하길 원했다. 콩 심은 데 콩 나고 팥 심은 데 팥이 나지 않으면 받아들이질 못 했다. 그래서 엄마에게 형 행동은 이해하기 힘든 과제였다. 엄마가 알고 있는 형은 누가 뭐래도, 어떤 일이 생겨도, 문제없이 모범학생의 모습을 유지하는 자식이어야 했다.

얼마 후 고모는 메뚜기와 여자를 유치장에 처넣고 이혼을 했다. 여자에게서 합의금을 받던 날, 만발한 벚꽃이 세상을 밝히고 있었다. 고모는 더러운 기분을 푼다며 우리 가족을 연못가에 있는 스테이크 전문점으로 데려갔다. 새로 산 승용차는 부드럽게 꽃잎 위를 굴러갔다. 울타리처럼 심어진 벚나무에서는 연신 꽃비가 내렸다. 커다란 창으로 날아와 부딪히는 꽃잎은 황홀했다. 우리는 바이올린 협주곡 〈사랑의 인사〉를 들으며 그저 먹기만 했다. 서로에게 많이 먹으란 말도 하지 않았다. 입술에 연한 고기핏물이 밀려 나와도 모르는 척 덜 익힌 고깃덩이를 질긴질긴 썰어 입안에 밀어 넣었다. 분명 맛있을 고기였는데 영 맛이 느껴지지 않았다. 형은 콜라를 단숨에 들이켜고 내 것을 집어 갔다. 엄마는 조그맣게 썬 조각 하나를 넣고 오래도록 우물거렸다. 그러다 남은 고깃덩이를 슬쩍 형 접시로 옮겼다. 엄마는 고기라면 만두에 들어간 것도 냄새가 싫다며 피했다. 그걸 잘 아는 고모였지만 네 개의 스테이크를 주문해 무작정 먹게 했다. 연놈들의 살점을 함께 씹어주겠다는 표정이었다.

식사가 끝나갈 즈음이었다. 고모는 갈색 소스가 묻은 입을 열었다.

"모든 게임은 내가 이길 때까지야. 반드시 이겨줄 거야. 이 나쁜 것들……."

"저야 편해. 이기고 시달리는 것보다는 그 편이 훨씬 쉬워. 더 쉬운 건 싸우기 전에 져주는 거야."

그 순간에도 엄마는 자신의 원칙을 고수하려 들었다. 싸우기 전에 져주는 것. 나는 그게 어떤 것인지 나중에야 알았다. 자신의 처지를 너무도 잘 알고 있을 때, 내가 달걀인지 바위인지 너무도 선명하게 보일 때, 엄마의 원칙은 가능했다. 달걀이 바위를 상대해야 할 때처럼 목숨을 던져도 상처 하나 낼 수 없을 때가 분명 있었다. 아니면 바위가 달걀을 마주했을 때처럼 어처구니가 없든지. 그러나 사람은 두 가지 입장에 모두 처할 수 있었다.

13

전학 간 학교의 형 친구들이 하나둘 집으로 들어왔다. 전에는 없던 일이었다. 나는 눈을 내리깔고 살폈다. 새집은 방이 한 개라 형과 나는 거실을 나누어 썼다. 엄마는 부채처럼 접히는 긴 가림막을 사다가 거실 중앙을 잘라 형 방과 내 방을 만들었다. 별로 그럴 필요가 없다고 했지만 엄마는 우겼다. 엄마가 신경을 쓴 것은 공부를 할 수 있는 공간이었다. 하지만 우리는 공부가 하고 싶지 않았다. 그리고 후들거리는 막이 쳐지면 갑자기 그 뒤쪽이 궁금해져 발끝이 다 오글거렸다.

형 친구들은 그 칸막이 안을 좋아했다. 그들이 오면 영락없이 자석으로 끝이 맞물리며 칸막이가 닫혔다. 나는 얼른 내 공간으로 들어가 그들을 살폈다. 얇은 막이 들썩이며 줄곧 낄낄거리는 웃음소리가 들려왔다. 그들의 세계는 내게 미지였다.

친구들과 함께 있는 형 모습은 무척 편안해 보였다. 그중에서도 덩치가 유별나게 큰 친구는 생긴 것과 다르게 다정했다. 그는 늘 형의 어깨에 두툼한 팔을 얹고 걸었다. 외출을 할 때도 꼼꼼히 형 옷매무새를 만져줬다. 거의 두 시간이 넘도록 형의 머리를 손질해준 적도 있었다. 신기해서 나는 칸막이를 열고 그것을 지켜봤다. 형 머리는 몇 올씩 집어 올려져서는 흰 크림이 칠해지고 다시 꼼꼼하게 말리고 비틀려져 세워졌다. 그렇게 하나하나 세워 올린 머리카락은 굵은 가시 모양으로 부풀어 어마어마한 크기의 밤송이가 되었다. 뭉툭하고 투박한 손가락이었지만 형 머리를 만질 때만큼은 섬세하고 부드럽게 움직였다.

나는 그것을 지켜보는 내내 가슴이 먹먹했다. 저런 친구가 곁에 있다면 누구도 겁나지 않을 것 같다는 생각이 들었다. 엄마도 마음을 놓았다.

"모든 건 다 잠깐이라더니……. 진작 농원을 정리했어야 하는 건데 그랬어."

우리가 사는 15층은 통로를 향해 열 가구가 현관문을 열 수 있었다. 처음엔 몰랐지만 그중 여섯 가구 정도는 노인이 혼자 사는 집이었다. 어떤 노인들은 간병인을 두고 지냈지만 그렇지 못한 노인들은 혼자 살았다. 우리는 남쪽 끝에서 두 번째 집이라 중앙 엘리베이터에서 내리면 문 열린 몇 집을 지나가야 했다. 나는 오고가며 열어놓은 문으로 슬쩍슬쩍 안쪽을 들여다봤다. 딱히 관심이 가는 것은 아니었지만 열린 공간으로 쏠리는 눈길은 어쩔 수 없었다. 우리 동의 현관구조는 거의 동일

했다. 나는 벗어놓은 신발로 가족구성원을 짐작하는 놀이를 했다. 6호 할머니는 발소리만 나면 고개를 내밀었다.

"아야! 연우야, 어딜 가니? 집에 안 들어오고?"

"저 연우 아닌데요."

"아이쿠, 그렇구나. 난 연운 줄 알았다."

어느 날 연우가 궁금해졌다.

"연우가 누군데요?"

"내 아들이지."

"할머니 아들이 그렇게 어리다구요?"

"그럼 국민학교 다니는데."

"국민학교가 어디 있는데요?"

"떽! 제가 다니는 학교도 모른다니. 요즘 애들은 원⋯⋯."

문이 닫혀 있던 날, 나는 그 앞에 저절로 서졌다. 허전했다.

이 건물에서 내게 아는 척을 하는 사람은 별로 많지 않았다. 모두 처음 보는 사람처럼 앞만 보고 걸었다. 눈을 마주치지 않으려 애를 쓰는 모습들이었다. 곧 익숙해졌다. 보고 싶지 않다는 건 보이고 싶지 않다는 다른 말이었다.

14

"건이, 현이! 공부 안 하니?"

엄마가 드디어 공부를 말하기 시작했다. 공부를 걱정하는 건 공부보다 더 급한 게 없다는 의미였다. 비로소 우리는 평범한 가정의 모습을 찾았다. 엄마는 매일 아침 출근을 했고 나와 형은 학교를 다녔다. 다행히 형은 새 친구들과 문제가 없었다. 나는 교회 가기를 그만두었지만 약속한 한 달을 지켰기에 신경 쓰지 않았다. 게다가 드러나지 않기 위해 신중을 기한 행동은 은연중에 내 이미지를 믿음직한 놈으로 만들어놓았다. 무엇보다 엄마의 직장은 내 불안을 거둬 갔다.

말하지 않았지만 우리는 서로를 도와야 한다는 것을 느꼈다. 그러기 위해서는 웬만한 일은 스스로 해결하는 게 옳았다. 피곤한 엄마를 보살피는 것은 내 몫이었다. 현장학습을 가는 날도 나는 말하지 않았다. 책가방을 비우고 그 안에다 일회용 돗자리를 넣어서 집을 나왔다. 등굣길에 있는 편의점에 들러 햄버거와 음료수를 사는 건 어렵지 않았다. 고모가 준 용돈은 그래도 남았다. 나는 거스름돈을 주머니 깊이 보관했다. 하굣길에 몰려갈 노래방에 나도 끼고 싶었다.

　길게 행렬을 이은 버스가 유적지를 향해 출발했다. 가을 체험학습장으로 찾아간 무열왕릉은 단단하게 돌로 만들어진 방이었다. 우리는 두 줄로 서서 무덤 속처럼 만들어놓은 곳과 거대한 능을 지나 숲 사이로 난 길을 걸었다. 햇살에 얼굴이 따가웠다. 연신 땀이 흘렀다. 박물관을 나오자 다시 햇볕이 쏟아졌다. 선생님들은 모두 어디로 갔는지 보이지 않았고 아이들은 주차장을 향해 내려갔다. 그들을 뒤따라 걸었다. 더위 탓인지 아이들은 조금씩 짜증을 부리고 있었다. 시원한 음료수가 생각났다. 나는 몇 번이고 주머니 속 지폐를 만지작거렸다. 친구들에게 내 노래 솜씨를 보여주고 싶었다. 문을 열어둔 버스에 올랐다. 후덥지근한 의자에 주저앉았다. 땀에 젖은 옷이 등에 달라붙자 불쾌해졌다. 눈을 감았다. 빨리 기사 아저씨가 오고 에어컨 바람이 피부에 닿을 시간만 기다렸다.

　그때 땀을 뻘뻘 흘리는 상천이가 버스 계단에 나타났다.

　"야! 음료수 있는 놈, 내놔!"

　입구에 버티고 섰던 상천이 눈이 내게서 멈췄다. 얼른 고개를 숙이며 눈길을 피했다.

　"없어? 정말 없어?"

그때 뒷좌석에서 억눌린 소리가 들렸다. 민제였다.

"다 먹었어."

순간, 거센 바람이 일었다. 나는 두 팔로 머리를 감싼 채 비명을 질렀다.

"어떤 놈이야, 소리 지르는 놈이?"

뒤통수에서 거친 바람과 구타 소리와 비명이 터졌다. 나도 모르게 몸을 벌떡 일으켰다.

"하지 마! 하지 말란 말이야!"

내게로 오는 바람과 함께 턱에서 불이 났다. 창 쪽으로 몸을 틀었다. 주먹이 몇 대 더 날아왔지만 나는 이미 아픔을 느끼지 못했다. 상천이는 보이는 대로 주먹을 휘두르고는 급히 뛰어내렸다. 버스 앞쪽에서 전화를 거는 소리가 들려왔다. 창식이 넋 나간 나를 흔들었다.

"선생님한테 일단 알리자. 가자! 너랑 너랑, 너, 민제도……."

나, 수혁이, 민제는 창식이를 따라 버스에서 내렸다. 선생님은 주차장에서 조금 떨어진 박물관 휴게실에서 노닥거리고 있었다. 창식이가 그 안으로 들어갔다. 유리벽 너머로 두 사람이 이야기하는 모습이 보였다. 창식은 멋쩍게 서 있는 우리를 손가락으로 가리키며 무언가를 설명했다. 잠시 후 밖으로 나온 그는 다시 어디론가 전화를 걸었다.

"너네, 이리와 봐."

우리는 창식이 앞서 가는 곳으로 따라갔다. 버스가 주차된 협소한 공간이었다. 그는 빨간색 버스의 뒤꽁무니에 붙으며 급히 주변을 살폈다.

"야! 넌 누가 오나 보고. 너희들은 나 한 대씩 쳐! 세게 빨리! 여기, 정확하게 쳐! 알았지?"

놀라서 창식을 쳐다봤다.

"암튼 쳐! 빨리! 시간 없어."

"난 모른닷!"

수혁이 벌게진 볼에 바람을 넣으며 연거푸 창식의 턱을 올려붙였다. 뼈가 부딪치는 불쾌한 소리가 들렸다. 창식이 몸을 틀며 얼굴을 감쌌다. 나는 혼란스러웠다. 상천에게 얻어터진 배에 통증이 더해갔다. 허리를 똑바로 펴기도 힘들었다.

"너, 현이! 너도 쳐!"

"싫어, 난!"

"병신 새끼!"

"민제, 너도 한 대 쳐! 빨리!"

"싫어……."

수혁이 달려들어 창식의 턱을 연거푸 먹였다. 벌겋게 달아오른 얼굴이 화난 듯 일그러졌다. 비명을 누르며 주저앉았다. 한

참만에야 고개를 든 창식의 입술은 엷은 미소를 물고 있었다.

"씨발, 맞은 것 같지?"

우리는 고개를 끄떡였다.

"이거 누구한테도 말하면 안 된다. 만약에 우리 빼놓고 누구든 아는 놈 있으면 배신자로 처벌할 거다. 알았지? 가자."

피멍이 든 그의 얼굴은 순식간에 부어올랐다. 떠나기 전 인원점검을 하러 버스에 올랐던 선생님은 놀라며 창식을 불러 내렸다.

"아니! 언제 이렇게 부었어?"

"……."

담임은 창식을 데리고 학생주임인 하키채와 한참이나 떨어진 주차장 공터에서 심각한 표정으로 마주했다. 연신 볼을 감싸 안는 창식은 학교로 돌아오는 내내 어디론가 문자를 날렸다. 나는 배에서 팔을 내리지 못했다. 뱃속에 있는 장기 하나가 찢겨 나간 것처럼 쑤시고 아팠다. 배를 움켜쥐고도 나는 창식을 살폈다. 도무지 이해되지 않는 행동이었다. 무언가 일을 꾸미는 게 분명했는데 그게 무언지 가늠하기가 힘들었다. 가슴이 떨려오며 불안해졌다. 민제도, 수혁도 군은 표정으로 창밖만 바라봤다. 상천도 창식이 쪽을 흘끔거리기는 했지만 무덤덤한 얼굴은 그대로였다.

일찍 출발한 까닭인지 고속도로는 소통이 원활했다. 우리는 예상했던 시각보다 일찍 학교에 도착했다. 남은 햇살은 뜨거웠다. 버스에서 내린 아이들이 금세 인도를 덮었다. 그들을 기다리는 학원 승합차와 자가용 승용차들까지 더해져 학교 앞 도로는 그야말로 난장판이었다.

우리가 탄 버스는 제일 나중에야 문을 열었다. 출입문 앞에는 선글라스를 쓴, 기세가 등등한 중년남자와 주홍색 골프바지를 입은 여자가 기다리고 있었다. 먼저 차에서 뛰어내린 창식이 그들 앞으로 뛰어들었다.

"어떤 놈이야? 내 자식 이렇게 만든 놈이!"

벼락같은 소리가 주변의 왁자한 소음을 뚫었다.

"교장 나오라 그래! 당장 교장 불러!"

"어머! 창식이 아버님이세요? 제가 담임인데요?"

"담임? 누가 아이들 지도를 이따위로 하라 그랬어? 누구냔 말이야!"

선글라스가 창식에게 작은 소리로 무언가를 소곤거렸다. 창식이 주변을 두리번거리더니 우리를 향해 일일이 손짓을 보냈다. 나는 아픈 배를 부여잡고 간신히 집이 아닌 교장실로 불려갔다. 창식 아빠와 엄마는 연신 교장실을 오가며 분노의 고함을 질러댔다.

"나 변호산데, 저런 애 하나 처넣는 건 문제도 아니야. 당장 교육청에 연락하고 경찰 오라고 해."

교장선생님은 허리를 펴지 못했다. 담임선생님과 학생주임 하키채도 선 자리에서 꼼짝을 않았다. 우리는 창식이 상천에게 맞았다는, 납득하기 어려운 이상한 구타사실을 증언해야 했다. 창식 엄마는 창식을 데리고 병원으로 떠났다. 그리고 끝까지 버틸 것처럼 보였던 상천이 급기야는 제 아빠에게 전화를 걸었다. 우리는 모두 밖으로 나왔다.

"씨발! 이건 사기다."

상천이 복도바닥에다가 침을 뱉고는 먼저 교문을 향했다. 민제와 나도 말없이 집으로 돌아왔다. 도대체 무슨 일이 벌어지는지 알 수 없었다. 창식은 다음 날 학교에 오지 않았다. 정밀검진을 받는다고 했다.

며칠 후 학교로 불려간 것은 엄마였다. 나는 걱정이 되어 학생실 앞으로 가봤다. 유리창 안쪽에는 한 남자와 엄마가 서로 딴 곳을 보며 앉아 있었다. 내가 엄마 곁으로 가야 할지를 고민하고 있을 때 촐랑거리며 창식이 학생실 뒷문을 열었다.

"헤헤……, 안녕하세요? 오셨어요?"

"어어, 그래……."

창식은 살살거리며 티셔츠를 입은 건장한 남자 곁에서 머뭇거렸다. 나는 남자가 창식과 연관이 있는 사람일 거라고 생각했다. 곧이어 표정 없는 상천도 학생실로 들어갔다. 상천은 남자와 조금 떨어진 거리에 섰다.

"형 왔어?"

내 귀를 의심했다. 창식이 상천을 부른 호칭은 분명 형이었다. 그때 나타난 담임선생님이 우리들을 교실로 쫓았다. 창식이 남자에게 인사를 하며 학생실 문을 빠져나왔다. 민제 엄마도 수혁이 엄마도 학생실에는 나타나지 않았다.

"창식아, 그 아저씨 누구야?"

"응! 상천이 아빠!"

"상천이 아빠? 잘 아는 사이야?"

"아니, 살살거리래, 엄마가. 상천이 아빠랑 상천이한테는……. 열 받았을 거라고……."

도무지 알 수 없었다. 나는 종일 멍해진 정신으로 움직였다. 수혁, 민제, 상천……, 우리는 모두 굳은 얼굴로 말을 삼갔다. 저녁에 돌아온 엄마는 마구 머리를 흔들었다.

"엄청나게 뜯어냈다는구나, 합의금으로. 보험금도 받아내고……. 정말 무서운 사람들이다. 저녁값도 내가 냈다. 밥이나 먹자며 식당으로 데려가서는 식사 끝나니까 얼른 신발 신고는 식당 밖으로 나가 서 있는 거야."

엄마는 교장실에서 기다리고 있는 창식이 엄마를 만나 피해 자 보증을 서주고는 돌아왔다.

"대체 나 혼자 거길 왜 갔는지 모르겠어. 내가 생각해도 한심 한 짓거리야."

엄마는 자초지종을 알아보겠다며 민제네를 찾아갔다. 민제 엄마는 이미 소문을 들어 알고 있었다.

"거길 뭣하로 가노? 그 백여시 같은 여편네 내 만나봤다. 지 남편 변호사라꼬 난리도 아니제? 전에도 한번 일 있었다."

"알고 있었어요, 그 여자?"

"알제! 가 형이 저그 어데 중학교 댕기는데. 반장을 했는갑 데. 근데 반 아들이 협조를 안 한다꼬 한 아 따귀를 올렸능기 라. 근데 십 분도 안 되사 이따만 장정들이 몰려와서는 반장 아 를 잡아다가 선상들 앞에서 올리부쳤버릿는데... 근데 선상들 이 누구 하나 찍소리도 못 했다더구마. 체육주임, 학생주임은 남자 선상인갑던데... 그때 말들이 있었제. 나도 조금 지켜봤 지롬. 창식이 아버지가 변호사 아이가? 그러니 기싸움이 안 벌 어지겠나 했제. 조폭 아랑 변호사 아가 붙었으니까는. 근데 아 무 일 없었어. 뭐 재미난 일 있나, 우리도 기다렸구만 아무 일 없드니 이번엔 제대로 걸린 기제. 상천이 아빠 저기 구시가지 에서 혼자 가게 하는데, 뭔 힘이 있겠노? 마누라도 음써. 일찍 집 나갔제. 상천이 아빠 주사가 보통이래야지. 달아났어. 여그서 오래 살아서 대강은 아는 집이라……."

나는 상천이보다 창식이가 더 무서워졌다. 창식이가 웃을라치면 꼭 그 뒤에 무슨 꿍꿍이가 있는 것 같아 피했다. 상천이는 더 무겁게 앉아만 있었다. 창식이를 대신해 내게 보복해 올까 봐 나는 연신 간을 졸였다. 그날 엄마는 학교에 오는 게 아니었다. 다른 엄마들처럼 모른 척하는 게 나았다. 형 학교에서도 상우 형 엄마는 결코 학교에 가지 않았다.

나는 골머리가 아파왔다. 혼란스럽고 어지러웠다. 아빠가 생각났다. 아빠는 한번 생겨난 일들은 영원히 지울 수 없다고 했다. 생각도 행동도 모든 게 파동을 일으키기 때문에 그 파동은 지워지지 않고 영원히 우주의 기억소자에 남게 된다고 했다. 나는 그 말을 믿고 싶었다. 우리가 한 일은 반드시 대가를 치러야 한다, 는 말을 말이다.

아빠는 어쩌다 아빠의 신과 만났을까? 왜 진작 그런 걸 물어보지 않았을까? 그즈음 나는 꽤나 심각하게 고민에 빠져들었다. 하지만 아빠를 만나기는 쉽지 않았다. 메뚜기 아저씨보다도 어려웠다. 아저씨는 고모보다 훨씬 예의를 지키는 사람이었다. 적어도 내가 보기에 그랬다. 키가 크고 배가 약간 나온 아저씨는 꽤나 주위에 신경을 쓰는 사람이었다. 어디서든 담배를 무는 고모를 말렸고 아무렇게나 행동하려 드는 고모를 나무랐다. 그는 자신을 무척 괜찮은 남자라고 생각하는 듯 보였다. 그래서 고모에게 상처를 줬다는 게 이해되지 않았다. 이해가 안 되는 건 메뚜기 아저씨뿐이 아니다. 아빠도 그랬다.

　도로는 비었다. 산봉우리들이 안개에 잠겼다. 그 속으로 좀더 짙은 안개기둥이 몇 개나 뒤틀리며 하늘로 오르고 있다. 승천하는 용 이야기가 떠오를 만큼 신비스럽다. 빗방울이 잦아들었다. 가끔 보이던 차량들도 곧 사라졌다. 강 안쪽으로 거인이 삼태기로 흙을 날라다 만들었을 것 같은 커다란 봉우리들이 조화롭게 솟은 마을이 나타났다. 기억 속에 남아 있던 풍경이 떠오른다. 아마 저곳일지도 모르겠다는 생각이 든다. 나는 속도를 줄이며 밤나무가 많은 길가에다 차를 세웠다.

　아주 어릴 때였다. 아마 내가 기억하는 그 무엇보다도 앞쪽에 있는 날일 거다. 나는 누군가의 등에 업혀 있었다. 나무가 많은 길이었고 자그만 아이와 한 여자가 내 곁을 걸었다. 그들은 끝없이 이야기를 나눴는데 엄마와 형이었다는 것을 나는 안다.

　우리 가족은 아빠 친구를 찾아 강가에 있는 작은 마을을 찾았다. 엄마는 모처럼 가족이 함께 나선 길이라 들떠 있었다. 아빠 친구 집은 지금 저기 보이는 마을처럼 강가에서 저렇게 배를 타야 들어갈 수 있는 섬이었다. 배에서 내리자 고운 모래밭이 펼쳐졌다. 우리는 숲으로 이어지는 오솔길로 들어섰다. 멀리 안개에 가려진 산이 보였고 그 아래로 호수가 보였다. 조금 더 걸어가자 우거진 나뭇잎 사이로 초가지붕이 드러났다.

텃밭이 있는 농가로 들어서다 우리는 우렁우렁한 남자의 노랫소리를 들었다. 엄마는 잠시 주저했지만 환한 미소를 떠올리는 아빠를 따라 들어갔다. 집 안은 붉은 황토로 이겨 바른 벽이 다였다. 거적을 깐 방과 부엌에는 밥그릇 몇 개와 금이 간 화로, 그 위에 놓인 주전자 외에는 별로 보이는 게 없었다. 소리는 문이 열린 방에서 나왔다. 진언 같기도 하고 뜻을 알 수 없는 그 소리는 고른 리듬을 타며 주변에 퍼져들었다. 아빠는 들뜬 얼굴로 방 중앙에 가부좌를 틀고 앉은 친구를 바라봤다.

"어서 오시게!"

눈도 뜨지 않은 남자가 말을 던졌다. 이 부분에서부터 엄마 목소리는 긴장되었다.

"그 친구 앞에 낮은 탁자가 하나 놓여 있었어. 그런데 그 위에 물동이만 한 백자항아리가 올라 있었지. 거기엔 맑은 물이 가득 담겨 있었는데, 신기한 건 그 물이 마치 비눗방울처럼 둥글게 부풀어 있는 거였어. 그냥 두면 넘치고도 남을 양이었는데 정말 신기하게도 까딱없이 올려져 있는 거야. 커다란 물방울처럼 물이 둥글게 부풀어 올랐어. 지금도 그 광경은 잊을 수가 없어."

그의 노래는 계속되었다. 아빠는 다시 마당으로 나와 주변을 거닐었다. 부엌 옆 나지막한 지붕 아래로 우물이 보였다. 아빠는 그 물을 표주박에 공손히 담아서는 엄마에게 내밀었다. 엄마는 형에게, 또 내게 물을 먹였다. 물을 먹은 형은 마당가로 뛰어가다 말고 돌멩이 하나를 주워들었다. 우물을 향해 던졌다. 퐁당, 물길이 튀어 올랐다. 순간 아빠의 눈동자가 크게 열렸다. 놀란 형이 뒤로 물러섰다.

어느새 엄마 곁에 달라붙은 형은 그녀의 표정을 살피며 머뭇거렸다. 제비 한 마리가 마당가를 낮게 날아올랐다. 어머! 제비 좀 봐, 감탄을 하던 엄마 눈빛이 처마 밑에서 멎었다. 그곳에는 몇 번이고 고쳐 만들었을 오래된 둥지 하나가 편안하게 자리하고 있었다.

제비는 아빠 정신을 빼앗지 못했다. 형은 주춤거리며 물러난 자리까지 다가섰고 아빠에게 잘못을 인정했다.

그가 나와 우리를 방으로 들였다. 이상한 분위기가 깃든 방이었다. 사방 벽에 매여진 선반 위를 자그만 주발들이 차지하고 있었다. 엄마와 형은 연신 집 안을 두리번거렸다. 우리는 그가 들여놓은 감자를 껍질 벗겨가며 먹었다. 아빠랑 그는 솔잎을 씹으며 이야기를 주고받았다. 자신이 모시는 신 이야기였다. 신은 아저씨에게 미래에 일어날 일을 예언해준다고 했다. 그때의 일이 생생하다. 아빠 등에 업혀 갈 정도로 어린 나이였지만 내 기억은 엄마의 회상을 통해 지금까지도 지속되고 있다.

그를 만나고 싶어진다. 지금도 그곳에 살고 있을까? 그는 우리 가족의 미래를 알고 있었을까? 과연 내게도 미래라는 게 있는 걸까? 전신이 오그라드는 것 같이 저려온다.

긴 터널을 지나자 다시 터널이 나타난다. 터널 안쪽에 비치된 긴급전화기가 눈에 들어온다. 저 전화기가 연결된 곳은 어딜까? 위급할 때 사람들은 어디에 전화를 걸까? 터널이 끝나자 다시 강이 이어진다. 작은 고깃배가 보인다. 빗줄기 속에서 두 남자가 그물을 올리고 있다. 평화로워 보인다. 저렇게 사는 방법도 있었다는 생각이 든다. 강가에서 고기를 잡으며 아주 조금만 먹고 여유롭게 숲과 강물과 바람과 햇살을 친구 삼아 지내는 방법도 있었다. 그런데 왜 여태 내게는 저런 삶들이 보이지 않았을까? 왜 세상은 내 시야에 들어오는 것으로만 한정되었던 걸까? 그때 내 곁에 넓은 시야를 가진 어른이 있었더라면, 넓은 세상으로 눈을 돌려줄 그 누군가를 만났더라면, 적어도 우리는 지금 이런 모습은 아닐 수 있지 않았을까? 누군가 있었더라면…….

지금도 나는 죽어라 형을 직시한다. 너무 늦은 건 아닐까? 다시 그 어느 날의 형으로 돌아갈 수는 있는 걸까? 더 힘든 건 지금의 모습이 예전의 기억을 지워버리는 것이다. 총명하고 발랄했던 모습, 다 거짓처럼 느껴진다. 그리고 여전히 알 수 없는 건 우리가 어쩌다가 여기까지 오게 되었는가 하는 것이다.

다시 터널에 들어선다. 전면에 두 개의 둥근 팬이 돌아간다. 사이렌 소리가 벽을 울린다. 급히 뒤를 살핀다. 따라오는 차량 중에는 사이렌을 울릴 만한 것이 없다. 심장이 조여든다. 숲이 나타나더니 다시 막히며 터널로 들어선다. 다시 사이렌이 따라온다. 누군가 신고를 했다면? 강가에서 차를 세웠을 때 트렁크를 확인하지 않은 게 켕긴다. 지하주차장의 감시카메라는 내가 있던 곳을 찍어내지 못했다. 그건 내가 몇 번이고 확인했다. 지금도 나는 누가 이 번거로운 놈을 취해 가주길 바라고 있는 것 같다. 내 나약함이 징징대는 소리가 사이렌으로 울린다면……? 어차피 아쉬움은 없다.

나는 놈에게 목 잘린 희망의 비명을 들려주고 싶을 뿐이다. 무력해진 네가, 네 영혼을 두드리며 울부짖는 네 희망의 모습을 지켜보게 할 것이다. 그렇게도 보호하고 싶었던 자신의 존재감을, 무슨 일이 있어도 지키고 싶은 그 자존감을, 빼앗긴 인간의 모습을 너는 너를 통해 확인하게 될 것이다.

입장 바꿔 생각해본 적 없는 놈에게 나는 네 입장을 마련해주려는 것이다. 견뎌봐라. 절망의 시간들이 찢어놓은 영혼의 상처가 얼마나 너절한지. 그 후에도 계속되는 생활을 너는 운 좋게 감당할지 모른다. 그건 정말 운이 좋을 경우다. 그러면 나처럼 이렇게 하청공장을 향해 달릴 수도 있다. 직장과의 엄격한 약속을 지키며 말이다. 나는 퇴근시간 전까지 회사로 돌아가 입고와 출고를 확인한 후 반드시 업무일지를 작성해야 한다. 내가 이 회사에 오래도록 버텨야 하는 이유는 간단하다. 일용할 양식에 우선할 것은 없다. 형이 하루에 먹어치우는 식량도 만만치가 않다. 먹을 게 없으면 형은 옷을 씹는다. 그런 형이 점점 버거워진다.

"넌 원래 그렇게 생겨 먹은 놈이야! 그러니까 이 지경이지. 이상할 것도 없어."

형이 그렇게 듣기 싫어하던 그 말을 나는 이제 거침없이 내뱉는다.

15

　얼마간 형이 전학 간 학교의 생활은 무난해 보였다. 정말 얼마간이었다. 형 얼굴은 다시 긴장으로 굳어가기 시작했다. 우리가 느꼈던 짧은 평화는 태풍전야의 고요 같은 것이었다. 엄마는 눈도 제대로 뜨지 못한 채 형과 마주했다.

　"엄마가 돈을 못 버는 건 저랑 상관없는 일이구요, 저는 용돈이 필요하거든요. 거지처럼 얻어먹는 것도 지겹구요. 그런 새끼들에게 시달리는 건 더 이상 못 하겠어요. 엄마가 뭐하는 사람이에요? 어떻게든 자식 밥값은 줘야지요. 그것도 못 할 거면 왜 자식은 싸질러 놨어요?"

　아침 밥상에 앉은 형은 고개를 들지 않았다. 그리고 아주 낮은 음성으로 읊조리듯 내뱉었다. 등교시간을 맞추느라 바쁜 엄마는 형 말을 미처 알아듣지 못했다. 그녀는 급히 계란말이를 부쳤다. 형은 다시 음울한 시를 읊듯 한 마디씩 잘라냈다. 숨이 멈추는 것 같은 긴장에 나는 눈동자만 움직였다.

　붉게 물든 눈으로 형은 조용히 엄마를 노려봤다. 마치 갈기를 세운 한 마리 맹수처럼 섬뜩한 눈이었다. 불길한 예감이 들었다. 이게 다가 아니라는, 어떤 전조 같은 것이었다. 가슴이 요동쳤다. 신발장 위의 붕어를 노려봤다. 붕어 두 마리는 모두 우리 쪽을 향해 아가미를 뻐끔거리고 있었다.

형은 며칠 전에도 푸르딩딩 부푼 얼굴로 이불을 뒤집어썼다.

"부울 꺼, 시캬!"

나는 얼어붙었다. 형이 들어오기에 불을 켜려 했었다. 정말 무서운 밤이었다. 형은 밤새 끙끙 앓는 소리를 냈다. 지옥에서 퍼 올린 것 같은 괴성을 낮게 누르며 주먹인지 발인지로 벽을 질러댔다. 뼈가 으스러지는 소리가 들렸다. 내 몸이 시퍼렇게 멍드는 것처럼 고통스러웠다. 또 무엇이 형을 괴롭히는지 화가 치밀었다. 두렵고 불안했다. 엄마는 약을 먹고 잠들었는지 형이 들어오는 소리에도 일어나질 않았다. 엄마가 알았다면 당장 형 얼굴을 팬 놈들부터 찾겠다며 형을 다그칠 터였다. 그래서 어쩌지도 못 한다는 걸 형은 더 잘 알고 있었다.

무서운 생각이 들었다. 이미 형 몸 구석구석에는 깊은 상처 자국이 패여 있었다. 집에서도 긴 바지를 벗지 못하는 이유가 바로 그 상처인 것을 나는 짐작했다. 그러나 엄마에게는 말하지 않았다. 그냥 형이 버텨주며 지나갈 수 있기를 바랐다.

엄마의 매일매일도 힘들어 보이기는 마찬가지였다. 보험은 생각처럼 팔리지 않았다. 엄마는 고모가 넘겨주는 성과로 기본급을 얻어내고 있는 듯했다.

"다른 방법을 찾아보는 게 어때? 방문판매를 해보자. 시장도 가보고, 사무실도 다녀보고……."

고모는 엄마의 부진한 보험상품 판매전술을 찾아내느라 저녁 내내 고심했다. 연애 이야기는 꺼내지도 않았다. 그러나 고모의 예민한 촉각은 형을 감지했다.

"건이는 왜 아직 안 들어와? 무슨 일 생긴 것 아니야?"

형 귀가시간이 늦어지기 시작했다. 들어오지 않는 날도 생겼다. 종종 아르바이트를 하겠다는 문자가 전달되었다. 엄마는 다시 긴장했다. 담임에게 불려 갔던 저녁, 형을 기다려 앞에 앉았다.

"학교 안 가고 어디 있었어?"

"알 것 없어요."

"그 정도는 엄마가 알고 있어야 하는 것 아니니?"

"엄마 일이나 잘하세요."

"말버르장머리 하곤……. 그게 엄마에게 할 말이야?"

"그러니까 괜히 시비 걸지 말라구요!"

"그렇게 엄말 째리면 어쩔 건데?"

"그러니까 제발 가만히 좀 놔둬요. 가만히 좀 놔두라구요."

빨갛게 핏물 든 눈이 엄마를 쏘아봤다. 엄마가 형 뺨을 후려쳤다. 형이 돌아섰다.

"다 죽으라고 그래!"

엄마와 형은 만나면 다퉜다. 문제해결은 근처에도 못 갔다. 형은 울분에 차 있었고, 엄마는 자신의 말에 걸려 감정부터 터뜨렸다. 그렇게 다툼을 벌이던 날, 형은 교문 앞에서 사라져 버렸다.

16

그날은 내 생일이었다. 아침 밥상에 미역국이 올라왔다. 형은 뜨거워서 빨리 먹지 못하겠다며 성질을 부렸다. 평소보다 늦게 귀가한 엄마는 거실로 들어서며 혼잣말을 했다.

"애들이 이제는 친구 엄마한테도 장난 문자를 보내네."

발톱을 자르던 나는 엄마를 향해 고개를 들었다.

"뭐라구요?"

"이것 좀 봐라."

'닥치고 학교에 와보세요 ㅋㅋ'

무언가 불길했다. 발신번호가 없었다.

"난 별 일 없었는데…… . 형, 형 왔어요?"

"형? 올 시간이 지나긴 했는데…… ."

내려놓던 가방을 다시 든 엄마가 급하게 신발을 신었다. 구두가 잘 들어가지 않자 낡은 운동화를 꺼내 신었다.

저절로 눈이 감겼다. 무언가 불길한 전율이 몸뚱이를 훑었다. 불안했던 눈동자가 떠올랐다. 이불을 뒤집어쓴 형은 밤새도록 욕지거리를 씹으며 문자를 하는 것 같았다. 엄마가 나가자 나는 홀로 남았다. 어항으로 다가갔다. 한쪽 구석으로 몰려 있는 붕어들에게 밥을 조금 넣어 줬다. 붕어 밥 주기는 엄마가 맡았던 일이다. 그래야 규칙적으로 밥을 먹일 수 있다고 했다. 놈들마저 시원하게 먹어주질 않았다. 퉁퉁 불어터진 덩어리가 거슬렸다. 나는 엄마가 나간 문을 따라 나갔다. 아파트 단지 입구 주변을 돌며 엄마를 기다렸다. 무슨 일인가 벌어지고 있었다. 옆집 할머니가 정신없이 내 앞을 지나쳤다. 겹쳐 싼 냄비를 머리에 이고 있다. 나는 할머니를 부르려다 그만두었다. 누구도 만나고 싶지 않았다.

밤이 깊어서야 엄마는 넋이 빠진 얼굴로 돌아왔다. 엄마는 내 모습도 알아보지 못하는 듯했다. 방으로 들어서며 쓰러져 누웠다. 나는 베개와 이불을 날라다 잠자리를 보아줬다. 대체 형에게 무슨 일이 일어났는지 불안해졌다. 잠이 잘 올 것 같지 않았지만 불을 끄자 금세 눈이 감겼다.

다음날 엄마는 회사를 나가지 않았다. 형 담임을 찾아간 엄마는 의문만 더했다.

"요즘 학생애들 하는 짓이야 어디 짐작을 할 수 있어야지요. 애들이 아니라 순 깡패 새끼들이니, 원! 무슨 일이 있긴 있었던 모양인데, 교실엔 나타나지 않았습니다. 불가불 무단결석 처

리를 했지요. 교실에 얼굴만 디밀었어도 조퇴 처리를 할 수 있
는 건데……."

엄마는 어물거리며 운동장에서 풀을 뽑던 한 무리의 학생들
을 만났다.

"아하! 그 형요? 빨가벗고 정문 앞에서 무릎 꿇고 있던 형요?
정신이 나갔나 했는데……."

"하늘만 무섭게 쩨리던데. 해가 빨간가, 내 얼굴이 더 빨간
가, 크히히히!"

도무지 무슨 말인지 이해를 못 해 어물거리던 엄마는 그 아
이들마저 놓쳐버렸다. 한참이 지나서야 엄마는 상황을 정리할
수 있었다.

형은 그날 아침 등굣길에 자의인지 타의인지 모르겠지만 알
몸으로 전교생이 등교하는 교문 앞에서 무릎이 꿇려 있었다.
불덩이처럼 달아오른 얼굴은 둘 곳을 찾지 못했겠지. 아니면
하늘에 대항하고 싶은 분노가 끓었겠지.

엄마도 못 믿겠다고 했고 나도 믿기지 않았다. 형이 그런 지
경을 버텨내야 했던 것이 무엇이었을까? 태양이 떠오른 아침
에, 그것도 자신이 다니는 학교 정문 앞에서. 분노에 목구멍이
얼얼해졌다. 다들 무얼 하고 있었을까? 곰곰이 생각해도 형을
벌거숭이로 만든 건 분명 아침의 태양은 아니었다. 등굣길에

형을 지켜보았던 교복의 무리들 중 누군가와 연루되어 있었다.

나는 다음 날 처음으로 형이 전학 간 중학교를 가봤다. 구시가지 사거리에서 조금 들어간 주택 단지 안쪽에 학교가 있었다.

'바른마음 바른행동 바른인간'

정문 위로 걸린 플래카드 글자를 읽으며 나는 무궁화나무 담장이 쳐진 운동장으로 들어갔다. 체육복을 입은 학생들이 제각각 무언가를 하고 있었다. 천천히 운동장을 한 바퀴 돌았다. 형을 만날 것 같은 기대는 일어나지 않았다. 왠지 학교 안의 학생들은 내 형과는 무척 다른 생각을 하는 사람들 같았다. 그들은 모두 자신감이 넘쳤고 건강해 보였다. 그러나 형은 그렇지 못했다. 두려움을 숨기고 있는 것처럼 늘 불안해 보였다. 이 학교에서 만날 수 있는 형 모습은 떠오르지 않았다. 단단하게 지어진 적벽돌 건물 몇 동, 축구골대, 정원수가 심어진 화단. 어디에도 형과 어울려 보이는 장소는 발견되지 않았다.

정문을 나와 왼쪽으로 돌았다. 오래된 주택 단지를 돌아가려는데 놀이터에 모여 있는 한 무더기 교복이 눈에 들어왔다. 그네랑 나무 의자에 엉켜 앉은 그들 주위로 이미 푸른 담배 연기가 퍼져 있었다. 나도 모르게 발길을 옮겼다. 한 명씩 얼굴을 살피며 그들 곁으로 다가갔다. 금방이라도 형이 눈에 띌 것만 같아 불안했다. 형은 보이지 않았다. 지저분하게 머리를 기른 그들에게 교복은 어색했다.

"안 가 씨댕아, 존만한 게."

한 명이 불붙은 담배꽁초를 내게로 튕기며 눈을 부라렸다.

돌아서서 달렸다. 맥이 빠졌다. 신발 바닥이 연신 시멘트 바닥에 긁혔다. 한참을 걸었는데 어둠이 스멀스멀 골목으로 밀려들고 있었다. 아주 오래되고 낡은 골목이라는 게 느껴졌다. 너덜너덜한 비닐 조각들이 눈에 들어왔다. 처마며 창틀이며 지붕 위에도 때 낀 비닐 조각들이 박혀 있었다. 지난겨울 찬바람을 막느라 집집마다 둘러쳤던 것들이다. 이런 것들이 더 골목을 쓰레기더미로 만든다는 생각이 들자 부아가 치밀었다. 굴러다니던 은박 봉지를 냅다 발로 걷어찼다. 봉지는 불같은 소리를 내며 발길에 감겼다. 다리를 흔들었다. 소용없었다. 급기야 손으로 뜯어내 던졌다. 멀리 가지 못하고 곧 다시 달라붙었다. 빈 봉지를 피해 죽기로 달렸다. 모든 게 다 언짢았다. 하필 내가 왜 이런 골목을 찾아들었는지가 더 짜증스러웠다.

아빠가 생각났다. 아빠는 모든 건 한 이치로 되어 있다고 했다. 인간을 만든 이치나 이 우주를 만든 이치나 풀 한 포기를 만든 이치는 다 같다고 했다. 아빠는 모든 만물과 소통하는 마음을 가졌다지만 우리 마음과는 소통하지 못했다. 아마 엄마의 마음과 소통을 했다면 아빠의 가슴은 안타까움으로 타버렸을 것이다. 아빠는 집으로 돌아왔어야 했다. 그랬다면 우리는 다른 집처럼 잘살 수 있었다. 형도 결손가정 자식이라는 선입견에 굴복당하지 않아도 되었고, 나도 아빠의 부재를 친구들에게 일일이 확인시켜 주지 않아도 되었다. 그리고 무엇보다 엄마가 혼자 형을 찾아 거리를 헤매지 않아도 되었다.

형이 내 손을 잡고 말했던 적이 있었다.

"아빠가 없는 아이들은 그런 아이들끼리 어울려야 하는 줄 알았어. 그래야 하는 줄 알았다고. 방황해야 하고 망가져 줘야 하는 줄 알았어. 그러잖아. 쟤는 아빠가 없는 아이라 저런다고……."

형은 아빠가 없는 아이라 그런다는 편견을 따라가 주었다고 했다. 아빠가 없는 집안은 흔들려야 하고 그게 자연스런 모습 같았다는 것이다.

"아니야! 그건 틀렸어. 그건 아니었어. 넌 그러지마. 현아, 넌 절대 그러지 마. 넌 나처럼 되지 마."

세간의 인식이 나를 지배하려 들지 않았다면 거짓이다. 내가 아빠의 부재를 숨기려 기를 쓴 것도 아마 그 편견에 걸려들지 않으려는 일종의 안간힘이었을 것이다. 나는 다르게 움직였다. 그들이 바라는 대로는 결코 되어주지 않겠다고 결심했다. 애초부터 형처럼 늦은 후회를 할 생각은 없었다. 그렇지만 두려웠다. 모르면 좋았을 일들을 뼈가 아프게 지켜보아야 했다. 아귀 같은 그것들의 힘에 저항해야 했다. 한번 걸려들면 도저히 벗어날 길 없는 그물에 나까지 걸려들 수 없었다. 그러면 엄마는 끝이었다. 우리 가족의 운명이 내게 달렸다는 것을 어린 나였지만 직감했다.

나는 이른 시간에 학교를 갔다. 모든 게 시작된 곳이었다. 전쟁터로 나가는 군인의 심정이었지만 누구도 알게 해서는 안 되었다. 무기는 총이 아니었다. 모른 척하기, 무관심이었다. 어차피 나는 아이들이 관심을 가질 만한 무엇도 없었다. 그리고 상천이 짝으로 있는 한 그 누구도 가까이 오지는 못 했다. 그게 나는 좋았다. 학교에서라면 상천이는 아무 짓도 하지 않았다. 그러나 영원한 건 없었다.

체험학습현장 사진이 붙은 날이었다. 선생님은 보조칠판에 흰 종이를 바르고 그 위에다 우리 반 아이들 사진을 붙여두었다. 조회시간에 그녀는 말했다.

"자기 얼굴 나온 사진 중에서 찾을 것에만 사진 아래에다 이름을 써놔. 그러면 선생님이 모두 한꺼번에 현상해서 나눠 줄게. 사진 한 장 값은 삼백오십 원이니까, 자기가 뽑는 만큼 계산해서 준비하고!"

그런데 종례시간에 들어온 선생님은 앙칼진 목소리로 교탁을 두들겼다.

"누구야? 나와!"

급히 주변을 둘러봤다. 나는 선생님이 무엇 때문에 화를 내는지 알지 못했다.

"빨리 나와! 사진에다 이딴 짓 한 녀석!"

순간 교실이 조용해졌다. 매직으로 가위표를 친 사진이 수두룩 나타났다. 머리가 멍해지며 숨이 멈췄다. 나는 고개를 숙였다.

"반장! 누구야?"

반장이 일어났다.

"상천아, 나가."

상천이가 천천히 몸을 일으켰다. 선생님은 자신 앞으로 다가오는 그를 초조하게 지켜봤다. 무척 복잡한 표정이었다.

"너 맞아?"

"……."

"왜 그랬어? 미쳤어? 말해봐?"

"꼴 보기 싫어서요."

"꼴 보기 싫다니, 뭐가?"

"다 꼴 보기 싫어요. 웃는 것들은요."

"뭐라구?"

선생님의 몽둥이가 순간 상천이를 향해 날아갔다. 상천이 몸은 생각보다 날렵했다. 헛방을 친 선생님은 갑자기 상천이를 향해 뛰어오르며 몽둥이를 다시 날렸다. 뒤로 몸을 피하던 상천이는 손에 잡힌 의자를 순식간에 치켜들었다. 파랗게 질린 선생님이 두 손으로 벌어지는 자신의 입을 막았다. 상천이는 반 아이들을 천천히 훑어봤다. 일그러진 묘한 미소가 사라졌을 때 의자가 날아갔다. 의자를 맞잡으려 다가왔던 선생님이 의자와 함께 나뒹굴었다. 사방에서 비명이 터졌다.

"누구도 못 때려! 누가 날 때려?"

급히 앞문을 밀치며 그가 교실을 벗어나자 비명을 지르던 아이들이 선생님을 둘러쌌다. 옆 반 선생님이 고개를 갸웃거리며 들어왔고 하키채가 쿵쿵거리며 달려왔다. 선생님은 하키채에 업혀 교실을 나갔다.

집으로 돌아오는데 가슴이 떨렸다. 민제는 계속 상천이가 다시는 학교에 못 올 거라며 중얼거렸다. 민제가 추측한 대로 상천이는 다음 날부터 나타나지 않았다. 그런데 이상한 일이 벌어졌다.

"상천이 애인!"

아이들이 나를 상천이 애인이라고 부르고 있었다. 화를 냈지만 상천이가 없는 교실이 허전하게 느껴지는 건 사실이었다. 곁에 있을 때는 긴장되고 두려웠지만 그가 사라지자 무엇에도 의욕이 생기지 않았다. 상천이는 돌아오지 않을 것 같았다. 다른 초등학교로 전학을 갔다는 소문이 돌았다. 선생님도 그랬다. 임시로 우리를 맡은 선생님은 담임선생님이 개인적인 사정으로 병가를 냈다고 알려줬다. 학교에서는 그 일이 더 이상 문제가 되지 않았다. 우리는 다시 아무 일 없었던 것처럼 학교에 갔고 수업을 했다.

임시 담임은 우리 학교 6학년에 딸이 있는 사십 대 후반의 여자였다. 딸 미지는 출근하는 엄마 차 뒷좌석에서 언제나 핸드폰만 가지고 놀았다. 어쩌다 엄마를 바라보는 눈빛은 냉랭했다. 나는 미지를 통해 민제가 중국에 가기 전까지 미지와 같은 학년이었던 것을 알았다. 민제가 5학년인 우리 반 아이들이랑 어울리기 힘들어 하는 건 어쩌면 6학년 아이들과 같이 다녔던 그 시절의 기억 때문인지도 몰랐다. 상천이도 전학을 하며 학년이 낮아졌으니까 민제랑은 같은 형편이었다.

여전히 민제는 아파트 놀이터에서 놀았다. 하굣길에 만난 민제는 그동안의 이야기를 털어놓았다.

"상천이 땜에 죽을 뻔했어. 새끼가 새아빠 술을 집어 오라는 거야. 냉장고에 있는 술을, 안 가져오면 죽여 버리겠다고 칼을 보여줬어. 새끼가 칼을 가지고 다닌다고. 팔목 봤어? 여기 이렇게 금이 지저분한 거 봤어? 새아빠한테 걸리면 당장 중국으로 쫓겨날 텐데……. 새아빠는 자꾸 술이 없어졌다고……, 엄마는 자기가 마셨다고 했어. 엄마는 내가 먹었다고 생각하는 것 같아."

나는 민제가 상천에게 괴롭힘을 당하는지 몰랐다. 상천이는 좀처럼 드러나게 행동하지 않았다.

"또 다른 애가 나처럼 당할 거야. 그 새낀 술을 못 먹으면 미쳐버리니까. 미친 새끼야."

교실 안은 다시 아무 일도 없었던 것처럼 조용해졌다. 하키채는 여전히 드나들었고 선생님 딸 미지는 가끔씩 엄마에게서 무언가를 받아 갔다. 그런 일들은 내가 신경 쓸 일이 아니었다. 내 옆자리는 빈 채로 아무도 앉지 않았다. 그것도 신경은 쓰였지만 나는 집으로 돌아가는 일이 더 급했다.

엄마는 형이 한심스런 자신의 모습에 화를 내고 있는 거라고 생각했다.

"건이가 걱정하지 않게 수입이 생겨야 할 텐데……. 건이가 필요한 것들을 해주려면 무슨 일이든지 빨리 해야 하는데……."

보험회사를 그만둔 엄마는 다시 일자리를 고민하고 있었다.

집을 비우지 않고 하는 일은 쉽지 않은 것 같았다. 행인들의 손에 밀쳐지며 전단지를 돌렸다.

'애기 돌보아 드립니다'

엄마는 큰 도로 가로등 밑에다가도 그것을 붙였다. 그러나 걸려오는 전화는 없었다. 엄마는 몸살기를 핑계로 일어나지 않았다.

"그래, 잘 다녀와."

"잘 다녀왔니? 점심은 먹고 왔지?"

힘없는 미소로 내 발길에 응대하다가도 급작스럽게 몸을 일으켜서는 밖으로 튀어 나갔다. 푸석한 머리 한쪽이 눌려 있어도 상관치 않았다. 그럴 때마다 나는 불안한 마음으로 컴퓨터 앞에 앉았다. 누군가와 함께 있고 싶은데 집에는 컴퓨터밖에 없었다. '광야'는 영 신이 나지 않았다. 형이 하는 게임을 열었다. 형 아이디도 빌렸다. 정면에 커다란 정글도가 떴다. 나는 이빨이 몇 군데 빠진 정글도 밑에서 적에게 총을 쏘았다. 붉은 피가 터지며 적들이 사라졌다. 형을 이해할 것도 같아졌다.

게임은 우리에게 다시 시작할 수 있는 기회를 준다. 수없이 쏟아져 나오는 적들을 사정없이 죽여 버려도 계속 처치할 수 있는 적들을 보내준다. 마음이 상쾌해졌다. 형은 밤새도록 적을 죽이는 게 아니라 자신의 모멸스러움에 칼을 꽂고 있다는 생각이 들었다. 형이 점수를 관리하는 게임이었다. 내가 손을 댄 걸 알면 지금이라도 뛰어 들어올지 모른다. 그런데 형은 이 무기들을 집어 던지고 거리로 나갔다. 엄마가 찾을 수도 없는 곳이다. 나는 형이랑 엄마가 다시 만난다 해도 이 불안한 다툼은 끝나지 않을 걸 알고 있었다. 정말 힘들었다. 두 사람은 내 세상의 전부였다. 두 사람의 다툼은 내게 세계대전과 같았다.

"어디서 자고 어디서 밥을 먹는지만 알아도 걱정을 않으련만."

'엄마 ㅋ'

형이 보낸 문자를 받으면 엄마는 거리로 나갔다. 마치 형 주소라도 받은 양 서둘렀다. 늦게까지 돌아오지 않는 엄마를 위해 나는 기도했다.

"하느님! 제발 엄마가 무사히 돌아오게 해주세요. 아빠가 없는 건 어쩔 수 없지만요, 예전처럼 형이 힘들지 않고 엄마랑 싸우지 않게만 해주세요."

가슴이 뜨거워지며 눈물이 흘렀다. 그런 날은 더 일찍 학교를 갔다. 엄마가 없어도 잘할 수 있는 내 모습을 보여주고 싶었다. 엄마가 힘든 건 원치 않았다. 고통스러워하는 가족을 지켜보는 건 고문이었다.

17

집이 숨 막혔다. 그날도 나는 무작정 거리를 쏘다녔다. 눅눅한 바람이 검불을 몰며 오갔다. 날아오르는 것들이 불쾌해 나는 연신 고개를 돌리며 걸었다. 실눈마저 감으며 걷다가 어느 순간 나는 그 자리에 멈춰 서고 말았다. 여광 속으로 날아든 색색의 나비 떼가 시야를 덮었다. 숨이 막혔다. 펄렁이는 엄마의 나비무늬 치마가 건널목 앞에 서 있었다. 깃대처럼 치마가 엄마를 흔들었다. 엄마는 주춤주춤 옆으로 밀려났다. 마치 생명이 없는 물체처럼 이동을 하고 있었다. 보행자신호가 들어왔다. 엄마는 여전히 바람이 잡아준 자리를 벗어나지 못하고 펄러덕거렸다. 무엇도 의식치 못하는 멍한 얼굴이었다. 정말 바람을 기다리는 깃대처럼 무표정했다. 우회전 차량들이 엉켜붙었다. 나는 달려가 엄마를 도로에서 당겨냈다. 얼마나 가볍게 끌려 나오는지 빈 옷가지를 집어내는 느낌이었다.

나는 엄마를 잡고 걸었다. 주택 단지에 남아 있는 시장골목에 들어섰다. 얼마 전에 알아낸 곳이었는데, 나도 모르게 그곳을 향하고 있었다. 벌써 꼬맹이들이 앞을 막은 상자에는 고운 분홍색 배를 가진 고슴도치가 철망을 오르고 있었다. 흰 가시로 싸인 부드러운 분홍 배가 신비해 보였다. 병든 고슴도치 한 마리는 자꾸 옆으로 넘어갔다. 작은 발바닥이 보였다. 그런데 그 고운 발바닥 빛이 슬펐다. 나는 엄마를 살폈다. 멍하니 그것들을 보고 있었다. 두 마리 고슴도치가 꼭 엄마와 형 같다는 생각이 들었다. 연한 제 속을 보호하려고 온몸에 가시를 세우고는 세상 구석에 웅크린 자의 모습이었다.

고슴도치를 보고 온 얼마 뒤였다. 뜸했던 고모가 방문을 했다. 고모는 오른쪽 가슴에 성경책을 껴안고 쑥스럽게 현관문을 밀치며 들어왔다. 말하지 않아도 교회를 다닌다는 알림이었다.

"뭘 믿든지 우리 신앙을 하나 가져보자. 나이 들면 의지할 데가 있어야 해. 더구나 우린 남자 복도 없는 여자들이잖아. 종교라는 게 다 잘 살아보자는 거니까. 빌든지 매달리든지 닦든지, 가장 자신 있는 거루다가 하나 골라서 열심히 해보자. 이제는 내가 누군지 알아봐야 할 나이도 지났으면 지났고, 또 내가 왜 태어났는지, 왜 살고 있는지는 알고 살아야 할 때도 된 것 같고……"

허공에 담배 연기를 피워 올리며 아련한 눈매를 만들던 고모가 엄마에게 되물었다.

"넌 알아봤니?"

신앙을 가져보자고 말했던 건 엄마였다. 역시 고모는 행동이 빨랐다. 그녀는 의아한 눈빛을 감추지 못하는 엄마 앞에서 자신이 등록한 교회 위치부터 설명했다.

"일단은 있는 놈들 사는 동네에 위치해 있어야 하고, 교인들끼리 혼사가 잘 이루어지기로 소문난 교회를 찾았어. 사람들 때깔이 벌써 달라. 거기서 하나 골라야겠다. 하나님 집에서, 하나님이 점지해주시는 분으로, 그럼 틀림없겠지."

고모가 태어나 처음으로 선택한 신앙은 그럴듯한 신랑감을 가장 많이 확보한 곳이었다. 그러면 그렇지, 곁에서 듣고 있던 나는 속으로 탄성을 질렀다. 역시 고모는 달랐다. 이득도 없고 머리만 아픈 다소 철학적인 그런 의문을 풀려고 교회를 찾지는 않았다. 고모는 모든 면에서 실속을 추구했다. 메뚜기 아저씨랑 실패한 결혼을 만회하려면 더 나은 결혼밖에는 없었다.

고모의 신앙생활은 시작부터 무척 적극적이었다. 원수를 사랑하는 방법을 배우기 이전에 성가대니 봉사활동에 열을 올렸다. 심지어 같은 방향인 노인들을 자신의 차로 실어 나르는 일까지 도맡았다. 고모는 새로운 신과 또 사람들과의 만남에 상기되어 있었다. 그녀는 곧잘 첫마디에다 "여호와 이레"라는 말을 사용했다. "여호와 이레 이런 일은 처음이야", "여호와 이레 이런 맛은 처음이야" 하는 식이었다. 엄마는 그저 웃었다.

"부러운 적응력이야."

퇴근길에 들리는 고모는 엄마에게 새로운 교우들과의 친분을 들려줬다. 불과 두세 달이나 지났을까, 고모는 하나님 이전에 교우들을 먼저 감동시키고야 말았다. 그녀가 그렇게 바랐던 외국인 남자를 소개받았던 것이다. 여행을 자주 다니는 권사님이 하나님 일을 대행하고 나섰다. 고모는 외국인 남자의 이메일주소를 들고 아주 조심스레, 상기한 얼굴로 나를 찾았다. 이름 리챠드, 나이 쉰하나, 엄마 한국인, 아빠 미국인. 홀트아동복지회에서 여덟 살 때 캐나다로 입양된 남자였다. 그의 기억 속에 남아 있는 지명은 '수원'이었다. 초등학교 1학년 때 '수원'의 어느 고아원에서 미국인 양부모에게로 넘겨졌다고 했다.

"권사님이랑은 어떻게 아는 사이야?"

엄마는 너무 신기하다며 모든 일을 접고 고모 앞에 턱을 넣었다.

"토론토 공항에서 탑승을 기다리는데 리챠드가 다가왔다는 거야. 공항근무복을 입고 명함을 내밀며 한국 여자랑 결혼하고 싶다고 했대."

"한국말로?"

"응! 한국말로."

"그럼 한국말을 잊지 않은 거야? 그 긴 시간 동안?"

엄마는 놀라움을 감추지 못했다. 한 입양 어린이의 반평생이 담긴 이야기였다. 고모는 매일매일 새로운 이야기를 가져왔다. 하루는 권사님이 국제전화와 이메일로 알아낸 그의 가족 관계가 화제에 올랐고 다음 날은 그의 학벌과 가졌던 직업, 그가 전전한 나라들이 소개되었다.

"양부모가 가정교육이 엄했다는구나. 애들마다 악기를 하나씩 다루게 해서 자기는 피아노를 배웠대."

"친자식 없이 다 입양한 자식이었을까?"

"아하! 그걸 물어봐야겠다."

"왜 그렇게 이 나라 저 나라를 전전한 거야?"

"군인이었대, 직업군인. 그래서 필리핀이고 괌이고 일본이고 두루 다녔나 봐."

고모는 금방이라도 결혼이 성사되어 이 나라를 떠날 것처럼 들떠 있었다. 흥분된 나날들이 이어졌다.

"내가 그 연놈들이랑 같은 땅덩어리를 밟고 살 수가 없어요, 내가. 자존심이 상해서……."

고모가 그렇게 설레는 모습은 처음이었다.

"어머니가 늘 그리웠다는구나. 그래서 한국 여자랑 결혼이 하고 싶어졌대."

엄마는 슬픈 목소리가 되었다.

"어머니는 어떤 여자였을까?"

"글쎄!"

고모도 막막한 음성을 냈다. 아주 쓸쓸한 이야기를 듣는 기분이었다. 고모는 리챠드의 정보를 되새김질하며 익혀나갔다.

"한국말은 어렸을 때 다 잊었대. 양부모들이 한국어를 몰랐으니까. 그런데 나이가 들면서 자신이 한국 사람이란 게 절실하게 살아났다는 거야. 한국에서 살고 싶고 한국 여자랑 결혼하고 싶고……"

"한국에서 살고 싶다면, 그렇다면 자기가 들어오겠다는 거네."

"그런가? 그건 안 되지. 내가 나가야지."

고모는 그 중요한 문제도 고모 마음대로 정리해버렸다. 나는 고모가 우리 곁을 떠날지도 모른다는 데 생각이 미치자 가슴 한구석이 몽땅 날아가 버린 기분이 들었다. 고모와 엄마가 식탁에 앉아 주고받는 이야기를 들으며 나는 이런저런 것들을 생각했다.

리챠드의 한국 이름은 무엇이었을까? 그 이름도 부모님이

지어주신 이름은 아닐 터였다. 엄마 아빠가 누군지 알 수 없는 아이는 얼마나 외로울까? 나는 아빠가 잘 떠오르지 않으면 답답했다. 아이들이 아빠 이야기를 할 때면 갑자기 나만 아빠를 잃어버리는 잘못을 저지른 것 같아 뭔가 불편했다. 그리고 다른 아이들이 그 부재를 알까 봐 미칠 것 같이 겁이 났다. 아빠가 사라진 것과 나와는 아무 연관이 없었다. 오히려 아빠가 우리를 두고 제 맘대로 사라진 게 더 큰 잘못이었다. 그런데 어린 리챠드는 엄마까지 사라지는 기막힘을 당했다. 아빠의 나라라고 했지만 아빠가 누군지도 몰랐다. 그래도 그는 자랐다. 상처가 있어도 어른이 되었다. 속이 텅 비어 금방이라도 부러질 것 같지만 그걸 알아보는 눈은 흔치 않았다. 나는 리챠드에게 가슴 짠한 연민을 느꼈다. 리챠드가 예사롭게 보이지 않았다.

커피를 연거푸 마셔가며 그녀들은 이야기를 이어나갔다.

"한국말은?"

"다시 배웠대."

"어디서?"

"일본서 근무할 때."

"결혼은?"

"필리핀 여자랑 한 번 했는데 이혼했대."

리챠드와 고모의 마음을 연결시켜 줄 이메일을 개설했다.

고모는 순진하게 자신의 이름을 영문화한 아이디를 썼고 전화번호와 주소를 조합해 비밀번호를 만들었다. 고모와 소통할 수 있는 문이 하나 더 생겼다.

나는 언제나 혼자가 될 수 있다는 사실을 너무도 잘 알고 있는 아이였다. 그건 아빠가 돌아가신 후 깨달았다. 누구도 내 곁에 있어준다는 보장은 없었다. 사람의 죽음이 때로는 얼마나 어처구니없게, 졸지에 찾아오는지 충분히 경험했다. 그렇기에 나는 엄마가 사라지는 세상에서 나를 감당해줄 어른을 살피지 않을 수 없었다. 이모는 아주 가끔이지만 "걱정 마, 나만 믿어. 내가 다 해줄게"라고 말해줬다. 그 말이 얼마나 그리운 말인지 엄마는 알지 못했다. 우리는 가끔 내 삶을 몽땅 믿고 맡길 어딘가가 필요하다. 그러나 영원히 맡길 만한 사람을 찾기란 쉬운 일이 아니다. 누구든 변하니까. 사람이 변하지 않으면 상황이라도 변하니까. 그래서 우리는 불행해지기도 한다. 그때 나는 함께해야 할 어른이 필요했다. 리챠드처럼 고아가 되는 사건은 아주 간단하게 일어날 수 있었다. 나는 이미 50%를 잃은 아이였다.

형도 세상의 반쪽이 무너지는 충격을 이기기는 힘들었을 것이다. 돌아오지 않았다. 엄마는 아기 돌보미 전단지 붙이는 것도 중단하고 고모를 기다리는 것으로 하루를 보냈다. 가끔씩 전화를 받았지만 엄마가 돌볼 아기는 쉽게 나타나지 않았다. 그런데 옆 동에서 연락이 왔다. 엄마는 다시 정신을 차려야 했다. 몸을 긴장시키고 급히 미장원에서 머리 손질도 받았다. 아기 엄마의 엄마라는 60대 중반의 여자가 우리 집을 먼저 방문했다. 그녀는 구석구석을 꼼꼼히 살피며 이런저런 것들을 가늠했다. 그런 후에야 엄마는 아기 엄마가 출근하는 시간에 맞춰 옆 동으로 출근할 수 있었다.

"애기가 그렇게 사랑스러운 줄은 몰랐어."

아기를 만난 이후 엄마 관심은 오로지 아기에게만 쏠렸다. 입에서는 아기 이야기가 그치지 않았다. 얼굴도 아기를 닮아가는지 환해졌다. 고모가 찾아오면 가관이었다. 엄마는 아기 이야기를, 고모는 리챠드 이야기를 줄기차게 이어갔다.

"너도 한번 봐야 하는데, 애기가 그렇게 예쁠 수가 없어. 속눈썹이 이렇게 긴데 잠이 들어봐. 상상이 가니?"

"리챠드가 사는 집은 방이 여섯 개래. 혼자 살면서 그렇게 많은 방이 왜 필요하지?"

"발이 요만하구, 우유를 먹느라고 오물거리는 볼이 그렇게 귀여울 수가 없어. 지금도 눈에 삼삼해서 또 보고 싶어져."

"빨리 만나고 싶다고, 나오겠다는구나. 자기가 나오는 게 빠르다구."

두 사람은 서로 다른 꿈에 젖어 있었지만 행복한 시간을 보냈다.

한 달이 채 되지 않은 날이었다. 엄마가 아기를 품에 안고 현관문을 들어섰다. 아기를 따라 들어오는 짐이 엄마 방에 수북했다. 분유통, 젖병 소독기, 아기 침구, 일회용 기저귀 등이 빈 공간을 채워버렸다.

"애기네 목욕탕 수리를 해야 해서 내가 데려왔어. 이틀 동안 여기서 같이 지낼 거다."

머리카락이 부드러운 아기는 귀여웠다. 엄마는 조심스럽게 아기를 다뤘다. 우유를 먹이고 기저귀를 갈고 목욕을 시켰다. 나는 아기만 바라봤다. 만지면 가슴으로 따듯한 기운이 퍼졌다. 행복한 게 이런 걸 거라는 생각이 들었다. 학교도 가기 싫었다. 내내 아기만 바라보고 싶었다. 조그만 손이 내 손가락을 꼭 잡으면 절로 웃음이 나왔다. 아기가 내 몸 안에서 웃음을 만드는 것 같았다. 엄마도 연신 웃었다.

"너희들도 이렇게 이뻤어."

아기를 안은 엄마는 내가 본 그 어떤 모습보다도 어울렸다. 나는 엄마가 자신과 어울리는 일을 찾았다는 생각을 했다.

"아껴 쓰면 생활이 될 거야."

엄마는 수입에도 만족하는 듯했다. 모든 일이 풀리는 것 같

166
167

았다.

아기가 집으로 가야 하는 저녁, 형이 돌아왔다. 문을 밀치고 들어서는 형은 몇 달 사이 완전히 다른 사람이 되어 있었다. 염색을 한 노란 머리에 검고 짙은 검은 눈썹은 어울리지 않았다. 연극무대에 선 어설픈 배우처럼 서툴게만 보였다. 방에 가득한 아기용품이 형의 심기를 건드렸나 보았다.

"도대체 엄마가 돼 가지고 하는 게 뭐가 있어요. 다른 엄마들이 자식들한테 어떻게 하는지도 좀 보고 다니세요. 나는 엄마가 무슨 일을 하든 상관하고 싶지 않아요. 그래도 여자들은 쉽게 돈 버는 길이 있잖아요. 제발 사람 사는 것 같이 좀 살자구요."

이불을 끄집어 내린 형은 그것을 머리끝까지 뒤집어쓰고 누워버렸다. 곧 고단하게 코 고는 소리가 들렸다. 엄마 가슴에서 깊은 한숨이 빠져나왔다.

그런데 아기를 데리러 왔던 아기 엄마가 형이 누워 잠든 모습을 이상한 눈으로 살폈다.

"누구에요?"

"우리 큰애에요. 사춘기를 좀 심하게 겪네요."

엄마는 아기 엄마의 눈에 비친 형을 한마디로 표현했다. 사춘기가 아니면, 그 누구도 형을 저렇게 만들 힘은 없다고 생각하는 것 같았다.

"네에, 저렇게 큰 형이 있었군요."

아기 엄마는 자꾸 엄마 얼굴을 살폈다. 도저히 엄마와 형을 연결시킬 수 없는 것 같았다. 그리고 일은 아주 간단하게 정리되었다. 몇 시간 후에 엄마는 한 통의 전화를 받았다.

"내일부턴 안 오서도 돼요. 그동안 하신 일은 계산해서 계좌로 보낼게요."

엄마는 바닥에 털썩 주저앉았다. 한동안 멍하니 허공만 바라봤다. 엄마는 다시 자리에서 일어나지 못했다. 간신히 아침상만 차려놓고는 누워버렸다.

양담배를 꼬나문 형은 영안실에서 시체 닦은 이야기를 들려줬다.

"긴 고무장갑을 주더라고. 소독액이 들어 있는 통을 들고 아는 형을 따라 들어갔어. 갑자기 병원으로 시신이 몰려들면 손이 딸린다나. 그때마다 불려 가는 알바인데 쇠수세미 같은 걸 들려주더라고. 시체 앞에 섰는데……, 형은 아무렇지도 않게 다리부터 벅벅 문지르더라고. 씨발! 나도 따라 문질렀지. 그런데, 자꾸 인사를 해야 할 것 같은 거야. 안녕하세요? 뭐 이렇게라도……. 그런데 안녕은 아니잖아. 껍질이 벗겨지니까 조금 더 하얀 살이 나와. 기분이 이상해져. 손에 닿는 느낌이 뭐랄까, 말랑말랑한 게 그렇게 나쁘지는 않았어. 불룩한 배도 북북 문질렀어. 그런데 말야, 피가 나오는 거야. 코로 눈으로 입으로 귀로…… 물렁한 배를 누를 때마다 피가 푹푹 터져 나와, 검은 피가. 내가 닦고 있는 시체가 여자라는 걸 그제야 알았어."

자못 심각해지더니 형은 고개를 푹 떨어뜨렸다.

"얼마 벌었어?"

나는 그게 더 궁금했다. 대체 시체 한 구당 얼마를 받았을까?

"죽어버리려고 했거든. 죽으면 끝나니까, 죽어버리자고 했었어. 그런데 시체를 보니까 죽고 싶다는 생각이 사라져. 죽어도 못 죽겠어."

형은 자신의 이야기를 계속 늘어놨다.

"얼마를 받았냐고, 시체 닦아주고?"

"이십만 원! 미성년자는 할 수 없는 알바야. 형 따라가서 통과한 거야. 형이 삼만 원을 줬어, 나한테는."

그렇게 그와 같이 지내다 그가 집으로 돌아가면 있을 곳이 없어진 형도 집으로 돌아오는 것 같았다.

나는 형이 밖에서 교육받은 것들을 하나하나 재활용하는 것을 지켜봤다. 어디서 찾아냈는지 낡은 옷을 입고는 집을 나갔던 날, 대체 무슨 일로 하루를 보내는지 나는 물었다.

"불쌍한 척만 하면 돼. 쩐이 꿀처럼 흐르는 노인을 낚는 거야. 인생에 대한 썰을 푸시겠지. 설득 당하는 척 고개를 숙이고 가끔 대답을 하는 거야, 울먹이는 목소리로 '네! 네!' 이렇게……. 나는 돈에 굶었고 노땅들은 썰에 굶었거든. 썰만 진땅 풀고 그냥 가버리는 노땅들이 더 많아. 재수 없어, 그런 인간들……."

형은 자기가 자신을 앵벌이로 부렸노라며 나직이 알려줬다. 번득이는 눈이 어지러웠다.

"생고기 식당에서는 하루 만에 잘렸어. 다리가 아파서 잘 구부릴 수가 없더라고."

형 눈을 마주 보지 못했다. 어떤 날은 미친개처럼 으르렁거렸다. 나는 그런 형이 거북했다. 형은 자신이 무엇을 하는지, 도무지 왜 그런 것들을 해야 하는지 알려 하지도 않았다.

18

　강아지풀이 수북한 빈터가 나타난다. 작은 마을이다. 길에서 우묵 들어간 낮은 마당들이 보인다. 백일홍나무에 가려 잘 보이지도 않는 낮은 지붕에는 때 같은 이끼가 덮였다. 빨간 등받이의자와 삼단서랍장이 빈터에 놓여 있다. 필요 없어진 물건들이다. 도랑이 흐르는 오래된 작은 다리와 감나무가 많은 시골 마을을 지나면 다시 고속도로를 타야 한다. 공장이 가까워지고 있다. 인기척 없는 마을을 통과한다.

　그때는 왜 그렇게 혼자가 되는 것이 무서웠는지 모르겠다. 괴롭힘을 당하면서도 그들이 우리 편이라는 생각을 지울 수가 없었다. '지금 알고 있는 것을 그때도 알았더라면'이란 말처럼 그때는 지금처럼 다양한 세계가 보이지 않았다. 언제든 다른 세계를 만날 수 있다는 사실을 그때도 알았더라면……. 학교가 다가 아닌 것을 알기까지 우리에게는 시간이 필요했다.

　집을 나갔던 형은 그 사실을 어렴풋하게 눈치 챈 것 같았다.

밝은 세계는 아니었다. 이야기하지는 않았지만 형은 노동을 착취당하면서 그것조차 깨닫지 못하고 있었다.

"난 아무것도 아니야. 난 아무것도 아니랬어. 그냥 시키는 대로만 하면 된댔어."

우리는 변한 형 모습을 조심스럽게 살폈다. 동그랗던 턱에 각이 생기고 눈매와 눈동자가 날카롭게 번뜩였다. 그래서인지 단단하고 모가 나 보였다. 익숙했던 모습이 사라지고 있었다. 내게 맞고도 울던 형 모습은 없었다. 그때는 고모가 오히려 화를 냈었다.

"현이 좀 패버려! 맞는 게 얼마나 아픈지 알려줘야 해!"

부추기자 형은 고모에게 달려들었다.

"고모 나쁜 사람이지? 왜 때리라 그래요. 내가 아픈 건 그냥 참으면 되잖아요. 근데 현이가 아픈 건, 그건 내가 참아서 되는 게 아니잖아요."

고모는 외마디 신음만 토했었다. 나는 더 이상 형을 때리지 못했다. 대신 죽을 때까지 형을 위해 싸우겠노라 맹세했다. 그런데 형을 괴롭히는 놈은 정체조차 파악이 안 되었다. 투명인간의 공격도 아닌데……. 모습을 드러내지 않는 놈을 해치울 방법이 내게는 없었다.

며칠 후 형은 또 집을 나갔다. 엄마에게는 달랑 문자 한 통을 남겼다. 아르바이트를 하겠다고 했다. 무슨 아르바이트를 어디서 할 건지는 말하지 않았다. 알려주지 않는 건 알려들지 말아야 했다. 어차피 형도 잘 모르고 있기 쉬웠다. 형은 지난번에 만났던 형과 연결되어 있는 것 같았다. 노란 커트머리를 한 뿌연 사진 속의 남자 이지섭. 5만 원이면 얼마든지 구한다는 주민등록증의 얼굴이 그인지는 알 수 없었다. 형은 다른 이름의 주민등록증을 지니고 다녔다.

'바닷가 식당에서 같이 일하는 노가다 아저씨들이 조개구이 사 줬어요. 개똥철학 들어줬다고.'

'살 껍질이 벗겨진 게 꼭 비닐같이 보여요.'

형은 가끔 문자를 보내왔다. 엄마는 한숨을 쉬었지만 나는 형이 그 형과 함께 움직인다는 것을 알 수 있었다. 그렇게 아무렇지도 않게 집을 나갈 수 있는 건 누군가 밖에서 형을 지켜준다는 말이었다. 엄마보다 더 든든할 수 있었다. 하지만 오래 머물지는 못 했다. 보름 정도의 시간이 지나면 형의 가출은 대부분 종료되었다. 그러고는 다시 이불을 뒤집어쓴 채 잠에 떨어졌다.

나는 점점 형이 없는 시간에 익숙해져 갔다. 아빠처럼 돌아오지 못하는 식구가 될까봐 두려웠던 심정도 옅어졌다.

"당구장 청소는 돼. 공을 닦고 컵을 씻는 일은 할 수 있더라고. 햄버거 가게에서 고기 패티를 구울 거야. 다음엔 중국집에서 오토바이 배달을 할 거고. 돈을 벌면 멋진 스포츠카를 사서 여자애들을 태울 거야. 나를 쓰레기 취급하던 놈들 앞에서 보란 듯이 달려줄 거야."

형은 울분으로 채워진 인간처럼 몸을 떨었다.

"나는 내게, 내가 할 수 있다는 걸 보여주고 싶었어. 난 아무것도 아닌 게 아니라는 걸 보여주고 싶었다고. 그래서 죽어라 일했어. 그랬더니 있더라고. 내가 할 수 있는 게 있어."

칸막이 속에 틀어박혀 며칠이고 잠만 자던 형이 일어나서 한 말이다.

지친 모습으로 들어온 형은 겨울잠에 든 짐승처럼 밥도 먹지 않은 채 잠만 잤다. 그러다 부스스 몸을 일으켜서는 생라면에 스프를 뿌려 봉지째 흔든 다음 입에 털어 넣었다. 손가락에 묻은 스프까지 빨아가며 덩어리를 빠드득빠드득 씹었다. 수돗물도 쏴 틀어 한 그릇 마셨다. 양치질을 하는 일은 없었다. 배가 부르면 다시 눈을 감아버렸다.

엄마는 멀겋게 입을 벌리고 잠든 형을 바라보다 홑이불을 어깨까지 덮어주었다. 누구도 학교란 단어를 말하지 않았다. 잠이 깬 형이 가끔 멍하니 얼룩진 천장을 바라볼 때가 생겨나기 시작했다. 작은 건더기스프 봉지가 들어 있는 빈 라면 껍질을 몇 십 개나 내다버린 후였다. 세상은 화려한 단풍에 취해 있었다.

"좀만 쉬었다가 검정고시 볼게요."

검정고시는 퇴학처분이 내려지고도 일정 기간이 지나야 자격이 주어졌다. 엄마는 차라리 다시 학교로 돌아가는 게 어떠냐며 말을 꺼냈다.

"전학을 해서 한 학년 늦추면 어떨까?"

"그놈들을 피할 방법은 없어요. 죽을 때까지 따라온다구요."

내 캐릭터가 보고 싶었다. 선물로 받은 상품권으로 산뜻한 반바지를 사 입혔는데, 형은 나보다 먼저 학원에서 돌아와 컴퓨터를 차지해버렸다. 도무지 검정고시학원에서는 무슨 공부를 하는지 모를 정도였다. 집에서 가방을 여는 일은 없었다. 굳이 내가 알아야 할 일도 아니었다. 걱정이 되기는 했지만 형이 집을 나갔을 때가 훨씬 나았다는 생각이 들게 했다. 그때 엄마는 행복한 얼굴로 아기를 보았고 나는 컴퓨터게임을 맘껏 할수 있었다. 형이 들어오면 모든 게 사라졌다. 게임도 집안의 고요도 평화도 떠나버렸다. 나는 형이 가족이라는 사실이 싫어지게 될까 봐 불안했다. 세상에 단 세 사람뿐인 가족이었다. 누구든 세상에 혼자 남는 건 어렵지 않았다. 하지만 그건 견딜 수 있는 일이 아니었다. 막아야 했다.

컴퓨터게임을 하던 형은 밤이 되면 더욱 심하게 욕지거리를 쏟아냈다.

"무슨 욕을 그렇게 해?"

"꼭 그렇게 큰 소리를 쳐야 할 수 있는 게임이니?"

"너네들은 잠도 안 자니?"

"제발 그만 좀 해라. 밤마다 잠을 못 자니까 죽을 것 같아. 이건 살인행위야!"

몇 번씩 일어나 형을 지켜보던 엄마는 약을 먹고 잠들었다. 밤새도록 형이 질러대는 욕지거리가 온 집 안을 채웠다.

그것은 꿈속까지 따라와 소란을 피웠다. 엄마도 종일 지친 얼굴로 휘청거렸다. 내가 일어나는 시간에야 잠자리에 드는 형이다. 입을 벌린 채 잔뜩 뒤튼 몸으로 잠든 형은 젖은 걸레뭉치처럼 보였다. 도저히 생명이 있는 사람 같지 않았다. 엄마는 피곤한 눈으로 그 모습을 지켜봤다.

19

엄마가 작은 가방을 꾸려 집을 나간 다음 날이었다. 지방에 일자리를 알아보러 간 엄마는 돌아오지 않았다. 나는 민제를 따라 6학년 형들이 모이는 놀이터로 나갔다. 동네에서 조금 떨어진 그곳에는 진풍경이 벌어지고 있었다. 나는 그렇게 많은 이불이 널린 놀이터는 만난 적이 없었다. 세상은 안개에 잠겨 포근하게 보였다.

비가 올 것 같지는 않았다. 철봉대마다 널린 괴기스런 커다란 이불을 비켜가며 움직이는 물체를 찾았다. 검은 나무 그늘이 미끄럼틀이랑 그네에 무늬를 찍는 중앙에 아이들이 모여든 다람쥐떼가 보였다. 푸르스름한 연기가 빠져나오는 그곳으로 민제가 다가갔다. 웅크린 등과 머리들이 막 알에서 깨어나는 파충류처럼 이물스럽게 곰실거렸다. 나는 자꾸 얼굴에 닿는 이불자락을 잡고 그들의 움직임에 긴장했다. 고개를 숙이고 바닥에 그림까지 그려가며 무언가를 설명하던 여자아이가 둥지에서 튀어나왔다. 짧은 스커트를 입은, 임시 담임의 딸 미지였다. 그녀가 던진 꽁초가 모래 위에서 작은 불꽃을 피웠다. 나도 모르게 고개가 돌아갔다. 마치 담임을 만난 것처럼 민망한 기분이 들었다. 미지는 나를 발견하지 못했다.

"고우!"

그녀는 주먹으로 허공을 치며 뛰었다. 무척 세련되고 단호해 보이는 동작이었다. 아이들이 움직였지만 나는 이불 뒤에 숨어 나가지 않았다. 어디로 가는지부터 알고 싶었다.

"그냥 따라오기만 해. 따라와서 구경만 해도 돼. 암 것도 하지 마, 너는."

민제가 상기된 표정으로 내 팔을 끌었다. 나는 슬금슬금 그들을 따라갔다. 거기에 미지가 있다는 사실에 안심이 되었다.

우리는 어둑한 골목을 빠져나와 한참을 걸었다. 화려한 불빛이 가득한 길을 지났다. '모텔 호박마차', '차차차 유흥주점', '라스베가스 모텔', '올인 모텔', '고스톱 나이트클럽', '이십오 시', '블루 다이아몬드', '잭팟 오락장', '쎄븐업 이십사 시 편의점', '술 파는 노래방'……. 꽃등이 켜진 나무가 아름다웠다. 익숙한 아파트 단지가 나타났다. 여태 한 번도 가본 적 없는 학교의 반대쪽 길을 나는 달리고 있었다. 그쪽에서 본 학교 길은 완전히 다른 분위기였다. 조금 전 지나온 그 화려한 꽃등 길을 지나 학교를 와야 하는 아이들도 있었다.

나는 민제와 일정한 거리를 두며 따라갔다. 민제는 무리에서 몇 걸음 처져 걸었다. 가로등 뒤편으로 짐승의 등 같은 검은 능선이 나타났다. 우리는 듬성듬성 불 켜진 운동장이 보이는 교문 창살 앞에 멈춰 섰다. 한 아이가 가볍게 교문을 뛰어넘었다. 빗장이 풀렸다. 어느새 아이들 얼굴에는 황사마스크가 덮여 있었다. 그러고 보니 아이들은 모두 검은 빛깔의 옷을 입었다. 모자를 눌러쓴 아이도 보였다.

　민제를 찾기가 어려워졌다. 약간 통통하고 배가 나온 아이 곁에 붙었다. 아이들은 순식간에 교실 복도를 달리고 있었다. 뒤꿈치를 들고 뛰는 아이들의 발자국 소리는 조심스럽고 경쾌했다. 계단을 몇 번이고 올랐다. 갑자기 무리들이 바닥에 일제히 엎드렸다. 미리 훈련된 동작처럼 날렵했다. 짧은 청치마를 입은 여자아이가 교실 자물쇠를 풀었다. 교실 문이 열렸다. 순식간에 아이들은 교실 안으로 밀려들었다. 유리창 깨지는 소리에 이어 컴퓨터가 교실 바닥으로 떨어졌다. 선생님 책상서랍이 나뒹굴었다. 책상 위에 있던 아이들 일기장이 흩어지고 순식간에 교실 뒤 학습판에 붙은 그림이 뜯겨 나갔다. 내가 그린 '비오는 골목' 그림도 찢겼다. 아이들은 무엇이든지 두들겨 부쉈다. 형광등이 터지는 소리는 요란했다. 이미 아이들은 교실 밖 복도를 향해 달려 나가고 있었다.

집으로 돌아왔다. 엄마 자리는 비어 있었고 형은 내 존재를 외면했다. 아침이 너무 빨리 왔다. 형과 같이 있는 한 나는 잠을 설쳤다. 눈 위로 쏟아지는 컴퓨터 불빛은 머리를 깨버리고 싶을 만큼 신경을 당겼다. 요란한 게임 소리와 형의 욕지거리, 내 가슴은 분노로 들끓었다. 형을 흠씬 두들겨 패는 상상으로 늘 아침을 맞았다. 하지만 그날은 모처럼 형 게임 소리가 아닌 어수선한 생각으로 밤을 지새웠다.

나는 평소보다 늦게 집을 출발했다. 언제나처럼 아파트에 가려진 하늘을 보며 걸었다. 어제 일은 꿈인 것만 같았다. 검은 짐승의 잔등 같던 뒷산은 푸른 숲이었다. 그 숲을 이룬 나무가 아카시아라는 것을 처음 알았다. 갑자기 학교가 호기심이 가득한 건물이 되어버렸다. 뭔가 술렁이는 분위기를 기대하는 건 내 호기심이었나 보다. 3층 복도는 평상시보다 더 조용했다. 교실로 들어가는 아이들만 보였다. 신발주머니를 신발장 내 번호에 넣고 나는 교실 문을 열었다. 유리창이 깨진 미닫이 문이 밀리자 아이들 시선이 몰려들었다. 마치 지각을 했을 때의 교실 풍경 같았다.

"네 자리에 가 앉아."

어디선가 목소리가 들려왔다. 작업복을 입은 아저씨 둘이 커다란 포대에 쓰레기 조각들을 담고 있었다. 학교 일을 하는 아저씨들이었다. 나는 다른 아이들처럼 내 자리에 가서 앉았다. 다리가 후들거렸다. 의자에 작은 유리 파편이 보였다. 나는 얼른 가방을 놓고 그 위에 앉았다. 애들이 킥킥거렸다.

"누가 웃으래?"

목소리가 또 들려왔다. 나는 사방을 살펴봤다. 탁자 뒤에서 선생님이 무언가를 주워 담고 있었다. 생각보다 교실 안의 기물은 멀쩡했다. 컴퓨터도 제자리에 놓여 있었다. 형광등 전구는 새것으로 갈아 끼워졌고 유리창은 금이 간 채로 틀에 박혀 있었다. 학습판에 붙어 있던 그림이 뜯겨 나간 자리만 뚜렷했다.

선생님은 짧게 커트한 머리를 손가락으로 쓸어 넘겼다. 아이들 사이를 오가며 무슨 생각엔가 골몰해 있었다. 가슴이 마구 떨려왔다. 선생님은 모든 걸 다 아는 듯한 표정을 지었다. 단지 처리문제로 고심하는 눈치가 보였다. 선생님의 까만 바지가 내 옆에 섰다. 나는 눈을 질끈 감았다. 금방이라도 목덜미가 잡혀오를 것만 같았다.

나는 아무것도 파괴하지 않았다. 그저 아이들이 하는 행동을 혼란스러운 마음으로 바라보기만 했을 뿐이다. 그러나 그것이 다가 아니라는 것을 부인하지 못한다. 유리창이 요란한 소리를 내며 깨질 때 나는 무언가 내 가슴을 짓누르던 것이 통쾌하게 터져 나가는 것을 맛보았다.

아이들은 연신 수군거렸다. 앞줄에 앉은 노란 셔츠는 눈물까지 찔끔거렸다. 우리는 가방을 든 채 5층에 있는 음악실로 옮겨 수업을 했다. 선생님은 어젯밤 사건에 대해서는 언급하지 않았다. 나는 휴식시간마다 책상 위에 팔베개를 하고 얼굴을 묻었다. 갑자기 모든 게 피곤했다. 이대로 몇 시간이라도 잠들고 싶었다. 수군대는 아이들 이야기가 들려왔다.

"6학년 형들이 쓸었대. 우리 반 애가 문을 열어주고."

아이들은 본 듯이 말했다. 마지막 수업은 음악시간이었지만 임시 담임이 대신 들어왔다. 까만 바지에 회색 스웨터를 고집하는 피곤한 스타일이었지만, 자주색 테 안경은 그나마 지루함을 덜어냈다. 담임은 안경을 벗어 탁자에 올려놓았다. 지루한 시간이 흘렀다. 나는 선생님 딸 미지를 떠올리며 시간을 버텼다. 나무꼬챙이 같이 마른 몸매가 떠올랐다. 튀어나온 둥근 눈두덩에 날카로운 콧날, 턱이 좁은 얼굴이 어딘가 도전적인 기운을 뿜어낸다.

선생님은 창밖으로 향한 눈길을 거두지 않았다.

"학교는 학생들이 공부를 하는 신성한 곳입니다. 어떤 것에서도 교실은 보호를 받아야 하는데 공격을 받았어요. 있을 수도, 있어서도 안 되는 일이 벌어진 거예요……. 그러니까 일단 누구에게도 말하지 말아요. 아직 아무것도 알 수 있는 게 없으니까. 좀 더 조사가 될 때까지 조심하는 게 좋겠어요. 괜한 이야기 퍼져 나가면 좋을 게 없어요. 집에 가서 이야기하지 말자는 겁니다. 선생님 말 이해할 수 있겠지요?"

뜨문뜨문 아이들 대답이 흘러나왔다.

"그렇게 할 수 있지요?"

선생님의 결의에 찬 목소리가 교실을 흔들었다. 나는 얼떨결에 대답을 했다.

"모두 집으로 돌아가세요."

선생님이 교실 문을 열고 나가자 아이들의 소란스런 하교가 시작되었다. 1층 현관에는 팔짱을 낀 미지가 서 있었다. 등골에 한기가 흘렀다. 그녀는 유리문에 등을 기대고 서서 실내화를 갈아 신는 아이들을 일일이 살피고 있었다. 나는 마치 잃어버린 물건이 생각난 듯 돌아서서 계단을 올라갔다. 1층 계단 끝에서 안경이 콧등에 걸린 임시 담임의 눈동자와 만났다. 얼굴이 달아올랐다.

"배가 아파서……."

묻지도 않은 말을 하며 나는 화장실이 있는 쪽을 향해 걸었다.

선생님은 알고 있었다. 미지도 선생님이 알고 있다는 사실을 알았다. 대체 두 모녀는 무슨 일을 벌이고 있는 걸까? 화장실 입구 수도에서 물을 받아 마셨다. 쇳내가 났다. 학교에서는 처음으로 먹어본 수돗물이다. 하필이면 식수대를 화장실 입구에 만들었냐며 투덜거렸는데 지금은 무척 고맙다는 생각이 들었다.

화장실로 들어갈 수는 없었다. 언제부터인지 화장실은 기피 대상이 되었다. 화장실을 다녀온 아이는 이유 없는 놀림을 당했다. 나도 참았다. 끝까지 참았다. 더 이상 참을 수 없을 때 아이들은 학교 아래 은행 화장실로 뛰었다.

그런데 정말 배가 아파왔다. 하루 종일 너무 긴장을 했나 보았다. 그곳까지 도저히 갈 수 없을 것 같았다. 나는 급히 1층으로 내려갔다. 뒷모습만 보여서 그런지 선생님이 거기 있다는 사실이 별로 중요하게 생각되지 않았다. 선생님은 곁을 살피지 못할 만큼 무엇엔가 골똘해 있었다. 엄마도 그랬다. 무언가에 붙들려 있을 때는 다른 사람처럼 낯설었다. 1학년 화장실에는 아이들이 없었다. 그래도 주변을 둘러봤다. 나는 문이 열린 칸으로 들어갔다. 말끔하게 청소가 되어 있었다. 아마 학부모 당번들이 다녀간 것 같았다.

나는 쭈그리고 앉았다. 금방이라도 쏟아질 것 같이 우르릉거리던 뱃속이 다시 조용해졌다. 그래도 다시 화장실을 찾아 들어오기란 여간 힘든 일이 아닐 것 같았다. 기다려보기로 했다.

벽면에 그려진 낙서들을 찾아 읽는데 머리 위로 작은 불티가 날아들었다. 등을 틀어 불꽃을 피했다. 넘어지지 않으려 바닥을 잡았던 손이 물기에 미끄러졌다. 피식, 변기 뒤쪽으로 담배꽁초가 떨어졌다. 머리카락 타는 냄새가 퍼졌다. 후다닥 급히 달아나는 발자국 소리가 났다. 나는 눈을 감았다. 도무지 무슨 일이 벌어졌는지 알 수가 없었다. 문을 두드리는 노크 소리가 들렸다. 온몸이 굳어왔다. 무언지 모를 울분이 아래에서부터 치솟고 있었다.

"문 열어!"

문이 흔들렸다. 나는 일어서서 문을 열었다. 운명이란 단어가 생각났다. 문을 막고 서 있던 하키채가 내 머리채를 순식간에 낚아챘다. 뺨에 무언가 둔탁한 물건이 부딪쳤다. 가스통이 터진 듯 귓속에 불덩이가 일었다. 몇 번이고 사정없는 매가 이마를 후려쳤다. 울컥 목줄기를 타고 싸한 열기가 차올랐다. 진한 연기를 마신 것처럼 목이 아려왔다. 덫에 걸렸다는 생각이 들자 눈물이 쏟아졌다.

"주워!"

따를 수 없었다. 다른 사람이 버린 꽁초라면 얼마든지 주울 수 있었다. 그러나 저 꽁초는 내가 버린 것이다. 누명을 나는 인정할 수 없었다.

"대가리에 피도 안 마른 새끼가! 빨리 안 주워?"

나는 꼼짝 않고 그 자리에 서 있었다.

"이 새끼가 반항까지 하네."

순간 무릎이 꺾이며 차가운 변기 물 속으로 얼굴이 밀려들어갔다. 나는 허우적거리며 누르는 힘에 저항했다.

"전 모르는……."

말이 채 끝나기도 전에 차가운 기운이 콧속에 들이찼다. 나는 입을 닫았다. 웅성거리는 소리가 들려왔다. 여자아이들의 비명소리도 끼어들었다. 턱에서 흘러내린 물이 셔츠 위로 떨어졌다. 흐려진 눈에는 아무것도 보이지 않았다. 한 무리의 아이들 사이에 임시 담임의 회색 스웨터가 보였다. 순간 내 손에는 하키채의 손에서 뺏은 하키채가 높이 들려 있었다.

"어, 이 새끼가 돌았나?"

뒤로 한 발짝 물러나는 당황한 하키채 얼굴도 뿌옇게 보였다. 엄마 얼굴이 떠올랐다. 형 자퇴서를 던지고 온 날의 엄마는 폐허가 된 전쟁터 사진 속 인물 같았다. 나는 하키채를 소변기에 힘껏 꽂고는 화장실을 빠져나왔다. 입구를 막고 섰던 아이들이 거치적거렸다. 벽에 붙은 미지의 짧은 청치마가 눈에 들어왔다. 무엇도 생각하고 싶지 않았다. 빨리 이 엉터리 같은 건물을 벗어나고 싶었다. 대체 내게 무슨 일이 벌어지고 있는지 알아야 할 이유도 떠오르지 않았다. 다 미쳤다. 나는 《해리포터》의 분노한 맨드래이크 뿌리라도 되어 학교 건물을 죄다 부셔버리고 싶었다.

정문을 나왔다. 깨진 보도블록 사이에 풀들이 솟아나 있었다. 줄기에서 강인한 기운이 느껴졌다. 나는 풀줄기를 걷어차려다 발을 내렸다. 하필이면 그 틈바구니에 떨어진 씨앗은 무어란 말인가. 고모는 내 심정을 이해해줄 것 같았다. 억울한 일을 당해본 사람은 안다. 하지만 나는 다 죽여 버리고 싶다는 말밖엔 할 말이 없었다. 형이 밤마다 다 죽여 버리겠다고 벽을 차대던 절규가 한순간에 이해가 되었다. 대체 뭐가 잘못되었는지 분별이 서지 않았다.

놀이터에는 서너 명의 아이들이 놀고 있었다. 돌아가는 뱅뱅이 판 위의 한 아이가 소스라치며 비명을 질렀다. 민제가 떠올랐다. 그러고 보니 오늘은 아침부터 민제를 한 번도 본적이 없었다. 민제를 따라갔던 게 잘못이었다. 골목을 지나쳤다.

"다 꿈이야. 이건 끔찍한 꿈이야."

연신 중얼거렸다. 새마을금고 옆 작은 슈퍼에는 빨간 콜라 박스가 어지럽게 쌓여 있었다.

작은 교회 건물이 보였다. 민제는 이 교회에 나갔다. 어제 놀이터에서 만난 아이들도 대부분 이 교회에 다녔다. 그들은 아마 잠들기 전, 그들의 신께 사함을 받았다고 믿고 싶었을 것이다. 그건 신의 영역이다. 인간들은 그렇게 쉽게 서로의 죄를 용서해주지 않는다.

엄마는 자신이 저지른 행위에 대해서는 반드시 결과가 주어진다고 했다. 그래서 항상 착한 마음, 즐거운 마음을 가져야 한다고 일렀다. 설사 어려운 일이 생기더라도 좋은 마음으로 받아들여 이겨나가야만 지금의 것이 좋은 씨앗이 되어 다음에 올 때는 좋은 열매로 화답한다는 것이다. 그렇게 하다 보면 언제나 좋은 일만 생길 수 있다고 했다. 뭐가 뭔지 모르겠다. 그걸 알고 있는 엄마에게는 왜 누구보다 힘든 일만 생겨나는지. 그리고 생각하기도 싫지만 조금 전에 내게 일어난 일을 엄마는 어떻게 설명할 수 있을까.

'내가 무슨 씨앗을 뿌렸다고…….'

억울한 마음이 부글부글 끓었다. 신이고 뭐고 다 죽어버려라, 소리 지르고 싶었다. 아빠는 어쩌다 신을 만났을까?

오만 가지 생각들을 밀치며 나는 민제를 찾아 여주동으로 들어갔다. 민제가 왜 6학년들 모임에 끼었는지, 왜 날 불러냈는지, 도대체 무슨 짓들을 한 것인지 알아야 했다. 산 밑에 있는 커다란 별장 같은 집을 향해 걸었다. 산기슭이랑 논두렁에는 노란 꽃들이 무더기져 피었다. 숲을 보자 마음이 조금 가라앉았다. 붉은 플래카드는 더 많이, 더 흉물스럽게 나뭇가지를 휘감고 있었다.

나는 우리가 드나들던 문으로 들어갔다. 민제 엄마가 평상에 가득 뒤집어진 바지에서 실밥을 잘라내고 있었다. 그녀는 잠시라도 쉬면 손이 벌벌 떨려서 못 견딘다고 했다. 나는 우리가 살던 방이 보고 싶었지만 먼저 민제부터 찾았다.

"오메야! 이게 누꼬, 현이 아이가? 우짠 일고?"

"민제 집에 있지요?"

"그래 아프다꼬 병문안 왔나? 드가 봐라. 어젯밤부터 열이 올라가 펄펄 끓터만 이제 좀 가라앉았다. 새벽에 응급실에 갔다 왔제. 드가 봐라. 민제야!"

그녀는 앞질러 문을 열고 들어갔다. 마루를 건너 안쪽에 있는 제법 큰 방이다. 민제는 이미 내가 온 것을 알고 자리에서 일어나 앉아 있었다. 나는 방문 앞에 서서 그를 살폈다.

"앉아라, 여기 달고무리한 물 먹으면서."

사이다를 먹으며 나는 민제에게 물었다.

"뭐였어?"

"그게, 아이, 그게……. 다 상천이 때문이야. 상천이가 연합찐이래. 중학교 찐들이 봐주는 찐! 이미 연합애들은 조폭 꼬붕

한대잖아."

"담임 땄은?"

"미지가 지 엄마한테 경고를 한 거야. 담임이랑 하키채랑 사귄다나 봐. 명령은 상천이가 내렸고……. 상천이가 미지를 좋아해. 미지는 여자 찐이구."

조금 의외였지만 그림이 그려졌다.

"넌 왜 꼈어?"

"상천이가 우리 교실이라고……."

"난 왜 데려간 건데?"

"혼자 가기 무서워서……. 다 6학년이고……, 친구가 있었으면 좋겠더라고."

달콤한 물을 단숨에 들이켰다.

"앞으로 어떻게 될 거래?"

"몰라! 씨발 그런 거 없어. 그냥, 그냥, 시키는 대로만 하면 돼. 지겨워 죽겠어."

방을 나왔다. 시위 스피커에서 이어지는 노래가 신경을 건드렸다. 우리가 살던 방은 비어 있는 것처럼 보였다. 엄마 농원으로 갔다. 〈산 자여 따르라〉를 들으며 이미 산사태의 흔적이 말끔하게 복구된 농원터를 살폈다. 집터처럼 사각으로 평평하게 정리된 땅에서 농원의 모습은 상상이 되지 않았다. 나는 스피커 소리를 피해 중학교 교복들이 담배를 물고 넘어가던 산모퉁이 좁은 길을 따라 걸었다. 집으로 가고 싶지 않았다. 뭔가 생각할 시간이 필요했다.

밤나무가 빽빽한 숲이 나오는 골짜기에는 농사를 짓는 작은 밭과 움막들도 보였다. 숲으로 조금 더 들어갔다. 오르막이 시작되는 등성이, 잡목이 우거진 곳에 검은 천막 같은 것이 나타났다. 나는 예사롭지 않은 기운에 끌려 그곳으로 다가갔다. 천막 같은 것은 커다란 루핑이었다. 누군가 비가 새는 지붕에다 루핑을 덮어 임시방편 공사를 한 것처럼 보였다. 다가가자 숲 뒤편으로 돌려 지은 건물이 나타났다. 지붕 아래로 빙 둘러진 단조로운 시멘트벽에는 작은 창문 몇 개가 박혀 있었다. 나는 도무지 출입구라고는 보이지 않는 성벽 같은 담장을 따라 돌았다. 신기하게 창들은 제각각 색들로 불을 밝혔다. 누군가 살고 있다는 생각이 들자 머리가 쭈뼛거렸다. 그 자리에 주저앉아 인적을 살폈다. 나는 언제라도 달아날 준비를 하며 한 발짝 한 발짝 담을 안고 걸었다. 왼쪽은 언덕이라 발을 디딜 공간이 없었다. 호흡이 불규칙해지며 신경이 곤두섰다.

산자락 쪽으로 꺾이는 곳에 담이 잘려 나간 틈 같은 것이 보였다. 루핑 자락이 반쯤 내려온 구멍 안을 살폈다. 햇살이 은은한 마당에는 수도꼭지가 달린 세면대와 둥근 돌 몇 개를 박아놓은 빨래터가 있었다. 나는 안쪽으로 조금 더 끌려 들어갔다. 귀염성 있게 보이는 조그만 화단이 나타났다. 노란 금잔화 옆에 볼품없이 달린 봉숭아꽃, 색 바랜 백일홍, 키 작은 코스모스가 한 무더기 피어 있었다. 와락 반가운 마음이 일어났다. 엄마도 금잔화를 언제나 대문간에 심어놓았었다.

방문 소리가 들렸다. 드르륵 밀리는 미닫이 소리 뒤로 쑥색 티셔츠가 나타났다. 순간 나는 뛰었다. 무작정 내리막을 향해 달렸다. 뒤에서 목덜미를 낚아채는 손목이 다가오고 있는 것 같았다. 한참을 달리고서야 나는 뒤를 돌아볼 수 있었다. 아무도 없었다. 쑥색은 상천이를 떠올리는 색이었다. 그가 입은 옷은 무엇이든 쑥색 같게만 보였다. 언젠가 나는 다시 그곳에 가보기로 했다. 숲에서 담배를 피우며 무표정하게 앉아 있던 중학생들과 무슨 연관이 있을 것도 같았다. 비밀요새를 발견한 기분이 들었다.

선생님은 아무렇지도 않게 나를 대했다. 하키채는 여전히 담임 곁을 빙빙 돌았고 미지는 툭하면 우리 반 문을 막아섰다. 컴퓨터 모니터가 교실 바닥을 튀어 오르던 기억이 났다. 미지가 그것을 던졌다. 1층 계단 끝에 서 있던 선생님, 화장실에 나타난 하키채……. 담뱃불을 내게 던진 아이는 하키채와 마주쳤을지도 모른다. 하키채가 나타난 시간은 담뱃불이 떨어진

직후였으니까. 무언가 아물거리며 정체를 드러낼 것도 같았다. 그들은 정말 몰랐을까?

아니다. 너무 잘 알고 있었다. 내가 무엇도 할 힘이 없는 아이라는 것을. 아이들을 결집할 능력도, 부모를 대동할 능력도, 문제를 일으켜 학교를 시끄럽게 할 측근도 없었다. 그래서일까? 누구도 사과하지 않았다. 어쩌면 그들은 자신의 행동을 정당화시키고 있는지도 모른다. 자신들의 행동은 언제든지 옳다는 절대선 말이다.

나는 결코 잊지 않는다. 내가 더 강해질 날은 오고야 만다. 콧구멍 안에서 쿨럭이던 변기 물의 굴욕감을 잊을 수는 없었다.

20

엄마는 책을 펴놓고 공부를 시작했다. 직업교육을 받으러 여성센터를 다닌다고 했다.

"해수가 가면 어떡하지? 누구랑 말을 하지. 의논할 사람이 없으면 어떻게 살지?"

엄마의 고민은 깊어갔지만 고모의 활기는 더해갔다. 그녀가 오면 집안 분위기는 금방 생명을 얻은 듯 살아났다. 그녀는 한 마리 붕어처럼 집안 분위기를 흔들었다.

"명문이야, 명문. 난 여태 그렇게 아름다운 문장은 구경한 적이 없어."

고모는 메일을 통해 받는 감동을 거침없이 퍼부었다. 그녀는 영어사전과 인터넷번역기를 이용해 영문 메일을 읽어내느라 모든 시간을 투자했다.

"목소리가 어쩜 그렇게 그윽하니. 내가 남자 복이 있긴 있나 봐. 쌍두마차를 타고 하늘로 오르는 사주라더니, 그게 금마차가 확실한가 봐."

고모의 입은 리챠드 찬사를 위해서만 움직였다. 엄마는 내내 호기심 가득한, 믿을 수 없다는 표정을 지었다.

　"얼굴도 모르는 사람이랑 무슨 이야기를 하니?"

　엄마는 턱을 빼고 고모를 쳐다봤다.

　"그래도 사랑한다잖아."

　"언제 봤다고 사랑을 한대?"

　"사랑하는 데 무슨 시간이 필요하니? 하면 하는 거지."

　고모는 엄마의 부러운 시선을 받으며 일어났다.

　"빨리 가봐야지. 전화한다고 했거든."

　고모는 술부터 끊겠노라고 했다. 리챠드에 걸맞은 여자로 태어나기 위해서는 우선 품위 있는 몸가짐이 필요하다는 것이다.

　"기다려. 건이 내가 데려다가 공부시킬게. 캐나다에서 공부하면 선진국 유학이야."

　고모는 엄마를 다독였지만 형은 다시 집을 나갔다. 온라인 게임을 하는 친구들과 어울려 합숙을 하기 위해서였다. 엄마는 잡지 못했다.

　"연락 자주하고, 돈 필요하면 얘기하고, 절대 남의 물건에 손대지 마라. 무슨 일이 있어도 경찰서 갈 짓은 안 된다."

　"알았어요. 이 길밖에 없는 것 같아요. 프로게이머가 되면 다시 시작할 거예요."

"못 하겠으면 그만두고…… 돌아와. 공부하면 되니까. 하는 데까지만 해보고 그만두자."

이제 엄마는 형을 무작정 말리지 않았다. 형에게 게임이 어떤 것인지 막연하지만 알아가는 것 같았다. 그건 고모를 통해서 깨달은 것인지도 몰랐다.

고모는 자신의 길을 드디어 찾았다고 했다. 그녀는 자신이 원했던 가장 이상적인 모습을 향해 가고 있었다. 그것은 여태 자신이 원하는 삶을 살지 못했다는 말이기도 했다. 무엇이, 그 오랜 시간, 그토록 바라던 자신의 모습으로 다가가는 길에 장애가 되었을까, 이해하기 힘들었다. 존재조차 몰랐던 한 남자가 오랫동안 자유분방하게 살아온 한 여자를 송두리째 바꾸어나가는 기적을 나는 지켜보았다. 경이로웠다. 고모의 우울하게 늘어져 있던 볼은 긴장된 탄력으로, 는적거리던 몸은 자신감으로 생기가 넘쳤다. 그녀는 지나온 자신의 시간들에 스스로 의문을 던졌다.

"돈 쓰고 몸 버리고 대체 무슨 짓을 했는지 모르겠어."

곁에서 리챠드가 지켜보는 것처럼 모범적인 생활 패턴을 찾아나갔다. 그건 고모의 구호처럼 "여호와 이레" 가장 이상적인 삶의 모습일 수도 있었다. 엄마와 이야기하는 동안에도 그녀

196
197

는 연신 허리를 좌우로 흔들며 라인을 만들었다.

"일어나면 근처의 산책로를 따라 우선 조깅을 해. 바나나와 우유를 든든히 먹고는 회사를 가지. 운동화를 사무실에 갖다 두었어. 점심시간에 회사 주변 공원을 걸으려고. 퇴근 후 바로 헬스장에 가서 근육을 만들어. 굶어서 뺀 몸하고 서킷트레이닝으로 만들어진 몸은 질적으로 다르거든."

나는 꿈꾸는 심정이 되었다. 엄마는 말을 잃어갔다. 인간에게 희망이란 게 무엇인지 우리는 숨을 죽이며 지켜보았다. 차량이 없으면 한 발자국도 움직이기 싫어하던 고모였다. 굽 낮은 운동화에 운동복도 믿기지 않았지만 새벽에 일어난다는 건 더 상상하기 어려웠다. 헐레벌떡 출근을 했고 룸미러에 얼굴을 비추며 화장을 하던 고모였다. 금요일이나 빗방울이 비치는 저녁이면 고모의 핸드폰은 대리운전자가 보내는 전자음으로 부산스러웠다.

"미친 것들!"

고모는 피융, 피융, 날아드는 번호를 보며 피식거렸다.

"공연히 백화점이나 기웃거리고, 죽치고 마셔대는 그 짓을 왜 했나 몰라."

그녀는 지난날의 일상을 비효율적인 시간낭비로 평가절하하는 능청을 떨었다. 그것도 이제야 깨달은 양 시침을 떼면서······.

"걷자. 몸 만들어야 해!"

고모는 운동화에 트레이닝 복장으로 차를 몰아 왔다. 엄마
는 치마를 펄렁이며 동네에서 조금 먼 공원까지 함께 걸었다.
그곳은 오래된 나무가 그늘져 산책을 하기에는 더없이 좋은 장
소였다. 그들의 대화를 엿듣기가 점점 힘들어졌다. 산책이 끝
나면 그녀는 곧바로 차를 몰아 가버렸다.

"인간에게 다시 시작할 수 있다는 것처럼 무서운 에너지도
없는 것 같아."

엄마는 그녀를 부러운 시선으로 지켜봤다. 이제 고모를 취
하게 하는 건 술이 아니라 리챠드라는 생각이 들었다. 입만 열
면 리챠드 이야기가 끊이지 않았다. 고모는 백마 탄 왕자님이
캐나다로 초청해줄 날만 기다리는 공주로 변해갔다.

"이 땅 정말 매력 없어. 남자들은 더해. 내가 먼저 자리 잡고
너 불러줄게. 남자도 소개시켜 주고."

엄마는 쓸쓸하게 웃었다. 엄마도 다시 시작해보고 싶었을
거란 생각을 나는 하지 못했다. 엄마는 그냥 엄마였다. 우리를
위해서 태어난 사람이기에 우리를 위해서만 있어주는 게 맞았
다. 엄마에게 다시 시작이란 의미는 단지 직업을 바꾸는 일이
면 족했다.

21

내가 6학년이 되자 형은 게임채널에 모습을 드러냈다. 결승에서 승리를 하지는 못 했지만 형을 응원하는 팬들이 있다는 사실이 놀라웠다. 형 얼굴이 화면에 비치자 형 이름이 적힌 패널들이 공중에 오르며 함성이 터졌다. 형 아이디는 우리 학교에도 알려졌다. 꽤나 인기가 있었다. 아이들은 형 아이디를 알고 있다는 걸 자랑으로 여겼다. 소문은 빨랐다. 그래도 나는 그 아이디가 형이라는 사실을 밝히지 않았다. 그건 부러움을 살 수 있는 조건이었지만 나는 형이 학교를 그만둔 채 게임만 하고 있다는 사실이 불편했다.

종일 비가 내렸다. 베란다를 통해서 보는 비는 회색이었다. 아파트 건물 외벽과 까마득한 아래쪽 시멘트 바닥을 두드리는 빗소리가 답답했다. 숲에 내리는 신선한 빗소리가 그리워졌다. 나는 형이 교실 바닥에서 끌다 벗어 던진 세 줄 슬리퍼를 신었다. 날카로운 측면에 쓸려 발등에 물집이 생겼다. 개의치 않고 동네를 어슬렁거렸다. 순식간에 발등까지 넘쳐나는 빗물이 즐거웠다. 어쩌다 흡반처럼 바닥에 달라붙는 슬리퍼를 손으로 뜯으며 가로등 밑을 살폈다. 날개 달린 책이 하늘을 날아가는 그림 아래에 '동화책 읽어주는 선생님' 글자가 적힌 종이를 찾았다. 엄마는 아랫단에 문어발을 만들어 핸드폰 번호를 적어두었다. 나는 빗물에 떨어진 종이 뭉치 하나를 주워들었다. 엄마의 꿈이 빗물을 이기지 못하고 바닥으로 떨어져 흐물거렸다. 주먹을 꽉 쥐어서 물기를 짜냈다. 송편같이 변한 하얀 덩어리를 빗속으로 힘껏 던졌다. 하얀 돌멩이가 날아가는 것같이 보였다. 엄마가 구하는 학생들이 빨리 찾아왔으면 좋겠다는 생각을 했다. 몇 달째 엄마는 직업을 갖지 못했다. 행인들에게 안내지를 나누어 주느라 녹초가 된 날도 다르지 않았다. 고작 전화 몇 통 울리다 그만이었다.

나는 연못이 보고 싶어졌다. 여주동을 향해 걸었다. 비가 많이 내리면 연못에는 둥둥 개구리밥이 흘러넘쳤다. 물이 가득한 고랑을 따라 흘러가는 개구리밥이 어디로 가는지 그게 나는 늘 궁금했다.

22

　리챠드 덕분에 고모와 이모가 어렵게 만나는 날이 왔다. 고모는 리챠드에게 보낼 사진이 필요했고 이모는 제 속을 털어낼 대상이 필요했다. 엄마와 나는 단풍이 화려한 공원을 향해 집을 나섰다. 막 51번 버스가 정거장으로 진입하고 있었다. 엄마 핸드폰 벨이 울렸다. 발신자를 확인한 엄마는 내 팔을 잡으며 버스에 오르는 걸 막았다. 정거장의 의자로 향한 엄마가 엉성하게 그곳에다 엉덩이를 걸쳤다. 언제 끝날지 모르는 통화가 시작되었다. 톤이 높은 이모 목소리는 정거장의 소음 속에서도 선명하게 들려왔다.

　"지금 막 도착했어. 어디로 가면 돼?"

　엄마는 고모와 약속한 공원이름을 말했다.

　제일 먼저 공원에 도착한 엄마는 멀리 정문 입구가 바라보이는 의자에 느긋하게 앉았다.

　"넌 미리 주변 좀 살펴둬. 고모 힐 신어서 많이는 못 걸을 거야."

노란 택시 한 대가 정문 앞에서 멈췄다. 이모가 주변을 두리번거리며 내렸다. 크림색 점퍼에 청바지가 산뜻해 보였다. 엄마가 그녀를 향해 손을 흔들었다. 나는 이모를 향해 달렸다. 주변을 탐색해두는 것보다 이모를 만나고 싶은 마음이 앞섰다. 무척 흥분된 이모는 손에 든 호두 파이부터 엄마 곁에다 펼쳤다. 공원은 사람들로 가득했다. 단풍보다 더 화려한 차림의 사람 사이를 헤집고 나는 벤치로 다가갔다. 두 여인의 시선은 정문 앞 포장마차에서 순대를 먹는 고모를 지키고 있었다.

이모는 곁에 다가선 나도 의식치 못했다. 무척 흥분된 목소리가 주변의 소음을 뚫었다. 지나가는 사람이나 나 같은 건 아랑곳 않았다. 어젯밤 바닷가에서 만난 남자 이야기를 하고 있었다. 이모는 몹시 불안정했다. 화가 난 듯도 했고 꼭 그렇지만은 않은 듯도 했다. 내 얼굴에 시선을 보내면서도 미처 누군지 깨닫지 못하는 정도였다.

멀리 포장마차에서 잔돈을 거슬러 받는 고모가 공원 출입문 쪽으로 몸을 틀었다. 짙은 와인색 투피스를 입고 있었다. 고모가 공원 안으로 걸어 들어왔다. 얼굴을 반이나 가리는 검은 선글라스가 눈길을 끌었다. 두 여인이 입을 닫았다. 이모가 교수 아저씨랑 조그마한 간이침대에서 여태까지 무엇을 하다 왔는지는 중단되었다.

나는 파이 한 쪽을 들고 공원 안 단풍나무로 향했다. 세 사람이 만나면 분명히 의미 없는 이야기가 오갈 게 뻔했다. 공원 개천을 살폈다. 물길을 따라 이어진 단풍이 선명하고 맑았다. 왁자지껄한 중늙은이 한 떼가 시합이나 하듯 다투어 단풍나무 가지를 분질렀다. 그녀들의 거칠고 단단한 손끝을 살피다 나는 은은하게 퍼지는 향기를 만났다. 아직 초록 잎이 달린 작은 나무가 사방으로 진한 꽃향기가 퍼뜨리고 있었다. 머릿속으로 작은 나비 떼들이 날아드는 것 같았다. 기침이 나고 현기증이 일었다. 유독 강한 향을 내는 꽃은 고운 색을 지니지 못한 게 많았다. 그런데 붉은 단풍잎 속에서 하얀 꽃으로, 그것도 푸른빛이 도는 시린 하양으로 피어나는 꽃이라니, 한참이나 그 꽃을 바라봤다. 엄마 얼굴이 겹쳤다. 아빠를 보낼 때 엄마는 질리도록 흰 옷을 길게 입었다. 서글픔 같은 게 밀려왔다.

　세 사람은 무언가 이야기를 나누며 걸었다. 나는 두리번거리며 그들을 따라갔다. 고운 단풍잎 뒤에서 엄마가 손짓을 했다. 꿈속같이 느껴져 아득했다. 엄마는 나를 향해 서 있었다. 고모도 손등으로 햇빛을 가리며 나를 찾았다. 아마 더 이상 풀어놓을 이야깃거리가 없는 듯했다. 그들에게로 다가갔다. 이모가 고모에게 교수 아저씨 얘기를 했다면 아마 수많은 조언을 얻을 수 있었을지 모른다. 그런데 그러지 않았다. 이모는 고모에게 자신의 이야기 따윈 하질 않았다. 그건 고모도 같았다.

고모, 나, 엄마, 이모, 네 사람은 각자의 걸음으로 공원을 거닐었다. 고모는 조금이라도 더 화려한 단풍을 찾느라 바빴다. 자신의 얼굴을 그들 속에 넣어 한통속인 양 속임수를 부리려는 것 같았다. 나는 수없이 카메라 스위치를 눌렀고, 고모는 자신의 얼굴을 모니터링하며 지워나갔다. 고모 맘에 드는 표정은 쉽사리 만들어지지 않았다. 어차피 '포샵'을 해야 할 텐데, 고모는 유난히 까탈을 부렸다. 이해할 수는 있었다. 리챠드에게 보낼 모습이었다. 얼굴이 예쁘면 모든 게 다 예쁠 거라는 남자들의 착각을 고모는 알고 있었다. 형은 예쁜 애들은 생긴 걸로 스트레스를 받지 않아서 신경질이 적다고 했다. 엄마는 사랑 받고 자란 애들은 자신감이 생겨서 상대에게 사랑을 줄 여유가 있다고 했다. 나도 예쁜 여자애가 좋다. 달걀귀신은 썩 예쁘게 생긴 편은 아니었다. 엄마는 그런 얼굴을 잘생긴 얼굴이라고 했다. 하지만 그 애는 마음이 참 따스했다. 다른 친구들처럼 아빠 이야길 물어오지도 않았고 늘 위로의 말을 들려줬다.

'힘내! 넌 분명히 훌륭한 사람이 될 거야.'

어떨 땐 엄마같이 다정하게 굴었다. 귀신처럼 내 맘도 잘 알았다. 그런데 5학년이 되며 반이 갈렸다. 그 애가 보고 싶어졌다. 그 애는 형으로 가득한 머릿속에서 신선한 바람이었다.

고모는 지치지도 않고 단풍나무 사이를 헤집었다. 한낮이라 햇살이 뜨거웠다. 몇 발짝 뒤에서 어슬렁어슬렁 팔짱으로 가슴을 누르며 따라오는 엄마는 온통 찡그린 얼굴이었다. 이모는 우리와 적당한 거리를 유지하며 공원 감상을 했다. 아마 교수아저씨를 생각하는지도 몰랐다. 더 이상 혼자 버티는 데 지친 여자들이 제각각 공원을 걷고 있었다. 분명치 않은 건 상상의 여지가 많다. 그녀들의 남자는 아직도 상상의 세계에 머무는 인간들이었다.

공원에서 찍은 사진 수정작업은 밤중까지 이어졌다. 고모는 집에 돌아갈 것을 포기하고 내 곁에 앉아 작업을 지시했다. 주로 얼굴에 잡티나 주름을 없애라 했지만 고모가 유별스레 신경 쓰는 것은 따로 있었다. 각진 턱뼈였다. 나는 약간 굵은 펜으로 그것을 부드럽게 깎아냈다. 성형외과의사가 된 기분이 들었다. 새벽녘에야 실물보다 훨씬 젊고 부드러운 고모 얼굴이 리챠드에게 전송되었다. 고모는 만족하지 않았다. 멋진 연예인 얼굴이라도 보내야 할 것 같은 표정을 지우지 못했다.

"곧 만나게 될 텐데, 사진이랑 차이 많이 나 좋을 게 없잖아."

졸린 엄마는 고모를 재촉했다.

"나중은 나중이고, 일단은 이뻐야 돼, 여자는……."

"넌 그냥도 이쁜데……."

엄마는 힘없는 눈으로 고모를 바라봤다.

"할 수 있는 방법은 다할 거야. 반드시 성공할 거야."

"만나서 좀 알아봐야 하는 거 아닌가? 지금이 1900년대도 아니고. 사진결혼이 가능할까?"

"어차피 인간은 알 수 없는 동물이야! 남자는 더하고. 모르고 만나서 모르는 것을 인정하며 알아가는 게 훨씬 바람직한 일이야. 결혼을 너무 잘 아는, 아니 안다고 생각하는 남자랑은 하는 게 아니었어."

고모는 리챠드를 군이 잘 알아야 할 필요는 없다고 했다. 이미 그는 선진국 시민이라는 점 하나만으로도 매력적인 위치를 확보하고 있었다. 그녀를 강력한 힘의 영토로 데려가 줄 남자. 메뚜기보다 우수한 능력을 지닌 자가 분명했다.

끌어안은 무릎에다 고개를 기댄 엄마는 졸았다.

"애새끼 없는 게 얼마나 다행인지 몰라. 내가 여태까지 한 일 중에서 제일 잘한 게 애새끼 안 만든 일이야."

고모는 무슨 생각을 떠올렸는지 또 자식타령으로 들어갔다.

"내 새끼도 키우기 힘든데, 남의 새끼까지 누가 좋아라 하겠어. 게다가 두 집 애새끼들 서로 싸우기라도 해봐. 그건 금방 어른 싸움되고……. 지겨워! 지 새끼들 가지고도 싸움질인데."

졸린 눈으로 엄마는 연신 고개를 끄떡였다. 고모는 다시 엄마에게 쐐기를 박고 있었다. 캐나다에 들어가면 불러들이겠다던 말이 부담스러워졌는지도 몰랐다. 엄마는 구걸이라도 하듯 졸린 목소리로 대꾸를 했다.

"아이가 없는 남자도 그럴까? 아이 키우기가 얼마나 힘든데……. 다 키워놓은 자식 얻으면 거저먹고 들어가는 건데……."

형을 다 키워놓은 자식이라며 좋아할 남자가 있을까, 나는 생각했다. 인생에서 남는 건 결국 자식밖에 없다던 엄마의 소신이 힘을 잃는 순간이었다.

"자식처럼 무조건 사랑을 요구하는 것도 없어. 그만큼 계산적이지 않은 관계도 없다구. 그걸 경험해보지 않은 어른을 어떻게 어른이라 하겠어?"

자식을 키우는 과정에 아무리 인생을 성숙시키는 내용이 있다고 해도, 그런 내용이 모든 조건에 필요한 것은 아닌 것 같았다.

"그냥 저 애들 같이 기르면서 살지, 뭐!"

메뚜기 아저씨랑 결혼하기 전 고모는 그렇게 말했었다. 그래서인지 고모는 한때 우리들의 용돈줄이 되어준 적도 있었다. 하지만 메뚜기 아저씨 아이들은 고모에게 자식은 적이라는 경험을 심어놓았다.

고모는 뒤늦게야 인정했다. 메뚜기는 여인들에게 기생해 살아가는 기생족이었다고. 그것도 두 자식을 업고 날아야 하는 힘겨운 바람둥이였다고.

　동화책을 읽어줄 아이들이 오지 않자 엄마는 동네에 있는 대형마트 캐셔로 알바를 나갔다. 한 달이 못 되어 엄마는 손목 인대를 다쳤다. 세일이 시작되면서 대용량의 1+1상품이 많아진 탓이라 했다.

　"식용유나 세제가 그렇게 무거운 물건인지 몰랐어. 한 손으로 3키로도 더 되는 물건을 쉴 새 없이 옮기며 바코드를 찍는데, 무리야. 누구 손목도 견뎌내기는 힘들어. 거기에 있는 알바 손목들, 다 소모품들이야."

　엄마는 압박붕대로 감은 오른쪽 팔목을 놀리지 못했다. 설거지마저 힘들어진 엄마는 다시 누웠다. 내가 학교에서 돌아와도 잠깐 고개만 들었다가는 고꾸라졌다. 엄마와 함께 있는 집은 숨이 막혔다. 시끄러운 관리실 안내방송도 웬만한 텔레비전 소리도 그녀를 일으키지 못했다.

　나는 컴퓨터를 찾았다. 채팅방에서는 〈개그콘서트〉 이야기가 한창이었다. 갑자기 그들이 멀게만 느껴졌다. 나는 웃고 싶지 않았다. '팡야'를 열었지만 신이 나지 않았다. 정면에 커다란 정글도를 띄웠다. 이빨이 몇 군데 빠진 정글도를 앞세우며 나는 적들을 찾아 나섰다. 피가 터지며 한 놈이 꼬꾸라졌다. 나는 다시 적을 찾아 뛰어갔다. 피가 터졌다. 꼬꾸라졌다. 어느새 나는 욕을 퍼붓고 있었다.

23

결국 형은 병원으로 실려 갔다. 119요원이 전화로 알려왔지만 엄마는 현실을 빨리 인식하지 못했다. 비실비실 몸을 일으킨 엄마는 바람 빠진 비닐봉지처럼 걸었다. 나는 얼른 엄마를 따라 일어났다. 엄마는 큰길에 나서자 택시를 잡았다. 내가 먼저 오르는데도 별 반응을 보이지 않았다. 나는 엄마 손에서 핸드폰을 빼냈다. 엄마는 멀거니 내 얼굴을 보고는 그만이었다. 나는 고모에게 전화를 걸었다.

"건이는 아직도 정신을 못 차렸대? 참 큰일이다. 어쩌냐?"

응급실은 어수선했다. 병상을 살피며 형을 찾아 움직였다. 형이라고는 믿기지가 않은 몰골이 누워 있었다. 박만큼 커진 얼굴, 검붉게 튀어나온 눈두덩과 광대뼈, 찢어진 입술에는 커다란 피딱지가 말라붙었다. 상처를 꿰매는 의사의 손놀림에 형은 연신 입술을 물었다. 나는 온몸이 얼어버린 듯 움직일 수 없었다. 피곤에 찌든 젊은 의사는 멀거니 서 있는 엄마를 보자 다른 보호자를 찾았다.

"다른 보호자 없어요? 어머님은 충격이 커서 쉬셔야 할 것 같은데……."

"제가 동생인데요?"

"어, 그래! 어른들은 안 계시고?"

"뭘 해야 하지요?"

"우선 상해인지 사곤지 알아야지. 상해면 형사고발을 해야 하거든……. 환자가 말을 하면 제일 정확한데……."

엄마는 서류접수부터 하라는 안내원을 따라갔다. 엄청난 치료비가 나올 거란 생각이 들었다. 형이 다리를 다쳤을 때도 엄마는 힘들어 했다. 그때도 형 친구들이 의도적으로 다리를 걸었던 사고였다. 엄마는 학교에서 일어난 사고이기에 형 담임이라는 사람에게 교내 사고로 인한 보험처리를 부탁했었다. 그러나 담임은 몇 번이고 해당사유가 없다며 엄마의 사정을 들어주지 않았다.

"수업시간 중에 일어난 사고라야지요. 방과 후에 난 사고는 처리가 불가능해요. 그건 불법이죠. 저는 그런 일에 서류를 만들어드릴 수 없어요."

나는 점점 학교란 실체가 별 볼일 없는 곳이라는 생각이 들기 시작했다. 학교는 그저 학교였다. 담임의 생각이 모든 것을 결정하는 학교는 불안했다. 내가 알고 있는 한 세상에서 가장 책임지기를 무서워하는 어른들이 모인 곳이 학교였다.

정밀검사 결과 형은 생명에는 지장이 없다는 진단을 받았다. 얼굴과 팔다리에 모두 스물네 바늘을 꿰맸다. 의사는 으스러진 손목뼈와 정강이뼈가 붙으려면 두 달이란 시간이 필요하다고 했다. 엄마는 형 침대 곁보다 복도 휴게실 의자에 더 오래 앉아 있었다. 의사가 엄마를 부른다거나 형이 엄마를 부를라치면 다른 환자 보호자들이 엄마를 찾으러 가야 했다. 그러면 엄마는 의사를 찾아가 형 치료에 필요한 조치를 결정하거나 형이 필요로 하는 것들을 챙겨줬다.

나는 학교가 끝나기 무섭게 병원으로 달려갔다. 엄마에게 필요한 것들은 내가 챙겼다. 엄마는 내가 병실에 나타나길 기다려 병원을 떠나고는 했다. 나날들이 꿈같이 흘렀다. 도무지 현실이란 생각이 들지 않았다. 세상은 내가 모르는 소리들로 가득했다. 모든 게 내가 알 수 있는 영역으로 들어와 주지 않았다. 나는 발이 땅에 닿지 않는 느낌을 견뎌야 했다. "소변기"라고 형이 내는 소리도 내게는 입 모양으로만 전달되었다.

나는 고모를 찾아갔다. "모든 게임은 내가 이길 때까지야"라던 고모의 말을 되새겼다. 운동복 차림을 한 고모가 경쾌한 걸음으로 현관 앞에 나타났다.

"들어가자."

고모는 냉장고에서 먹을 만한 것들을 식탁에 모두 꺼내놓았다. 식은 피자를 전자레인지에 데우고 안주로 쓰던 마른 과일과 육포 따위를 접시에 보기 좋게 담았다.

"건이는 좀 어때?"

"그냥 그래요."

"엄마가 참 걱정이다. 아무튼 자식새끼들은 다 웬수라니까!"

"고모!"

나는 고모에게 10만 원을 빌렸다. 고모는 의아해 하면서도 묻지 않았다. 나는 그 돈을 주머니 깊숙이 밀어 넣고는 집으로 돌아왔다. 민제에게 전화를 걸었다. 다음 날 나는 민제를 따라 여주동 깊숙이 숨어 있는 검은 루핑 지붕 아래로 갔다.

"여기 다른 사람한테 말하면 절대 안 돼."

민제는 검은 지붕이 바라보이는 언덕 빈터에 나를 세워두고 전화를 걸었다. 곧 좌우로 몸을 흔들며 걷는 남자가 다가왔다. 큰 키에 딱 벌어진 어깨, 도저히 초등학생이라고는 보이지 않는 몸집, 상천이었다. 나는 얼른 인사를 했다.

"어, 그래."

나는 상천이 앞에 손을 내밀었다. 어제 고모에게 빌린 돈이다.

"내가 알아봤는데, 중동 쪽 똘마니들 같던데. 걔네들도 고객지원이었고."

"고객? 누군데, 고객이?"

"음……, 수환이라고 밀알중학교 다니다가 밀알고등학교 갔는데, 아버지가 시의원, 최청탁 의원이야!"

민제가 내 손에 들려 있는 돈을 상천이 주머니에 넣어줬다.

"됐지? 필요한 일 있으면 연락해라."

바지주머니에 손을 찌른 상천이가 등을 보이며 걸어갔다. 민제가 길에 널린 부스러기 돌멩이를 발로 걷어내며 말했다.

"상천이 고객만 여섯 명이 넘어. 자기 반 애들이 두 명이고."

수환이라는 이름이 환청처럼 내 주변을 맴돌았다.

"고객이라고?"

"응, 지켜주는 애들. 한 달에 20만 원씩 받아. 언제든지 부르면 와서 싸워주고 막아주고……."

"결국은 업주들끼리 싸움이겠네."

"그렇지! 불렀는데 안 나오면 쫄았다고 소문이 나니까, 고객이 떨어져나가는 거지. 그럼 영업 못 하는 거고."

"우리 반에도 있어?"

"아직은 없어. 인터넷으로 구하니까, 금방 소문이 나서 알게 돼."

"얼마나 들까, 비용이?"

"무슨 비용? 수환인가 하는 새끼 보복하려고?"

"씨발, 참을 수가 없어."

"그 형 아버지가 시의원인데 어떻게 이기려고. 네 돈보다 더 많이 주면 어떡할 건데? 괜히 너까지 걸려들어 새끼야. 넌 하지 마!"

돌아오는 내내 의혹에 시달렸다. 이건 단순한 고객지원처럼 보이지 않았다. 조직의 복종관계에 더 가까우면 가까웠지. 그는 모든 걸 가진 자였다. 때문에 스스로 몸을 드러낼 이유가 없었다. 괜히 돈만 날린 것 같아 짜증이 났다.

엄마는 휴게실에 있는 커피만 홀짝거리며 시간을 보냈다. 내가 사 가지고 간 김밥은 몇 조각만 먹었다. 무슨 생각엔가 골똘해 있었다. 얼굴과 몸에서는 어떤 행동도 할 힘이 묻어나지 않았다. 나는 매일 시체처럼 누워 있는 형을 들여다보다가는 집으로 돌아갔다. 그리고 형이 하던 게임을 열고는 밤새도록 욕지거리를 하며 놈들을 죽이고 또 죽였다.

며칠을 두고 고민을 해보았지만 복수할 방법은 떠오르지 않았다. 결국 기다리는 것밖에는 묘안이 없었다. 우리 모두 어른이 될 때까지. 그때가 되면 반드시 모든 것을 되돌려줄 거라는 결심만 거듭했다. 용서라는 말이 떠오르기는 했다. 용서……. 기타를 배우려고 갔던 교회에서 내가 가장 많이 들었던 말이다. 그래, 그럴 수만 있다면 얼마나 좋을까. 하지만 용서는 더 강한 자가 할 수 있는 복수다. 내가 그들보다 더 강한 자가 되면 그때 나는 그들을 용서할지도 모른다. 단, 내 방법이어야 한다. 나는 다짐하고 또 다짐했다. 그들을 반드시 용서하고야 말겠다고.

경찰이 다녀갔지만 형은 말하지 않았다. 물증 없이 누군가를 지목할 수도 없었겠지만 그것보다 형은 바로 그 심증이 현실이 될까 봐 두려워하고 있었다. 이건 단순한 테러가 아니라 계획적인 것이고, 아직까지 놈이 형을 주시하고 있다는 반증이었으니까. 형이 입을 열지 못하는 건 자신이 놈을 의식하고 있다는 것을 그가 알게 하고 싶지가 않아서일 터였다.

"처음 본 놈들이었어요. 세 명이었는데, 할 말이 있다면서 끌고 갔어요. 달아날 방법은 없었구요. 제가 달리기를 못 하거든요. 그러고 싶지도 않았고요."

형은 누구에게나 그렇게 이야기하고는 입을 닫았다.

경기가 끝난 후였다. 팀은 다음 경기를 위해 전원 집으로 돌아가 며칠 휴식을 취하기로 했다. 형은 집으로 돌아오고 있었다. 그들이 지내는 합숙장소는 서울 변두리의 어느 PC방 계단 밑을 막아서 만든 손바닥만 한 공간이었다. 형은 PC방 화장실에서 세면을 해결하고 컵라면으로 끼니를 때우며 일주일에 한 번 근처 친구 집으로 샤워를 하러 갔다. 그래도 형은 행복하다고 했다. 할 수 있는 게 아무것도 없을 것 같은 무력감에서, 벌레보다 더 하찮게만 느껴지던 존재감에서, 그것보다 나를 상대해줄 사람이 아무도 없을 것 같은 외로움에서 형은 희망을 발견했던 것이다. 그리고 함께하는 친구들도 얻었다. 형은 새롭게 만나는 세계에 흥분하고 있었다.

자신을 알아봐주는 사람들과 응원하는 팬들이 있었고, 성공의 길도 보이는 것 같았다. 그런데 놈은 그런 형의 모습을 지켜볼 수가 없었나 보았다. 놈은 형이 자신이 아니면 안 될 거라고, 그래서 다시 기어들어오기를 바랐는데, 자신의 믿음이 깨져 버리는 순간을 텔레비전에서 발견하고야 말았다. 놈은 형을 자신의 손아귀에서 놓고 싶지 않았다. 형이 만난 새로운 세계가 놈에게는 적이었다. 없애버려야 했다. 그리고 또 하나의 적, 희망을 꺾어놓아야 했다. 형 오른팔 뼈가 부러진 건 우연이 아니었다. 놈은 형이 더 이상 게임을 하지 못하도록 마우스를 쥐는 손목을 겨냥했었다.

화면으로 만난 형이, 놈을 떠난 형이 웃고 있었다. 놈은 그 미소를 보아 넘길 수 없었던 것이다. 화가 머리끝까지 뻗었겠지. 부수고 싶었을 것이다. 나는 형이 얼굴과 팔목에 유독 심하게 타격을 입은 이유를 그렇게 생각했다.

입원을 한 지 한 달이 지나자 형은 담당 의사에게 이야기를 털어놓았다. 그건 내가 이미 상천이를 통해 알고 있던 것과 같았다. 40대 중반쯤으로 보이는 정형외과 의사는 수더분하고 시원시원한 성격을 가진 남자였다. 그는 엄마의 형편을 짐작했는지 넌지시 방법을 알려줬다.

"부모를 만나보세요. 애들은 애들이에요. 아무리 영악해도 애들은 끝까지 못 숨겨요. 부모야 제 자식인데 알 것 아닙니까. 가서 형편을 얘기하고 합의금을 좀 받으세요. 치료비라도 받아야지요. 제가 볼 때 형편도 넉넉지 않으신 것 같은데……."

"그래야겠지요."

대답을 하면서도 엄마는 움직이질 못 했다. 며칠이 지나자 의사는 나에게 물었다.

"엄마 말고 다른 어른 없니? 친척 어른……. 큰아빠나 삼촌이나 그런 사람들?"

고개를 흔들었다. 친척이라고 만난 어른은 기억나지 않았다. 다른 아이들이 고모 이야기를 하면 나는 해수 고모 이야기를 했고, 이모 이야기를 하면 나는 숙자 이모 이야기를 했다. 남자 친척들이 없다는 것을 이상하게 생각한 적이 없었다.

"고모 있는데요. 이모도요."

갑자기 이모를 본 지가 오래되었다는 생각이 들었다.

"누구든 오시라 그래. 나 좀 보자고 해."

나는 다시 고모와 이모에게 전화를 걸었다. 이모는 통화가 되지 않았다. 공중전화니까 모르는 발신번호라고 무시했을지도 몰랐다. 고모 전화는 보험고객을 위해 항상 열려 있었다.

"이모는 전화를 안 받아요, 고모."

"글쎄, 나도 연락이 안 된다."

고모는 우선 엄마부터 찾겠다고 했다.

"알았다. 의사 선생님이 왜 보자실까?"

조금 이른 퇴근을 한 고모가 병실 복도를 걸어왔다. 멀리서도 환하게 빛이 났다.

"야, 현아! 뭐해? 빨리 와서 받아. 여자가 무거운 걸 들고 있는데. 냉큼 뛰어와, 빨릿!"

나는 뛰어가서 고모가 들고 있는 커다란 비닐봉지를 받았다. 과일이랑 빵이 묵직하게 담겨 있었다. 엄마는 의자에서 일어난 채로 미소만 지었다.

"온 집안 식구가 다 죽게 생겼네. 이걸 어쩌냐? 건이보다 네가 더 큰일이다. 병원에 있으면서 뭐해? 영양주사도 맞고 그러면서 버텨야지……."

고모는 운동으로 다져진 몸매부터 자랑하기 시작했다.

"3키로 뺐다. 2키로만 더 뺄 거야. 확실히 전문 트레이너가 달라. 몸매가 바뀌는 거 있지. 피부도 탄력이 붙고⋯⋯. 진작부터 해뒀어야 하는 건데, 좀 급하네."

고모는 엄마에게 형을 휠체어에 태우라고 했다.

"타! 바람 좀 쐬자."

고모는 형만 데리고 병원 밖으로 나갔다. 병실 창문으로 담장 밑 의자에 앉은 두 사람 모습이 보였다. 형은 연신 머리를 흔들었다. 고모는 형 어깨를 토닥이며 끊었다던 담배를 피워 물고는 잠깐잠깐 형에게도 물려주면서 단풍나무를 바라봤다. 엄마가 창으로 다가 오기에 얼른 돌려 밀어냈다. 엄마는 내가 좋아하는 소시지 빵을 내밀었다. 나는 그것을 엄마랑 나눠 먹었다. 종이를 씹는 것처럼 맛이 느껴지지 않았다. 엄마는 다시 병실 창으로 보이는 파란 하늘만 바라봤다. 저녁 회진시간이 다가오고 있었다.

다음 날 고모와 함께 최청탁 의원 사무실을 찾아갔다. 나는 형에게 수환이 아빠를 만나러 간다고 알려줬다.

"씨발, 합숙소에 그냥 있을 걸⋯⋯. 괜히 집에 갔어."

형은 마치 이 모든 일이 합숙소를 떠났기에 생겨난 일처럼 후회를 했다. 석고보드로 감긴 팔을 보며 눈물을 흘렸다.

"잘못되면 어떡하지? 마우스를 못 잡으면 어떡하냐고, 씨발."

형은 침대에 앉은 채 숙인 고개를 들지 못했다. 하늘색 담요에 눈물이 떨어지며 짙은 얼룩이 생겼다. 가슴이 먹먹해졌다. 도저히 벗어날 수 없는 깊은 물속에 가라앉은 느낌이 들었다. 이런 하루하루가 끝없이 지속될 것만 같았다. 숨이 쉬어지지 않았다. 이현, 이건, 김미경, 세 이름이 그림자처럼 물결 위에 떠다니는 것 같았다. 이제는 내가 누군지, 우리가 누군지 알고 싶지도 않았다.

"수환이 형이 우리 집에 왔던 형이지? 형 머리 만들어주던……."

나는 가슴속에 담아두었던 이름을 꺼냈다. 형 얼굴이 하얗게 질려나갔다.

"말하지 마! 그 새끼 이름도 꺼내지 마."

"그 새끼가 형 이렇게 했지? 왜?"

"씨발아, 말하지 말랬지. 너 죽을래?"

"나한테만 말해. 나 그 새끼 죽일 방법 있어."

"네가? 씨발, 하지 마. 아무것도 하지 말고 너는 조용히 있어. ……"

"그러니까 말해. 어떻게 된 거야? 형이 교문에서 당한 것도 다 그 씨발이 때문이지? 말해, 나한테만 말해."

형은 크게 숨을 들이쉬면서도 버들버들 몸을 떨었다.

"상우 새끼 꼬봉들이 학교마다 깔렸으니까. 그래서 날 보호해줄 친구가 필요했어. 근데 수환이가 친절하게 대해주더라고. 전학 와서 아는 애도 없고 선생님들도 사람 취급을 안 해주는데……."

전학생이 된 형은 전철을 밟고 싶지 않았다. 없어진 세계를 복원하고 싶었다. 멸시하는 눈초리와 따돌림을 당하지 않으려면 후원자가 필요했다. 형은 숨을 죽였다. 반 아이들 움직임도 살펴야 했지만 우선 누가 실세인지를 알아야 했다. 그래야 실수 없이 정착할 수 있다는 생각이 들었다. 그런데 며칠 만에 형은 교실에서 이미 점지되어 있는 왕따를 발견할 수 있었다.

국어 선생님은 아직 결혼을 하지 않은 깔끔한 인상의 여자였다. 남학생들은 선생님에게 잘 보이려고 나름 노력을 했지만 선생님은 쉽게 아이들에게 다가가지 않았다. 우선 웃지 않는 단단한 표정을 유지하며 야단을 치지도 않았고 사적인 농담도 하지 않았다. 그녀는 학생들에게 무섭도록 질문만 퍼부었다.

"야! 너 이름 뭐야? 뒤돌아 앉은 애! 일어나!"

앞줄에 앉은 멸치처럼 삐쭉한 아이가 일어났다.

"'같이'가 '가티'로, '가치'로 변하는 현상을 무슨 현상이라 그
러지?"

"……."

"너! 뒤에서 웃는, 너 일어나! 말해봐!"

교복 안에 빨간 티셔츠를 받쳐 입은 아이는 일어나지도 않
고 소리 질렀다.

"쟤가 한다잖아요. 야! 빨리 대답해!"

멸치가 찔끔 몸을 움츠렸다.

"경음화현상인가……?"

떠나갈 듯한 웃음이 터졌다. 몇 명은 아예 괴성을 질러가며
책상을 두들겼다.

"틀렸어! 네가 말해봐!"

낄끼덕 거리며 거북하게 웃던 빨간 티셔츠가 급하게 앞쪽을
가리켰다.

"쟤가 말한다잖아요."

형은 조용히 반 아이들 표정을 살폈다. 빨간 티셔츠가 내내
힐끔거리는 곳에 수환이가 앉아 있었다. 수환이는 애써 무표
정한 얼굴로 선생님이 가리키는 칠판만 바라봤다. 수업이 끝
나 선생님이 교탁에서 물러서기도 전에 빨간 티셔츠가 멸치를
향해 몸을 날렸다.

"이 병신! 왜 그것도 몰라? 왜 모르냐고? 병신아!"

아이들 몇 명이 우르르 앞쪽으로 몰려갔다.

"으억! 윽!"

구타의 고통을 참는 신음이 형 가슴을 두드렸다. 수환이는 모른 척 창밖만 바라봤다. 형은 빨간 티셔츠가 수환이의 비호를 받고 있다는 걸 단박에 알아봤다. 그리고 이미 '찌질이'가 정해져 있다는 데 마음이 놓였다. 형은 수환에게 잘 보일 건더기를 찾아야 했다. 그런데 이상한 데서 기회가 생겼다.

"급식 가자."

음악 시간에 형 노래를 들은 수환이가 관심을 보였다.

"보컬 배웠냐?"

형이 수환과 급식소에 나타나자 아이들 눈빛이 달라졌다. 근처에서 밥을 먹던 빨간 티셔츠가 급식판을 들고 먼저 일어났다. 그에게 촉각이 섰지만 애써 눈길을 피했다. 언젠가는 공격을 해올 놈이었다. 경계심을 늦추기가 힘들었다. 빨간 티셔츠는 형 옆을 천천히 지나갔다. 그러고는 구석에서 혼자 밥을 먹고 있는 왜소한 아이에게로 다가갔다. 갑자기 들고 있던 식판을 아이가 먹고 있던 급식판 위에다 포개 던졌다. 국물이 식탁으로 튀어 나갔다. 빨간 티셔츠는 뒤도 돌아보지 않고 식당을 빠져나갔다. 아이가 셔츠에 튄 반찬 국물을 손으로 털어냈다.

그리고 천천히 일어나 두 개의 식판을 겹쳐 들고 잔반 처리통으로 걸어갔다. 형은 빨간 티셔츠가 식판을 던져 자신에게 경고를 보냈다는 것을 알 수 있었다. 그러나 놈은 적어도 겉으로는 형에게 친밀한 척 다가왔다.

"그 녀석은 뭐든지 사줬어. 오뎅이든 햄버거든 피자든. 나는 줄곧 얻어먹으며 따라다녔지. 적어도 녀석들과 있는 동안은 배가 고프지 않았어. 그리고 외롭지도 않았어. 어느 날은 유명 브랜드 옷도 가져다주더라고. 난 녀석이 입다가 실증이 난 건지 알았어. 무지 부자 아빠를 뒀구나, 부러웠지. 그런데 학원 앞에서 삥을 뜯는 거야."

빨간 티셔츠는 그렇게 삥을 뜯어다 조직의 경비를 대는 대신 수환이의 비호를 받고 있었다. 그런데 어느 날부터 형에게도 삥을 뜯는 장소에 함께 있을 것을 요구했다. 형은 그제야 자신이 수환이의 조직에 속했다는 걸 실감했다. 그러나 그렇게 나쁘지 않았다. 적어도 수환이가 보호해주는 동안에는 아무도 형을 건드릴 수 없었으니까.

수환이는 형을 데리고 다니며 자신이 알고 있는 스튜디오를 보여주고 아이들이 모인 곳에서 함께 노래도 불렀다. 어떤 날은 종일 노래 연습만 하기도 했다.

"건아! 우리 커서 듀엣으로 활동하자."

형은 처음으로 수환이가 마련한 스튜디오에서 녹음을 뜨며 꿈을 키웠다. 자신이 꼭 수환이 여자친구 같다는 생각도 들었다. 자신을 대하는 표정이나 옷매무새를 만져주는 손길이나 돌보는 마음이나 어깨를 감싸고 걸을 때는 영락없는 여자친구만 같았다. 그런데 어느 날부터 형은 자신을 돌보아주는 수환이의 손길이 거북해지기 시작했다.

"너! 다 벗어봐. 보고 싶어."

"왜? 그건 싫은데."

"싫음 말고."

다음 날 형은 빨간 티셔츠에게 교복이 벗겨졌다. 형을 둘러싸고 있는 아이들 벽은 좀처럼 뚫리지 않았다. 하지만 여학생들이 몰려들자 벽들은 사라졌다. 사방에서 비명이 터졌다. 형은 팬티만 입은 채 고개를 숙이고 서 있었다. 어찌해볼 수가 없었다. 형 교복을 가진 놈이 애들 벽 뒤에서 위로 올린 교복을 흔들었다. 불과 1미터도 안 되는 거리가 거대한 강보다 더 멀게 느껴졌다. 교무실까지 소란한 소리가 들렸는지 생물 선생님이 교실로 들어왔다.

"뭐야? 왜 이렇게 시끄러워?"

"아무것도 아니에요."

아이들은 다시 형 둘레에 병풍을 쳤다. 선생님은 그 틈새를 파고들다가 형을 발견했다.

"야, 너 미쳤어? 빨리 옷 안 입어? 이게 무슨 짓이야."

그러나 선생님은 웃으면서 교실을 빠져나갔다. 형은 점심시간이 끝나고 다음 수업이 시작되고서야 교복을 돌려받았다. 그날 이후 수환은 아무 일 없었다는 듯 여전히 형 어깨를 감싸고 다녔다. 불안했지만, 그래도 형은 수환의 보호를 받고 있다는 게 안심이 되었다. 빨간 티셔츠는 여전히 삐쩍 마른 아이 주변을 맴돌았다. 어디서 구했는지 수술용 가위를 가지고 나타나 아이의 뒷머리를 한 움큼 쥐고는 잘랐다. 아이가 팔을 휘저으며 가위를 밀쳤지만 잘려진 머리카락은 교실 바닥으로 던져졌다. 형은 아이의 겁에 질린 눈동자를 보았다. 수환이가 비호하는 한 빨간 티셔츠를 건드릴 놈은 없었다. 형은 수환이가 해주는 붉은 염색을 하고 수환이가 사준 커플티를 가방에 넣고 학교에 갔다. 수환은 언제든지 형을 불러냈고 같이 노래를 불렀다.

"너 내 여자친구해라."

체육실에서 연습을 끝낸 수환이가 다시 형의 몸을 더듬었다. 수환에게 잡힌 형의 손이 수환의 바지춤으로 들어갔다. 놈의 단단한 고추가 손에 닿았다. 형은 손을 빼려고 하고 수환은 자기가 원하는 것을 위해 당기며 승강이가 벌어졌다. 갑자기 형 뺨이 돌아갔다.

"가려거든 가."

억눌린 소리에 형은 얼어붙었지만 가방을 들고 체육실을 걸어 나왔다. 모든 게 다 끝났다는 생각이 들었다. 끝도 없는 암울한 시간으로 형은 걸음을 옮겼다. 그러나 얼마 가지 않아 앞을 막는 다섯 명의 패거리들에게 잡혀 체육실로 돌아왔다. 수환의 모습은 보이지 않았다. 뒤이어 들어온 아이 손에는 커다란 알루미늄 주전자가 무겁게 들려 있었다.

"씨발아, 양말 벗어!"

형은 양말을 벗었다. 그 주전자 안에 있는 물이 어떤 것인지 알았다.

"씨발아, 박어!"

머뭇거리는 형 어깨에 몽둥이가 떨어졌다. 비켜 갈 수 없는 길이라는 걸 안 형은 두 발을 주전자의 좁은 아가리에 밀어 넣으며 눈을 감았다. 무지근한 느낌 뒤로 얼음에 베인 듯한 날카로운 감촉이 발바닥을 갈랐다. 뜨거운 기운이 한 움큼 목구녕으로 터져 나왔다. 발이 절로 튀어 올랐다.

"빙신 새끼."

놈 하나가 형 발을 우악스럽게 잡고는 주전자에다 쑤셔 넣

었다. 형이 몸을 비틀며 비명을 참았다. 피가 터질 것같이 붉어
진 얼굴이 일그러졌다.

"그만 빼, 빙신아!"

감각이 마비된 발을 빨리 빼지 못하자 놈 하나가 주전자를
걷어찼다. 정수기에서 받아온 뜨거운 물이 사방으로 튀었다.
물을 피해 흩어졌던 놈들은 다시 형에게로 다가왔다. 양말을
신으라고 했다. 형은 감각이 마비된 발에다 양말을 신었다.

"꺼져, 씨댕아."

형은 일어났지만 걸을 수가 없었다. 발은 허방을 딛는 것처
럼 꺾어졌다. 옆으로 고꾸라지는 형을 피하던 놈이 형 엉덩이
를 걷어찼다.

"빙신!"

순간 뒤에 서 있던 빨간 티셔츠가 달려들었다. 엉덩이를 걷
어차인 놈이 나가떨어졌다.

"씨발아, 때리지는 말랬지."

"빨리 꺼져."

형은 다시 일어났다. 발이 아려왔다. 바닥에 놓을 수가 없이
쑤셨다. 형은 쩔뚝거리며 학교를 빠져나왔다. 퇴근시간이었
다. 정문을 지나는 선생님들 누구도 형에게 관심을 보이지는
않았다. 선생님이 해결해줄 문제가 아니었다. 오히려 형이 선

생님들을 피해 잠시잠시 멈춰 섰다. 어차피 그들의 관심은 우등생을 향해 있었다. 만만한 문제아로 낙인찍힐 일은 말아야 한다. 그들은 쉬쉬하며 환부를 그대로 꿰매버리거나 파리가 꼬이게 방치하거나 아니면 호출 당한 엄마에게 자신의 스트레스를 푸는 게 다인 자들이었다. 하루를 무사히 마치는 게 전부인 것은 그들이나 학생들이나 다르지 않았다.

수환이는 여전히 형 손을 놓지 않았다.

"그냥 내 곁에만 있어. 암 것도 안 해도 돼."

아무리 주변을 살펴봐도 수환에게서 형을 보호해줄 힘은 보이지 않았다. 형은 계급장 같은 그의 팔을 두르고 여전히 급식장을 향해 갔다. 청소당번에서도 예외가 되었다. 대타를 뛰는 아이가 누구인지 알 필요도 없었다. 형은 그의 요구가 구역질나게 싫었지만 내쳐졌을 때의 상황은 생각도 할 수 없었다.

이제 수환은 형을 자신의 집으로 데려가기 시작했다. 경비초소 옆으로 호텔 로비처럼 넓은 휴게실이 있는 그의 아파트는 안전키를 몇 개나 눌러야 현관에 도착할 수 있었다. 거실은 운동장처럼 넓었다. 벽에는 몇 점의 그림과 함께 수환을 중심에 둔 가족사진이 걸려 있었다. 골프대회의 우승 트로피가 가득 들어 있는 장식장에 환하게 웃고 있는 여자 사진이 보였다.

"엄마야. 외국으로 골프여행 갔어."

"어! 그럼 밥은 누가 해줘?"

"아줌마 있어."

그랜드피아노가 놓인 수환의 방은 우리 집 전체보다 넓은 듯했다. 흰 옷장과 침대, 작은 소파, 가족사진이 담긴 액자가 놓인 책상과 각종 책들이 꽂혀 있는 책꽂이를 형은 둘러봤다. 그리고 조금 특이하게 생긴 벽을 만져봤다.

"방음벽이야. 이 방에서는 무슨 소리를 내도 괜찮아. 이것 때문에 아빠가 자주 들어오는데, 귀찮아. 두 사람이 싸울 때도 여기서 싸워."

싱겁게 웃으며 수환은 피아노 곁에서 오색 자개가 박힌 기타를 들어올렸다.

"악기 하나는 능숙하게 다뤄야 한다고……, 아빠는 기타를 배웠어."

형은 잠깐 아빠 기타를 떠올렸다. 머리를 흔들며 떠오르려던 노래를 지웠다. 수환이 기타를 형에게 내밀었다. 피아노에 다가가더니 익숙한 멜로디를 연주했다. 형은 함께 노래를 불렀다. 기타를 든 채 자신이 여자였으면 좋겠다는 생각을 어쩌지 못했다. 그러면 지금 이 황홀한 기분을 그대로 만끽해도 좋을 것 같았다.

수환이 갑자기 노래하는 형의 입술을 덮쳐 왔다. 형은 자신이 여자가 된 것 같은 기분이 들어 그와 입을 맞췄다. 그리고 침대로 갔고 그들은 무엇을 하고 있는지도 의식치 못했다.

거의 동시에 배출을 한 두 사람에게 찾아온 것은 서먹한 분위기였다. 형은 집으로 돌아왔고 다음 날부터 수환은 형 손을 잡지 않았다. 냉정한 표정으로 형 눈을 피했다. 형은 감당하기 어려운 감정에 휩싸였다. 그 의미가 무얼 말하는지 알기는 쉽지 않았다. 견딜 수 없이 떨렸다. 아이들이 자신의 행위를 빤히 들여다보고 있을 것 같았다. 영원히 더러운 놈으로 낙인찍힐지도 모른다는 불안은 형을 미칠 지경으로 내몰았다. 수환이 있는 공간에 같이 있을 수가 없었다. 그렇다고 딱히 갈 만한 곳도 찾기 힘들었다.

그때 수환이 형에게 문자로 오더를 내렸다.

'자리에서 꼼짝하지 마'

'내가 보이는 데 있어 어디도 가지 마'

형이 잠시 화장실을 다녀오느라 자리를 비워도 수환은 붉어진 눈동자를 굴리며 사방을 뒤지고 다녔다. 체육시간에도 형은 그가 보이는 곳에 앉아 있었다. 다리가 아파 잘 뛰지 못하는 형은 체육을 거의 하지 못했다.

형은 그의 오더를 말없이 수행했다. 아빠가 그분의 명령에 따라 움직이는 것처럼 형은 수환의 명령에 따라 움직였다. 집으로 오라면 갔고 시키는 대로 따르고는 돌아왔다. 학원도 갈 수가 없었다. 이미 모든 사람이 자신의 행동을 알고 있는 것 같아지자 차라리 그와 있을 때가 편해졌다. 수환이 자신을 지켜 주고 있다는 생각이 들면 위로가 되었다.

그는 끈을 놓지 않았다. 집에 돌아와서도 형은 자신의 위치를 10분에 한 번씩 그에게 알렸다. 어쩌다 늦어지기라도 하면 금방 욕설을 퍼부었다. 벗어나고 싶기도 했지만 갈 곳이 없었다. 그가 없는 곳에서는 조금도 견딜 수 없을 것 같았다. 그러나 점점 더 그에게 불려가는 자신이 창녀 같다는 생각이 들었다. 생각만 해도 헛구역질이 나왔다.

"너 임신했구나."

수학시간이 끝나자 교실 뒤쪽으로 빠져나오던 여학생이 형을 빤히 쳐다보며 고개를 갸우뚱거렸다. 형은 멍하니 체육복 위에 겹쳐 입은 여학생의 나풀대는 체크무늬 치마를 쳐다봤다. 여학생은 뒤를 돌아보며 샐쭉 웃었다. 갑자기 딸꾹질을 하는 형을 보며 여학생들이 폭소를 터뜨렸다.

"뭐야, 이젠 딸꾹질이야?"

"몇 개월부터 딸꾹질하는지 너 아니?"

그런데 형은 정말 자신이 임신을 했을지도 모른다는 생각이 들었다. 불안해졌다. 가만히 앉아 있기도 힘들었다. 죽고 싶었다. 그가 이 사실을 알면 뭐라고 할까, 형은 그것이 궁금해졌다. 형은 수환의 자리를 훔쳐봤다. 그는 핸드폰에 시선을 고정시키고 있었다. 호출이 떴다.

'일곱 시까지 집으로 와'

형은 그가 자신의 임신 사실을 추궁할지도 모른다는 생각이 들었다. 집으로 돌아온 형은 핸드폰을 꺼버렸다. 그리고 새벽이 될 때까지 게임을 했다. 엄마는 너무 늦지 말라 하고 잠이 들었다. 나는 한번 잠이 들면 일어나지 못했다.

형은 잊고 싶었다. 하지만 게임을 하면서도 임신에 대한 불안은 떨쳐지지가 않았다. 죽는 방법들이 떠올랐다. 새로 산 커터 칼이 있었다. 하지만 손목을 그었다 실패한 아이들은 많았다. 만약 실패한다면 수환에게 더 처참하게 당해야 할 것 같았다. 자신의 허락 없이 죽으려 했다는 건 도망을 의미하는 것이었다. 달리는 차에 뛰어드는 것도 위험했다. 괜히 죽지는 않고 병신만 될 수도 있었다. 형은 아파트 옥상에서 떨어진 자신의 처참한 모습에 연신 눈물을 닦았다.

다음 날에도 형은 학교를 갔다. 늦게 출발했지만 지각은 하지 않았다. 교문이 보이는 곳에 오자 뛰어가는 아이들이 나타났다. 저절로 빨라지는 걸음을 형은 억지로 늦추며 걸었다. 개천으로 들어가는 샛길에서 두 명의 아이들이 올라왔다. 형은 그들이 자신을 향해 오고 있는 것을 느꼈다.

"저기서 좀 보재."

순순히 따라갔다. 핸드폰을 끄며 막연하게나마 각오를 했다. 형은 개천가 나무의자 옆에서 또다시 교복이 벗겨졌다. 기다리고 있던 세 명까지 합세한 아이들 앞에서 형은 스스로 팬티를 벗었다. 그리고는 두 손으로 앞을 가린 채 교문 앞 회색 기둥 앞까지 걸어가 무릎을 꿇었다. 동그랗게 눈을 뜬 교복들이 형 곁을 지나갔다. 핸드폰 셔터 눌리는 소리가 들려왔다. 지각하는 아이들은 급한 걸음으로 교문을 통과했다. 그들은 형에게 깊은 관심을 둘 여유가 없어 보였다. 굳은 얼굴로 외면하며 지나가는 아이들도 있었다. 엄마에게 알려준 아이는 형이 하늘의 해를 째렸다고 했지만 형은 고개를 들지 못했다. 종종걸음 치는 발자국 소리만 밀어내고 있었다.

첫 시간 수업을 시작하는 벨이 울리고 학교 건물이 붕괴될 듯한 소음이 사라진 후였다. 녹색 운동화 한 켤레가 형 앞에 멈춰 섰다.

"이거 입고 들어가."

체육복을 내민 녹색 운동화는 형에게 임신을 했다고 놀렸던 무리 중에서 본 듯한 아이였다. 건네주는 체육복을 걸친 형은 교문을 등졌다. 흘러내리는 허리춤을 끌어올리며 학교에서 멀어졌다.

　도무지 무슨 일이 벌어졌는지 정리되지 않았다. 생각할 능력이 사라진 것처럼 멍청히 움직였다. 길을 따라 걸었다. 얼마를 걸었는지 어디를 지나왔는지 느낌이 없었다. 오래된 상가 건물이 연결된 거리는 지저분했다. 유난히 붉은 노을이 세상을 물들이고 있었다. 불안해졌다. 엉치께가 뻐근하며 발바닥이 아팠다. 그제야 형은 자신이 맨발이라는 사실을 깨달았다. 어느새 주변은 어두워졌다. 거리의 간판에 나타난 지명이 바뀌었다. 다른 도시였다. 가까운 PC방 불빛으로 향했다. 넓은 휴게실이 있을 만한 곳을 찾았다. 빨간 의자와 하얀 테이블이 있는 꽤나 깔끔한 공간에서 형은 잠에 떨어졌다.

　아침에 눈을 뜨자 형은 그곳이 낯설지 않다는 것을 느꼈다. 퉁퉁 부은 발을 한참이고 내려다봤다. 걸음이 이끌고 간 그곳은 지난번 가출 때 그를 만났던 장소였다. 몸이 떨렸다. 그 정황에도 형의 무의식은 자신을 돌봐줄 그 누군가를 찾아가고 있었다.

　PC방 야간 알바를 하던 그는 형을 단박에 알아봤다.

　"너 집 나왔지?"

　"아니에요."

　"아니긴 뭐가 아니야, 말썽 피우다 터졌구만. 도망쳤지? 너

꼬라지가 말해주는 데 뭘 생까. 갈 데 있어?"

"없는데요."

"나 따라갈래?"

"어딘데요."

"임마! 일해야 할 거 아냐. 아니야?"

"어디서 일하는데요?"

"여기저기서. 너 혼자서는 암 것도 못 해. 몇 살이야?"

형은 그의 거처로 따라갔다. 재래시장 옆, 마당이 있는 나지 막한 기와지붕 밑 구석방이었다.

"방에 아무것도 없어. 이불하고 브루스터랑 냄비, 젓가락도 김밥 집 나무젓가락이고 물컵도 종이컵이야. 그런데 재미있었 어. 형이랑 지내면 내가 모르던 다른 세계가 보이는 것 같았 어."

형은 학교가 아니라도 살 수 있는 세계가 있다는 게 약간은 안심이 되었다고 했다. 그는 형이 몸담고 있는 세계가 아무것 도 아니라고 말했다.

"임마! 나도 해봤어. 다 지나가면 아무것도 아니야. 어떡하 든지 졸업은 하는 건데, 공부하기 싫어서 놀았지. 아빠가 골프 채로 패는 바람에 대들었더니 혈압으로 쓰러지셨어. 지금도 누워 계셔……. 너, 나 따라다니며 일 좀 해라. 힘들면 들어가

서 공부하고. 안 그러면 평생 노가다밖에는 할 게 없다. 머리
좀 식히고는 들어가서 공부해. 고등학교는 졸업해야지."

아빠가 부자라 나중에는 걱정이 없다는 PC방 그를 따라 형
은 전국을 돌며 닥치는 대로 일을 했다. 그는 용역회사에다 소
개비를 주고 일을 얻는 것 같았다. 일이 없는 날은 형에게 구걸
도 시켰다. 형은 그가 시키는 일이라면 무엇이든 자신이 있었
고, 재미도 있었다고 했다. 그러다 형은 다시 학교를 가기 위해
돌아왔다. 엄마가 전학을 시켰다고 연신 문자를 보냈는데, PC
방 그가 그것을 본 후였다.

"일단 졸업하고, 그리고 힘들면 형한테 연락해."

다시 만난 그는 프로게이머를 꿈꾸며 게임에 빠져 있었다.
형은 그를 따라 게이머의 꿈을 키웠다. 낮에는 물건을 팔고 밤
에는 게임을 했다. 그와 함께하는 친구들은 형 말고도 셋이나
더 있었다. 아무것도 할 수 없을 것 같던 형에게 게임은 희망을
안겨줬다.

"건이 넌 게임에 타고났다. 민첩하지 섬세하지 판단력 정확
하지 직감 예리하지, 자식! 잘하면 너 프로선수 되는 거 시간문
제겠어."

그의 칭찬처럼 형은 빠른 시간 내에 게임에서 입지를 굳혀

나갔다. 자신이 어딘가에 필요한 사람이 되었다는 희열에 미래가 두렵지 않았다. 형은 아나운서가 불러주는 자신의 이름이 도무지 실감나지 않았다고 했다. 자신을 향한 카메라와 대형 모니터에 잡히는 메이크업을 한 얼굴은 더 꿈만 같았다. 무엇보다 이제는 엄마와 동생에게 자신의 꿈을 이야기해줄 수 있다는 게 기뻤다. 가족에게 창피하지 않은 모습이 될 수 있었다. 감히 상상도 못 했던 일이 벌어지자 형은 들떴다. 두렵지만 그 감동은 짜릿했다. 그리고 만나게 된 친구들에게서 자신이 처한 환경이 특별한 것이 아니라는 것을 알게 되었다. 세이는 영국에서, 요셉은 미국에서, 정협은 중국 유학에서 돌아왔다. 그들은 모두 친아빠가 없었고 유학을 마치지 못했다. 형은 그들과 함께 있으면 조금도 이상한 아이가 아니었다. 다른 것이 있다면, 그들은 능력 있는 엄마를 가졌다는 사실이었다. 세이는 아빠 얼굴을 본 적이 없지만, 요셉은 세 명의 남자를 아빠라 부르고 있었고, 정협은 이혼한 아빠가 돌아가시는 바람에 새엄마까지 두 명의 엄마를 각각 만나며 지냈다.

전철역 광장에서 형이 놈들 눈에 띈 것은 순전히 재수가 없어서였다.

"어! 저거, 건이지?"

"수환이 애인?"

"그러게. 저게 여길 나타났네."

"빨리 연락해봐."

"씨발, 학교 그만뒀어."

"그게 무슨 상관이야."

"빨리 잡아. 놓치겠다."

"젓같은데 잘됐네."

그들이 형을 흘끔거리며 침을 뱉어대기 시작할 때, 형은 까맣게 잊었던 몸의 기억이 되살아나는 것을 느꼈다. 현기증이 일었다. 전철역사에서 에스컬레이터를 타고 지상에 오르던 순간 형은 이미 위기를 감지했다.

하늘에는 노을에 물든 구름이 붉은 물결을 만들고 있었다. 그날 교문을 떠나며 형은 모든 것에서 떠났다고 생각했다. 학교를 떠났고 그들의 점령지인 도시를 떠났다. 이미 형은 게임이라는 다른 세계에 머물며 그것들을 잊었다. 때문에 별로 신경 쓰지 않았다. 그런데 걸음이 불편해졌다. 종종걸음이 처지고 발목이 삐끗거렸다.

"아니야!"

놈이 다가오자 형은 본능적으로 위축되는 자신을 발견했다. 그동안 잊고 있었던, 잊으려 애썼던 무력감이 온몸에 되살아났다. 그들이 부르자 발이 멈췄고 명령이 내려질 때까지 주춤

거리며 기다렸다. 한 발자국도 그들에게서 달아나지 못했다는 사실에 눈물이 나왔다.

"씨댕아."

형은 한 놈에게 소매를 잡힌 채로 힘없이 끌려갔다. 달아날 엄두도, 소리를 질러 구원을 요청할 엄두도 나지 않았다. 조금이라도 덜 맞아야겠다는 궁리만 앞섰다.

역 광장을 벗어났다. 산책로가 보이는 잡풀이 무성한 땅이 나왔다. 뒤쪽으로 몇 동의 무너진 비닐하우스가 음산했다. 찢어진 검은 비닐 사이로 짐승의 뼈 같은 철제가 보였다. 죽을 수도 있다는 생각이 들었다. 놈들은 어디서 주워들었는지 각목을 질질 끌며 다가왔다. 형은 정신이 몽롱해졌다.

"잘못했어. 용서해줘. 다시는 안 그럴게."

"씨댕아, 뭘 잘못했는데? 뭘 잘못했냐구!"

연신 히죽히죽 웃는 놈의 이빨이 뭔가 이상했다.

"잘못했어, 잘못했다고. 잘못했다니까."

"씨발아, 니가 뭘 잘못했냐니까, 넌 잘못한 거 없어. 그게 잘못이야!"

놈들은 억지스럽게 웃었다. 앞니 한 개가 긴 덧니로 덮인 놈이 형을 향해 팔을 올렸다. 등을 후려치는 각목에 형은 고꾸라졌다. 놈들은 이미 이성을 잃어버린 것 같았다. 미친 듯이 질러대는 발길에 형은 죽은 개처럼 무참히 밟혔다.

"씨발! 오른쪽!"

"상철아, 손모가지 끊어버려."

"씨발!"

널브러진 형은 둔탁한 충격이 가해진다는 것을 느꼈다. 그런데 수환이가 떠올랐다. 수환이라면 이 상황을 막아줄 수도 있다는 생각이 들었다. 형은 수환이에게 상철이란 이름을 말하고 싶어졌다. 짓눌린 풀들이 희미하게 멀어지는데 한 놈이 형 얼굴에다 침을 뱉었다. 노을이 물러가는 하늘에서 벌떡 일어선 어마어마한 덤프트럭 하나가 세 놈을 향해 달려오고 있었다. 형은 웃었다.

"씨발, 죽은 것 같은데? 야, 튀어!"

24

고모를 따라 검은 유리가 가득 덮인 우주 기지국 같은 건물에 도착했다. 이 건물 3층에 시의원 사무실이 있다고 했다. 건물에 들어가자 '시민을 위하는 시정'이라는 포스터가 곳곳에 붙어 있었다. 나는 이리저리 헤매는 고모를 따라 공항 같은 건물을 종종걸음으로 오갔다. 건물에서 만나는 공무원들은 한결같이 권위적인 냄새를 풍겼다. 건물에 어울리는 행동을 하려드는 그들이 불편했다. 우리는 에스컬레이터를 탔다. 오르는 길에 유리벽으로 된 도서관과 스포츠센터가 보였다. 고모는 에스컬레이터에서 조금 떨어진 곳에서 '최청탁 시의원 사무실'이라는 명패를 발견했다.

문을 열자 책상에 기댄 두 명의 젊은 남자와 여자가 소파에 앉은 중년남자와 이야기를 나누고 있었다. 들어서는 우리를 보자 여자가 고개를 돌렸다. 책상에 엉덩이를 걸친 채 물었다.

"어떤 일이세요?"

"네, 의원님 좀 뵈러 왔습니다."

"몇 시 약속이신가요?"

"약속은 잡지 않았어요. 급히 뵐 일이 있어서요."

"그럼 곤란하죠. 의원님, 약속 없이는 못 만나십니다."

고모는 잠시 난감한 표정을 짓더니 소파에 앉은 남자 곁으로 가 주저앉았다.

"전화 통화 좀 연결해주시겠어요?"

"대외적인 시정활동 중이시라 곤란합니다."

"여기도 시정이라고 전해주세요. 청소년폭력에 대한 시정. 최수환 학생 문제라고만 말씀드리면 아실 거예요."

"수환 학생요? 무슨 일이신데요?"

여자가 안으로 사라졌다. 고모는 탁자에다 신문을 펴고는 요란한 소리를 내며 넘겼다.

"들어가 보세요."

안에서 나온 여자는 고모에게 턱짓을 했다. 앞장선 여자 뒤를 따라 안으로 들어갔다. 작은 방 하나를 더 지나자 확 트인 공간이 나타났다. 태극기가 중앙에 걸린 커다란 방에는 어마어마한 원탁이 놓여 있었다. 테이블 한쪽 끝에서 의자에 비스듬히 등을 기댄 남자가 우리를 지켜봤다. 머리숱이 뒤로 밀려난 남자는 고모의 차림새를 힐끔거렸다. 고모는 조금 거리를 둔 의원의 측면 의자에 안내되었다.

"어떻게 오셨습니까? 수환이 일이라고요?"

고모는 다시 자리에서 일어나 의원에게 인사를 했다. 그리고 내게도 인사를 시켰다. 나는 계속 두리번거렸다. 여러 가지 화분들이, 넝쿨식물이, 긴 창가를 장식하고 있는 게 아름다워 보였다. 식물원처럼 부드러운 햇살이 대형유리를 통해 들어오고 있었다.

"어떻게 말씀드려야 할지 모르겠습니다만, 저는 아드님한테 구타를 당한 건이라는 아이 고몹니다. 엄마가 와야 순선데, 애 엄마가 지금 제정신이 아니라서요. 거두절미하고 말씀드리면 아드님 사주를 받은 애들 세 명이 우리 건이를 죽이려 했다는 겁니다."

"아니, 잠깐! 아주머니, 말 함부로 하지 마세요. 말씀 정확하게 하세요. 나중에 큰일 당하지 마시고. 우리 애가 깡패를 사주했다고요? 우리 애가요? 원, 말이 되는 얘기를 하셔야지요. 수환이 걔, 태어나서 싸움질 한 번 안 한 앱니다. 무슨 말씀을 하시는 겁니까? 수환이가 깡팹니까?"

"이런 말씀 드리기 저도 민망합니다만, 아드님에게 동성애적 성향이 있다는 거 모르시죠?"

"어허! 말씀 함부로 하는 게 아니라고 하지 않았습니까. 지금 무슨 소설 쓰십니까?"

"소설이었으면 좋겠습니다, 저두요. 하여튼 그건 나중에 아드님한테 알아보시고요. 우리 건이, 아드님 때문에 학교 그만두고 집 나갔다가 며칠 전에 돌아오는 길에 동네서 당했어요. 경찰 수사 의뢰해야 하는데 그게 아이들 일이라……. 우선 의원님께 말씀드리는 게 순서라는 생각이 들었습니다."

"어허! 아주머닛!"

"지금 아드님 때문에 한 집안이 쑥대밭이 됐다는 것만 기억하세요. 의원님 지역에 있는 시민입니다. 잘 알아보시구요. 아이가 정신을 좀 차리면 법적 조치를 취하려 합니다. 그만 일어나겠습니다."

"말씀 함부로 하는 게 아니라는 데도요. 어디서 깡패 새끼들한테 언어맞고서는 우리 애한테 덤터기를 씌웁니까? 이거 명예훼손에다 무고죕니다. 아시죠?"

붉게 얼굴이 부풀어 오른 의원이 전화기를 들었다.

"김 변호사 좀 연결해."

고모는 굳은 표정으로 병원으로 돌아왔다. 엄마는 고모를 보고도 아무 말이 없었다. 나는 걱정이 되었다. 고모가 괜한 짓을 한 것 같았다. 엄마에게까지 무슨 일이 생기지 않을까 불안해졌다.

"기다려보자. 알아보겠지. 가만있을 수는 없잖아. 일단 건드렸으니까, 나는 가볼게. 운동가야 해."

고모가 떠나자 나도 집으로 돌아왔다. 아무도 없는 곳에서 생각을 정리해보고 싶었다. 도무지 우리가 어디로 떠내려가고 있는지 알아야 했다.

아파트가 나타나자 반가웠다. 집이 있어 참 좋다는 생각이 들었다. 현관문을 밀고 들어섰다. 고약한 냄새가 코를 찔렀다. 냄새나는 곳을 찾아 쿵쿵거리며 집 안을 살폈다. 냄새는 어디서든지 맡아졌다. 집 안을 몇 바퀴 돌았다. 그러다가 거울에 비친 이상한 모양을 발견했다. 돌아서서 낯선 모양을 향해 멈췄다.

떨어진 부챗살처럼 앙상하게 뼈만 남은 하얀 꼬리지느러미였다. 나는 고개를 갸웃거렸다. 등지느러미까지 너덜너덜 떨어져 나갔는데 그 떨어져 나간 조각들이 보이지 않았다. 균형이 잡히지 않아 한쪽으로 기우뚱 기울어진 붕어는 힘없이 흔들렸다. 그때였다. 흔들리는 지느러미 곁으로 빨강 붕어가 다가갔다. 그러고는 너덜거리는 붕어의 눈을 쪼아대기 시작했다. 나는 급히 주먹으로 어항을 마구 두드렸다. 이럴 수는 없었다. 어쩌자고……. 먹이를 받아먹던 귀여운 아가미였다. 아무도 모르게 친구를 물어뜯는 깡패일 수는 없었다.

물의 압력으로 탄탄한 어항은 꿈쩍을 하지 않았다. 여전히 붉은 아가미는 도망도 못 가는 친구를 향해 달려들었다. 분노가 명치를 치며 올라왔다. 풍덩, 어항에다 손을 담갔다. 미지근한 물은 불쾌했다. 빨강 붕어를 쫓아갔다. 놈은 재빠르게 내 손아귀를 빠지며 달아났다. 미끈한, 기분 나쁜 감촉이 손에 남았다. 부르르 몸이 떨렸다.

나는 주방으로 달려갔다. 수돗물을 틀어 손을 씻고는 서랍을 열어 젖혔다. 튀김 뜰채가 보였다. 그것을 움켜쥐고 어항으로 달려갔다. 단숨에 빨간색을 건져 올렸다. 붕어도 놀랐는지 조금 퍼덕거렸다. 가스레인지를 틀었다. 퍽, 소리와 함께 파란 불꽃이 솟구쳤다. 강렬하게 치솟는 불꽃 위로 붕어를 던졌다. 검은 열판 위로 떨어진 붕어는 미친 듯이 튀었다. 불꽃이 연신 붕어에 닿았다. 몸을 한 번 크게 말았던 붕어는 불꽃을 통과해 바닥으로 떨어졌다. 나는 팔딱이는 놈을 나무젓가락으로 밀어 채에 담았다. 다시 불꽃에 던졌다. 튀어 내렸다. 다시 붕어를 담은 채를 불꽃 위에서 뒤집었다. 비릿하고 고약한 냄새와 검은 연기가 났다. 채를 잡은 손등으로 뜨거운 열기가 뻗쳐 왔다. 얼른 불을 껐다. 타다 만 붕어를 집어냈다. 주방 쓰레기통을 열자 코를 쏘는 냄새가 올라왔다. 즙처럼 풀어진 오이껍질 속에다 붕어를 던졌다. 검은 비닐봉지를 휴지통에서 꺼냈다. 그것을 말아 쥐고 밖을 향해 걸었다. 현관을 나서다 어항에서 하양 붕어를 건져 마저 봉투에 담았다. 보기 싫었다.

거울에 비친 굳은 내 표정이 낯설었다. 나는 아파트 단지 뒤편에 있는 커다란 회색 쓰레기통 안에다 봉지를 깊숙이 던졌다. 크레파스를 씹어 먹은 것처럼 입안이 닝닝하며 뻑뻑했다. 빈 가슴으로 매캐한 기운이 퍼졌다. 무언가 소중한 것을 버렸다는 기분이 들었다. 냄새나는 오이껍질도, 붕어도 아니었다. 오래전부터 내 마음속에 있었던 그 무엇인 것 같았는데 빨리 생각나지 않았다. 바람이 쓸쓸하게 느껴졌다.

다음 날 하굣길에 나는 병원부터 들렀다. 엄마는 형이 남긴 병원 밥으로 끼니를 때우는 중이었다. 병실로 들어서는 나를 알아보는 것 같지도 않았다. 나는 병실 문간에 있는 의자에 앉아 텔레비전을 봤다. 시간마다 똑같은 뉴스가 반복되었다. 나와는 상관없는 일들이었다. 그래도 바라봤다. 머리는 복잡했고 집에 가고 싶지도 않았다. 엄마와 함께 있고 싶었다.

오후에 고모가 다시 들렀다.

"변호사란 놈이 전화했더라. 증거 없으면 무고죄로 집어넣겠다고. 건이가 깡패 새끼들 얼굴은 기억할 거 아니야?"

형은 고모가 다가가자 모른다고 이불을 뒤집어썼다. 온몸을 버들버들 떨며 발작 증세를 일으켰다. 고모가 걸음을 멈췄다.

"세상에 맙소사! 이걸 어쩌냐, 대체!"

나는 떠듬거렸다.

"상천이가 알아요."

"상천이? 걔가 누군데?"

"수환이가 지시했댔어요. 보기만 하면 죽여도 된다고요."

"글쎄, 상천이가 누구냐니까?"

"전학 간 앤데, 찐이에요."

"초등학생이야? 초등학생이 중학생들을 어떻게 알아? 말도 안 된다야. 이건 대강대강 해서 될 일이 아니야."

고모가 걸려 온 전화를 엄마에게 넘겼다.

"변호사란다."

"여보세요? ……네, 제가 엄맙니다. ……잘 모릅니다. ……모른다니까요. ……제가 뭘 했다구요? ……맘대로 하세요. 별로 살고 싶지도 않습니다."

엄마는 고모에게 다시 전화를 건넸다. 마무리는 역시 고모가 했다. 고모는 엄마를 안타깝게 쳐다보다가 버럭 소리를 질렀다.

"미경아! 정신 차려야지. 왜 이래, 대체?"

"다 잡아 치넣기 전에 조용히 하래. 그러면 의원님이 한번 방문하시겠다고……."

"이럴 때 숙자는 어디 갔는지 몰라. 뭔 일인지 완전히 종적을 감췄어……. 핸드폰만 끊으면 찾을 길이 없으니, 원. 출강하던 학교에서도 모른다 하고……."

며칠 뒤 단정한 차림의 남자가 엄마를 찾아 병실로 들어왔다.

"건이 어머님이시죠?"

멍하게 창밖을 보던 엄마가 일어났다. 허깨비 같은 그녀를 확인한 남자는 누워 있는 형에게로 다가가 허리를 굽혀가며 이런저런 것들을 살폈다. 그러고는 천천히 병실을 돌았다. 다른 환자들과 보호자들을 눈으로 체크하더니 만족한 듯 고개를 끄덕이며 물러갔다.

그가 나가고 채 30분도 안 되었다. 카메라를 든 두 명의 남자가 그 남자의 뒤를 따라 병실로 들어섰다. 이어지는 부산한 발자국 소리와 함께 최 의원이 열린 병실 문으로 들어섰다. 그는 입구의 보호자들부터 일일이 악수를 나누며 병실을 한 바퀴 순회했다.

"아이고! 고생 많으십니다. 누가 건이지? 응? 거기! 알았어."

최 의원은 허리를 연신 굽히며 한 발자국씩 앞서 안내하는 남자를 따라 형 침대 곁으로 다가섰다. 병실의 모든 눈이 그들에게로 쏠렸다.

"건이 어머니, 상심이 크시겠습니다. 어쩌다 우리 구역 안에서 이런 불미스러운 일이 발생했는지 모르겠습니다. 시민을 보호하지 못한 제가 책임이 크지요. 통감합니다. 애들이란 원래 싸우면서 크게 마련인데, 요즘 애들은 이게 정도가 지나쳐서요. 학교를 떠난 불모 지역에 있는 청소년들을 관리할 기관이 없다는 거, 이게 참 난감한 일입니다. 빨리 청소년보호기관이 활발하게 활동을 해야 하는데……."

엄마와 형은 두 눈만 멀거니 뜬 채 그들이 하는 짓을 지켜봤다. 고모는 출입구에 기대섰다. 형 침대가 그들 손으로 깨끗하게 정리되었다. 엄마가 그 앞으로 불려 갔다. 형 얼굴이 보이게 세워진 엄마 앞에 최 의원이 들어섰다. 엄마는 카메라맨의 지시에 따라 그가 내미는 봉투를 몇 번의 연습 끝에 넘겨받았다. 카메라를 향해 돌린 얼굴로 웃고 있는 최 의원과 수척한 엄마 모습은 어디서든지 볼 수 있는 불우이웃돕기성금 수여 장면이었다. 환자들과 다시 악수를 나누며 최 의원 일행은 병실을 빠져나갔다. 고모가 엄마 손에 들려 있는 봉투를 열었다. 봉투 속에는 은행권 수표 한 장이 들어 있었다.

"대민봉사 다녀갔구나."

고모 말에 엄마는 창밖으로 고개를 돌렸다. 그리고는 오히려 내게 물었다.

"현아, 밖에 비 오니?"

"오늘 비 온다고 했어요?"

혀를 차던 고모는 운동을 한다며 돌아가 버렸다.

퇴원을 하고 돌아왔지만 형은 다시 팀으로 복귀하지 못했다. 팀들과 온라인게임을 시도했지만 번번이 실격을 당했다. 형은 손가락 움직임을 빠르게 하는 게임을 열고 연습을 시작했다. 다친 손목뼈와 인대가 제대로 움직여주지 않는 듯했다. 형은 다시 욕설을 뱉기 시작했다. 엄마는 잠만 잤다. 밀렸던 잠을 자야 할 사람처럼 일어나지 않았다.

새벽이 되면 형도 잠이 들었다. 아무도 내가 학교에 가는 것을 보아주는 사람은 없었다. 나는 전연 숲속의 향기 같지 않은 시끄러운 전자 알람음 〈숲속의 아침〉으로 눈을 떴다. 얼른 세수를 하고 집을 나섰다. 그제야 내가 숨을 쉬고 있다는 실감이 났다. 바깥 공기는 신선했다. 첫 번째로 교실 문을 열고 들어서는 기분은 특별했다. 나는 가방을 책상에 두고 모든 창문을 열어 바람을 맞았다. 그리고 들려오는 소리에 귀 기울였다. 달려오는 발자국 소리, 친구를 부르는 경쾌한 소리, 나누는 인사들, 장난치며 달아나는 웃음소리들……. 가슴의 무게가 덜어져 나가는 게 좋았다. 나는 아이들이 모인 곳으로 다가갔다. 책상 위를 뛰며 술래잡기를 했다.

엄마가 권사인 석진이 놈이 어느 날 교실 뒤쪽으로 찾아들었다. 시비를 거는 놈의 얼굴에 사정없이 헤딩을 날렸다. 놈보다 키가 작은 내가 단번에 놈을 제압할 수 있는 건 박치기밖에 없었다. 코피가 터지자 놈이 울었다. 어깨가 나보다 높은 놈이었는데 물러났다. 나는 지지 않겠다고 이를 악물었다. 지면 영원히 패배자가 되는 것이었다. 건들거리는 놈들을 몇 명 더 박아줬더니 아이들이 비켜나기 시작했다.

"돌대가리!"

나는 그 별명이 부끄럽지 않았다. 교실 앞줄에 앉는 키 작은 아이들이 이온음료를 건네며 비굴하게 웃고 있었다. 내 곁을 아이들이 맴돌기 시작했다. 한 번도 만져보지 못한 고급 샤프펜을 가져오는 아이가 생겼다. 초콜릿이 책상 위에 놓였고 하굣길에는 피자쿠폰을 들고 앞장서는 걸음을 따라갔다. 나는 그들이 내 앞에다 세우는 아이들을 상대했다. 다행히 아이들은 내가 박치기로 승부 내기를 바라고 있었다. 나는 소문대로 바위도 깰 수 있는 대가리를 유감없이 발휘했다. 그러나 그들의 믿음처럼 내 머리는 돌이 아니었다. 그들과 다른 게 있다면 고통을 참아야 할 분명한 이유가 있다는 것이었다. 그것뿐이었다. 그리고 언제라도 놈의 얼굴을 향해 대가리를 날려줄 준비가 되어 있었다. 단, 먼저 공격하는 일은 없었다. 어느새 내 앞을 가로막는 그림자는 사라졌다. 나는 돌대가리였다.

형은 생라면만 빠스락대며 씹었다. 엄마는 가끔씩 물만 마시고는 그만이었다. 빈 쌀통은 채워지지 않았다. 나는 엄마가 내미는 돈으로 김밥과 라면을 사왔다. 형은 미친 듯이 김밥을 먹어 치웠다. 엄마와 나는 안중에도 없었다. 엄마는 그런 형을 멀거니 지켜보다가 손을 놓았다. 나는 라면을 끓였다. 라면을 끓여 식탁에 올려놓고 엄마를 일으켰다. 한번 잠든 엄마는 좀처럼 일으키기 힘들었다. 면발은 쉽게 불어버렸다.

"난 됐어. 너나 먹어."

엄마가 간신히 눈을 뜨고는 나를 밀어냈다.

나는 주방으로 나와 숟가락으로 라면을 퍼먹었다. 불어터진 라면에서는 된장 냄새가 났다. 찌꺼기 하나 남기지 않고 다 먹어 치웠다. 그러면 이상스런 허기가 몰려왔다. 속이 비었을 때와는 다른 헛헛함이, 텅 빈 창고 같은 허전함이 달려들었다. 나는 급히 흐르는 물에 냄비를 대충 헹구고는 물을 받았다. 가스레인지에 올리고 불을 붙였다. 라면을 삶았다. 라면이 미처 익기도 전에 면발을 집어 입에 넣었다. 젓가락으로 잡았던 라면발이 냄비 안으로 떨어지면 뜨거운 물이 튀었다. 비명을 질렀지만 입 밖으로 나가지 않았다. 건더기 스프도 넣지 않은 라면을 다시 먹었다. 배가 부르지 않았다. 다시 라면을 끓여 신문지가 깔린 식탁으로 왔다. 신문지에 떨어진 까만 국물 자국을 손톱으로 팠다. 코끝에 맺혔던 눈물이 떨어졌다. 눈물인지 국물인지 구분이 되지 않는 까만 얼룩을 후볐다. 면발이 불어나면서 국물이 사라졌다. 나는 다시 숟가락을 들었다. 같이 밥 먹을 사람이 있다는 건 참으로 행복한 일이었다.

"학생, 이 사람 엄마 맞지?"

경비 아저씨가 신문지를 들고 현관 입구로 들어가는 나를 따라왔다. 나는 아저씨가 펼쳐 들고 가리키는 곳을 봤다. 침대에 앉아 있는 형 얼굴, 그 뒤로 낯익은 병실 사람들, 웃고 있는 최청탁 의원의 손에 들려 있는 흰 봉투를 맞잡은 엄마의 손.

'최청탁 시의원 지역구 불우청소년 방문 위로금 전달'

"아닌데요, 우리 엄마."

"그래? 이렇게 똑같이 생긴 사람이 또 있나?"

나는 엘리베이터를 향해 가다 계단 중턱에 걸쳐놓은 시정소식지 한 부를 집어 들었다. 곧 엘리베이터 거울 밑에다 집어 던졌다. 엄마에게 보여줄 수는 없었다.

엄마는 이삿짐을 꾸렸다. 재활용품장에서 빈 박스를 가져다 물건들을 담고는 노끈으로 꼼꼼하게 매듭을 만들며 거실에 쌓아놓았다. 그러다가 다시 박스를 풀어 필요한 물건을 꺼냈다.

"어디로 가요?"

"어디로든 가야지."

"어디로 가실 생각인데요?"

"글쎄, 어디로든 가야지. 우리 세 식구 살 데가 없겠니?"

"학교는?"

"어딜 가든 학교야 있겠지."

형 치료비를 만들며 우리 집은 전셋집에서 사글세로 바뀌었다. 하지만 수입이 없는 엄마는 매달 지불해야 하는 월세를 낼 능력이 없었다. 월세가 밀리기 시작하며 엄마는 집주인의 독촉에 시달렸다. 집주인은 집을 비워달라며 수시로 찾아오고 있었다.

엄마가 채운 박스가 사방에 쌓이며 거실 공간은 사라졌다. 엄마는 몇 날이고 이삿짐을 꾸렸고, 때문에 집 안은 널린 살림살이로 어수선해졌다. 나는 엄마를 따라 박스에 짐을 담았다. 책들과 학용품과 옷가지들을 손에 들리는 대로 집어넣었다.

"현아, 그냥 둬. 천천히 엄마가 하게."

나는 엄마가 힘들지 않게 더 열심히 거들었다. 그 노력이 엄마의 세상에서의 시간을 줄이는 일이라는 것을 꿈에도 생각지 못했다.

바닥은 발 디딜 곳이 없을 정도로 짐들로 빼곡해졌다. 선물로 받은 색종이 학, 실로폰, 딱딱이, 오래된 게임시디, 선물용

빈 상자들을 버려야 할지 가져가야 할지를 나는 고민했다. 내 물건까지 박스에 담기자 집 안에는 더 이상 담아야 할 물건이 보이지 않았다.

짐들을 둘러보던 엄마가 슬며시 몸을 일으켰다. 박스를 피하며 현관으로 향하더니 슬리퍼를 신고는 조용히 문을 밀쳤다. 나는 박스가 더 필요한가, 생각했다. 싱크대 위에 걸터앉은 채 발장난을 치며 나는 우리가 이사 갈 곳을 떠올려 보았다. 고모가 없는 엄마도 상상해봤다. 상상이 잘 되지 않았지만 이제 고모는 우리가 도저히 따라갈 수 없는 곳으로 떠날 것이었다.

무언가 무거운 것이 떨어지는 둔탁한 소리가 들렸던 것 같았다. 멀리서 다가오던 구급차 소리를 들은 것도 같았다. 아파트 아래 화단 쪽에서 조금 웅성거리는 소리가 들려왔다. 나는 신경 쓰지 않았다. 그걸 신경 쓰기에 거실은 너무 엉망이었다. 움직이기가 힘들었다. 누군가 걸리지도 않은 현관문을 두드려대기 시작했다. 순간, 나는 그동안 들렸던 그 불안했던 소리들이 나를 향하고 있었다는 사실에 숨이 멈췄다. 머릿속이 하얗게 바랬다.

비대해진 형 손을 잡았다. 형은 두려움으로 걸음을 잘 옮기지 못했다. 이삿짐 박스를 간신히 빠져나와 긴 복도를 통과했다. 6호 할머니가 열린 현관문으로 형과 나를 멀끄러미 쳐다봤다. 경비 아저씨가, 그리고 주민 몇 명이 형과 내가 가는 길을 비켜줬다. 큰길에 나서자 나는 건널목을 건넜다. 여주동 마을로 걸었다. 붉은 플래카드와 운동가요를 들으며 논길을 걸었다. 엄마 농원이 있던 자리를 지났다. 별장 같은 회색 건물도 지나쳤다. 노랗게 물들기 시작하는 잎들이 보였다. 숲을 지났다. 다행히 담배를 피우며 데이트를 하는 아이들은 없었다.

"병원으로 가니?"

경비 아저씨 목소리가 내내 따라오고 있었다.

밤나무 숲은 어두운 그림자로 물들어갔다.

"엄마는?"

형이 걸음을 멈추며 불안하게 물었다. 핏기 없는 멀건 얼굴을 마주 보고 나는 멈춰 섰다.

"형! 잘 들어. 이제부터 우리한테 엄마는 없어. 나랑 형밖에는 없어. 알아들었지?"

형이 물끄러미 내 얼굴을 바라보며 웃는 것 같았다.

"엄마는 나비가 됐어. 하얀 나비. 숲에서 날아오던 하얀 나비…… 내가 형을 보호해줄 거야. 이제는 아무도 못 건드려."

검은 숲길을 걸었다. 차진 흙이 다져진 둔덕에 도착했다. 루핑지붕이 희미하게 모습을 드러냈다. 무성한 벚나무그림자 사이에 노란 사각 불빛이 떠 있다. 나는 그곳으로 향했다.

다음 날 엄마의 행방은 중앙지 사회면에 한 줄로 떴다.

'생활고를 비관하던 40대 주부 아파트 옥상에서 투신하다'

25

산 밑에 축사처럼 허름한 공장이 나타났다. 멀리서도 활기가 느껴진다. 나는 시멘트 블록담장 끝에다 차를 세우고 공장으로 들어갔다. 멀리서도 비릿한 육류가공 냄새가 맡아졌다. 잠바 차림의 젊은 남자가 출입문 쪽에서 걸어 나왔다.

"이 대리님 오십니까?"

"네, 잘 지내셨지요?"

"정신없습니다. 제 손으로 밥숟가락만 들 수 있어도 다 긁어모았는데 손이 모자랍니다."

공장 안으로 들어간 나는 우선 사진부터 찍었다. 회사에서 제일 중요하게 생각하는 건 위생이다. 가공 처리한 상품에 상표를 붙이는 일은 일일이 수작업으로 이루어졌다. 경로당을 방불케 하는 포장파트를 마지막으로 식당으로 향했다. 밥과 반찬을 배식 받아 식탁에 앉았다. 미역국과 김치, 감자조림, 구이김, 호박볶음 나는 고등어조림을 듬뿍 담았다. 공장장이 내 곁으로 식판을 들고 왔다.

"일찍 떠나시느라 식사를 못 하셨지요?"

"네에, 뭐…….

"요즘 본사는 어떻습니까? 좀 시끄러운 것 같던데…….

"윗사람들 일일걸요."

공장장은 밝게 웃었다. 갑자기 밀려드는 노인들에게 자리를 양보하고 우리는 자리를 떴다. 배웅을 나온 걸음을 급히 돌려놓고 나는 차로 향했다. 연신 트렁크에 신경이 쓰였다. 놈이 발버둥이라도 치면, 회사로 전화를 걸어 방문이 완료된 것을 알렸다. 키를 꽂아 후진으로 차를 큰길까지 뽑았다. 파란 트럭 하나가 길 입구에서 내 차가 나오기를 기다리고 있었다.

푸른 여주동은 흔적 없이 사라졌다. 작고 하얀 연꽃은 더 이상 피지 않는다. 사거리에서 우회전을 한다. 어김없이 국회의원 입후보자 포스터가 긴 벽에 즐비하게 붙어 있다. 속도를 줄이며 얼굴 하나를 찾는다. 승리당 최청탁 의원, 기호 2번이다. 나는 기호 1번인 엄정한 의원이 정의당인 것을 다시 확인한다.

아파트란 건물은 잘 변하지 않는다. 마지막으로 엄마가 살았던 건물을 향한다. 도색을 하려는지 방수액으로 어지러운 단지로 들어선다. 구불구불 발라놓은 칠들이 마치 큰 거머리가 달라붙어 피를 빼는 것처럼 흉측스럽다. 정문 차단기가 열려 있다. 경비실은 비었다. 아파트 앞 주차장에 차를 세운다. 화단은 굵은 나뭇가지로 덮였고 주민들이 내놓은 화분들이 바닥을 지켰다. 익어가는 이름 모를 작은 열매가 애틋하게 엄마 모습과 겹친다. 엄마는 내게 농원으로 남아 있다.

급히 주변을 살핀다. 짐을 운반하는 수레가 경비실 벽에 서 있다. 녹슬었지만 우리는 저것을 빌려 쌀을 옮기고는 했었다. 나는 자동차 유리벽을 통해 주변의 움직임을 감지한다. 여전히 사람들이 뜸하다. 개살구나무가 있는 건물 뒤로 뻥 뚫린 하늘이 눈에 들어왔다. 주변의 움직임을 미리 예상하며 나는 경비실로 발을 옮겼다. 자연스럽게 걸어야 한다. 배달을 온 종업원처럼 바쁜 듯 다가가 짐수레를 집어 온다.

차 트렁크를 열어도 놈은 꿈쩍 않는다. 한쪽 어깨를 이용해 들어낸 놈을 수레에 끈으로 고정시킨다. 엘리베이터를 향해 묵직이 밀어간다. 바퀴 소리도 무겁게 끌린다. 엘리베이터 문이 열리며 정면을 향해 두 명의 아이가 튀어나온다. 날렵하게 짐을 피해서는 앞을 향해 달리는 아이들에게 정신을 빼앗겼던 나는 열린 문으로 수레를 밀고 들어선다. 다행히 15층까지 엘리베이터를 세우는 사람은 없었다.

철문 열리는 소리가 신경을 긁었다. 페인트가 칠해진 넓은 초록 바닥이 나타났다. 회색 작업복과 수건 몇 개가 널린 젖은 빨래건조대를 지나친다. 노란 토마토와 붉은 토마토, 하얗게 병든 토마토가 제각각인 세 개의 화분을 향한다. 누군가 내놓았을, 모두 벌레 먹어 오그라든 잎을 달고 있는 그곳으로 수레를 밀어간다.

드물게 각진 곳이다. 조망권을 위해 기역자로 지어진 건물 옥상은 부메랑 같은 모양을 하고 있다. 그 한쪽에서 몸을 말았던 소년의 등에도 비가 내렸었다. 오지 말아야 한다고 했지만 나는 몇 번이고 이 자리에 다시 섰다. 엄마처럼 나비가 되고 싶었다. 붉은 달빛이 안개에 스며들었다. 하늘에서 내려다보면 우리의 풍경도 포근해 보일지 모른다.

형은 110킬로가 넘게 살이 쪘다. 종일 먹을 것을 찾아 집 안을 뒤집는다. 내가 식품회사에 취직해 포장부를 맡은 데는 이유가 있었다. 반품되는 물건을 가져가기에 그만큼 좋은 자리는 없었다. 반품이 없는 날에는 나는 회식을 하며 알게 된 생고깃집으로 갔다.

"우리 개 줄 고기 좀 챙겨주세요."

"어쩜, 그 개는 주인도 잘 만났네."

종업원이 식탁에서 남긴 고기조각들을 긁어모은 비닐봉지를 건네면 나는 그것을 기쁘게 받아 들고는 집으로 돌아온다.

형은 세 살 정도의 인격으로 퇴화되었다. 웅얼거리던 리듬이 살아난다. 언제쯤부턴가 형은 종일 한 소절의 음만 읊조렸다. 그냥 나오는 노래겠지, 하면서도 곤두서는 신경이 다스러지지 않는다. 소리를 애써 외면했다. 꼭 주문을 외우는 것만 같은 그 소리가 이미 내 가슴에도 깊이 흐른다는 게 나는 피곤하다.

누런 포대를 묶었던 비닐 끈을 자른다. 놈이 꿈틀거린다. '마음대로 죽을 수도 없는 몸이라는 게, 그게 어떤 것인지 너는 곧 알게 될 거다. 타의에 의해 통제 당하는 세상을 너는 맛보게 될 것이다.' 포대를 벗겨내자 놈의 축축한 상체가 드러났다. 땀으로 범벅이 된 놈의 얼굴이 붉게 부어있다. 나는 칼끝으로 놈의 입에 붙였던 테이프를 뜯는다. 순식간에 붉은 피가 입가로 몰린다. 핸드폰 동영상 버튼을 누르는데 딸꾹질로 손이 떨린다.

"너 내가 누군지 알지?"

"건이, 건이잖아."

"그래, 내가 건이다."

"건아, 그거 장난이었어. 너도 알잖아. 장난 좀 친 걸 가지고 왜 그래? 나만 그런 것도 아니잖아. 학교 다닐 땐 다 그러고 놀 았잖아. 그걸 가지고……."

"장난? 그게 장난이라고?"

"다 지난 일을 가지고 왜 이래?"

"누가 지났대? 어떤 씨발놈이 지났대? 그때 니들이 차고 놀던 게 뭔 줄이나 알아?"

나는 두려움으로 버들거리는 놈의 얼굴을 걷어찼다. 방구석에서 한 발자국도 밖으로 나오려 하지 않는 형을 놈은 알기나 할까. 자신의 장난이, 우월감이 짓뭉개버린 한 인간을 알아나 볼까. 감히 상상이나 할 수 있을까. 놈은 내가 형인 줄 안다. 아니, 내가 형이 아닌 줄 알기에 여기까지 왔다. 어쨌든 나는 건이가 되어 놈을 상대해야 한다. 원수를 사랑하는 우월자의 아량을 보여줘야 한다.

"별거 아닐 거야. 땅에 닿기 전에, 네 머리가 박살나기 전에 넌 이미 죽어 있을 거야. 한방에 끝나버리지. 너도 알고 있지? 아마 니들이 나한테 가르쳐준 것 같은데, 옥상에서 떨어지는 게 그래서 좋다고."

나는 막막하고 어둑한 아래로 시선을 옮긴다. 잎이 무성한 화단은 베란다 불빛으로 희부옇다. 퍼렇게 동공이 풀린 놈이 묶인 엉덩이를 밀며 출입문 쪽을 향해 움직인다. 나는 놈보다 한 걸음 앞쯤에 있는 물웅덩이로 다가가 조용히 칼에 빗물을 적셨다.

"살려줘! 살려줘, 건아!"

"너지?"

"아니, 아니! 내가 아니야. 건아, 내가 아니야. 우진이랑 수창이도 다 꼬붕이야. 알잖아, 우리는 그냥 시킨 대로…… . 정말이야!"

"그럼 누구냐?"

핏물이 번진 눈과 시선을 맞추자 이상하게 가슴이 식는다. 온몸에 한기가 서리며 전신이 굳는다.

"헉! 수환이! 너도 알지, 수환이! 우리는 그냥 시키는 대……."

"오른팔 요절내란 것도 수환이냐?"

"날, 날개를 꺾으라고, 건이 새끼 웃는 꼴은 못 본다고 죽, 죽여버려도 된다고 아아, 씨발, 난 아니라고."

놈이 억눌린 목으로 뱉어냈다. 점점 짙은 선으로 하늘과 경계를 만드는 먼 산의 능선이 아름답다. 밤이 와야 비로소 분명해지는 것도 있다. 놈은 연신 중얼거린다.

"무서웠어. 나도 무서웠다고…… ."

"한 가지만 물어보자. 너는 상우 꼬붕이었잖아. 그런데 어떻게 수환이 꼬붕이 됐어?"

"그건, 씨발, 하필 내가 그때 거기 있었다고. 씨발 연합이잖아, 건이 얼굴을 안다고 수환이가 가보라고……,

알처럼 동그랗게 몸을 말았던 소년이 일어나는 게 보인다.

빗물에 잠겼던 작은 손이 온 힘을 다해 난간을 움켜잡고 있다. 엄마처럼 날아가고 싶었지만 내게는 형이 있었다. 그리고 나는 놈을 만나야 했다.

놈이 내 시선을 슬며시 벗어난다. 어색한 웃음을 지으며 연신 내가 들고 있는 칼을 경계한다.

"살려줘 건아, 제발 목숨만 살려줘. 내가 잘못했어. 나도 어쩔 수 없었다고, 씨발."

목에 걸린 쉰 소리로 컥컥댄다. 빗물인지 땀인지에 젖은 놈의 떡 진 머리가 겁먹은 눈자위를 가린다. 나는 녀석의 눈을 찾아 머리카락을 밀어낸다.

"살려만 줘. 오늘 일은 말 안 할게. 약속해. 아무에게도 말 안 할게. 응, 건아!"

비굴한 제 목소리에 취했는지 놈 얼굴에는 난데없는 희망의 빛이 감돈다. 검푸르게 밝아오는 하늘에서 빗방울이 떨어진다. 놈은 내게서 잠시도 눈을 떼지 못한다. 내 몸이 닿을 때마다 칼에 맞은 것처럼 움츠린다. 나는 발로 놈을 구석으로 밀어간다. 수레가 놈에게로 튕기듯 구른다.

필사적으로 몸을 굴리며 피하는 놈 앞으로 다가섰다. 다시 비굴해져 놈이 내 눈치를 살핀다. 바닥에는 어스름이 깔려 있다.

"넌 우리 가정을 죽였어. 엄마를 죽이고 형을 죽이고 나를 죽였어."

"무슨 말이야 내가 누굴 죽였다고......, 내가 뭘 어쨌다
고......,"

"씨발아, 니가 우리 가족을 어떻게 씹창냈는지 알아? 너만
아니었으면 우리는 엄마랑 행복하게 살았다고!"

"으.... 진짜, 내가 안 그랬다고."

"그……럴……까?"

놈을 걷어 차버린다. 한 마리 굼벵이 같은 놈을 지켜본다. 그
만 모든 것을 끝내고 싶다. 그동안의 피곤이 밀려오는지 눈앞
이 흐려진다.

"야, 우리 같이 사라져 주자. 너 같은 쓰레기도 이 세상에서
치워야 하지만 나도 지친다."

난간까지 굴러간 놈이 스스로 일어나 무릎을 꿇는다. 다가
가자 놈은 다시 몸을 떨기 시작한다. 뭔가 기회를 노리는지 바
쁘게 눈동자를 움직인다. 출입문 계단 쪽으로 여자들의 웃음
이 멀어진다.

"누구 없어요? 거기 누구 없어요?"

나는 놈이 종일 부르짖었을 속울음을 놈의 귓속에다 절절하
게 불어넣는다. 하루에도 몇 번씩 나는 그 누군가를 찾아 주변
을 두리번거렸다. 아무도 없었다. 울음소리가 커질수록 내가

주변이라고 알았던 것들은 멀어졌다. 세상을 향한 두드림은 결국 내 연한 가슴을 때려 단단한 벽을 만들었다. 그 벽이 가둔 건 내 영혼이었다.

놈에게서 빼앗은 전화기를 켜자 입술을 동그랗게 모은 깜찍한 여자가 눈웃음을 치며 나타난다. '최수환'을 화면에 띠운다. 신호가 가기 시작한다.

"현아! 그깟 공부 더하면 뭐하니? 아빠 봐라. 고시공부 한다고 산에 들어가더니 이상하게 되어가지고는……. 한글만 읽으면 얼마든지 먹고살 수 있어. 네가 건이 대신 주민등록증 만들고 취직해. 넌 덩치가 크니까 얼마든지 일할 수 있어. 다행히 얼굴도 나이 들어 보이고……. 성숙해 보인다고. 그렇게라도 해서 살아야지, 어떡할 거야? 건이 저걸 어떡할 거야?"

고모가 형 이름으로 넣어준 곳이 지금의 회사다. 나는 이미 현이의 삶을 잃었다. 건이 형이 내 이름을 가져야겠지만 형은 이 상황을 이해할 만한 기능을 상실한 지 오래다.

핏줄이 터진 놈의 붉은 눈가가 일그러졌다.

"여보세요?"

화면에 하얀 가운을 걸친 남자가 떴다.

"누구? 상철이?"

내가 기억하던 얼굴보다 훨씬 성숙한 얼굴이다.

"수환이지? 나 건이다."

"어? 건이? 건이라고... 건이 맞어? 니가 웬일이냐?"

"보고 싶었다. ……의대에 다니신다고……, 사람 살리는 일 하시겠다고……."

"어……, 어…. 뭐……, 그렇지 뭐!"

얼굴이 화면에서 흔들린다. 나는 뒹구는 상철을 화면에 담는다.

"상철아, 그날 역 앞에서 건이를 잡아다 뭉개라고 한 놈이 누구지?"

배추벌레처럼 청테이프로 몸이 감긴 놈이 안간힘을 쓰며 소리쳤다.

"수, 수환이가 그랬다니까, 씨발!"

"수환아, 그때처럼 명령해봐! 이 새끼가 지금 너란다. 이 씨댕이가 너를 죽일 놈이래, 어쩔까 이 새끼, 죽여버릴까?"

"뭐야, 니네? 지금 뭐하는 거야?"

나는 눈부신 조명을 배경으로 서 있는 수환이의 희부연 얼굴과 마주 선다. 깊은 골짜기에서 부는 서늘한 바람처럼 내 가슴속 질곡을 따라 흐르던 소리가 들려온다.

'내가 살아가는 동안에 할 일이 하나 있지'

한 줄기 이어지는 기타 선율과 함께 형이 웅얼거리던 노래가 안개에 가렸던 모습을 드러낸다. 우리가 가장 행복했던 시절에 불렀던 노래가 하필 이 순간에 떠오르는 건 뭔지 모르겠다. 아주 오랫동안 참았던 눈물이 쏟아진다.

"수환아! 엄마 잘 계시니?"

화면의 희멀건 얼굴이 뒤틀렸다. 신음을 물고 있는 수환이의 입꼬리가 떨린다.

"그래, 그렇지 뭐."

"나는 엄마 없다. 엄마가 없다고. 너 엄마가 없는 게 어떤 건 줄 알아? 누가 우리 가족을 씹창냈는지 넌 알지?"

멀어졌던 여자들의 재잘거림이 다시 다가오고 있다. 상철이가 수환이를 급하게 부른다.

"수환아, 네가 어떻게 좀 해봐, 이 새끼 완전 미쳤다고."

버둥거리며 놈이 소리를 지른다. 수환은 연신 주변을 살피며 한발 한발 구석진 곳으로 자리를 옮긴다. 화면이 흔들리며 각진 천정이 나타났다.

"지금부터 나는 상철이 집안부터 씹창내고, 니네 엄마도 뺏으려고... 그래야 공평하지. 상철이는 지금 저 아래로 던져질 거야. 먼저 간 우리 엄마를 만나서 용서를 빌러 갈 거야. 내가 애벌레를 만들어 놨어. 공중으로 던지면 날개가 생길거야, 우리 엄마도 나비가 됐거든. 하얀 나비. 여주동 동산에서 날아올랐던 하얀 나비, 너는 모르지. 너도, 너네 엄마도 우리는 다 여주동 뒷산의 나비기 될 거야. 그래서 어느 봄날 다 같이 날아오를 거야."

"건이야! 씨발아, 정신 차려."

앵앵대는 수환의 목소리가 연신 전화기를 빠져나온다.

"상철아! 야 이 새끼야! 그때 건이 그냥 죽여 버리라고 했지!"

"나도 죽은 줄 알았다고...... 근데 수환아, 이 새끼 이거 건이 아니야"

".... 뭐, 그럼 누구냐?"

"현이!"

"현이가 누구야?..... 그래, 생각난다. 동생 놈!"

"건이 형! 안 보고 싶냐? 너 애인이잖아."

"잘 있겠지, 지금 뭐하나?"

"한번쯤이라도 건이 형 생각해 본적 있니?"

형 이름을 말하는데, 눈물이 나왔다. 갑자기 형이 보고 싶어졌다.

핸드폰화면을 껐다. 놈들은 아직도 자신들이 무슨 일을 했는지 모르는 것 같다. 그럼 알게 해 주어야 하지 않을까. 너희들이 말하는 장난을 세상은 어떻게 평가하는지,

상천이가 긴장한 눈으로 경계한다.

나는 두 다리로 꼿꼿이 버티고 서서 미리 준비해놓은 메일 주소를 찾아 제목을 입력했다. 학교폭력을 신고합니다. 그리고 천천히 촬영한 동영상을 날린다. 내가 서 있는 도시의 경찰서 청소년담당부서, 청소년 유튜브 방송, 인터넷신문 ABC, 마지막으로 최청탁 후보와 정쟁이 붙은 정의당 엄정환 의원 선거캠프. 메일들이 잘 도착했다는 메모가 뜬다.

갑자기 속이 텅 비어버리는 것 같다. 모든 게 내 손을 떠났다는 허무감이 밀려온다. 이 순간을 위해 버틴 시간들이, 아니, 이 순간이 오지 않을까 봐 맘 졸였던 날들이, 잊고 싶었던 날들이, 모두 달려 나와 통곡을 한다. 눈물이 쏟아진다. 나는 옥상 문을 열고 계단을 내려온다. 앞이 흐려 걸음이 불안하다. 아무것도 떠오르지 않는다. 동쪽 하늘이 뿌윰히 밝아온다. 눈물이 그치지 않는다. 그동안의 시간들이 온통 눈물로 흐르는 것 같다. 집으로 가고 싶다. 형이 보고 싶다. 어린 형이 내 손을 잡고 달린다. 형의 손을 잡고 나도 달린다. 새로운 의문이 따라 온다. '달라진 것은 무엇일까.' 눈물 사이로 멀리 루핑 지붕이 보인다.

〈끝〉

돌멩이

초판 1쇄 발행　　2020년 11월 10일

지은이　　김혜진
펴낸이　　김왕기
디자인　　푸른영토 디자인실

펴낸곳　　**푸른문학**
　　　　　　주소　　　경기도 고양시 일산동구 장항동 865, A동 908호
　　　　　　전화　　　(대표)031-925-2327 팩스 | 031-925-2328
　　　　　　등록번호　제2005-24호.(2005년 4월 15일)
　　　　　　홈페이지　www.blueterritory.com
　　　　　　전자우편　designkwk@me.com

ISBN 979-11-968684-3-7　03810
ⓒ김혜진, 2020